CADETTE

DE GASCOGNE

----◦※◦----

I

L'abbé Cazauran ne cherchait pas midi à quatorze heures.

D'un pied sûr et d'un cœur léger, il suivait, depuis tantôt quarante ans, le petit chemin tout droit qui conduit au ciel les bons curés de campagne, sans s'égarer dans les méandres de la théologie ni sur les hauteurs du mysticisme. Le salut lui semblait une tâche laborieuse à accomplir dans un bref délai, et, *grosso modo,* il allait au plus pressé, n'ayant pas de temps à perdre aux minuties.

Et comment eût-il procédé autrement, dans sa pauvre paroisse de Lannemajou, éparpillée sur plusieurs kilomètres de landes, sans religieuses, sans vicaire, seul pour officier, prêcher, confesser, catéchiser, visiter les malades; trouvant à peine, entre sa messe dépêchée à cinq heures du matin et sa prière du soir durant laquelle il s'endormait de fatigue, le loisir de réciter son bréviaire le long de quelque chemin poussiéreux?

Mais, si la pratique de l'oraison lui était difficile, les mortifications, en revanche, ne lui manquaient pas. Il en venait à foison, de toutes parts : du maire radical, des ivrognes de l'auberge, des dévotes chipies, de la servante hargneuse, du presbytère délabré, du jardin aride où les légumes se desséchaient, pour tant qu'on arrosât, sans compter cet encombrement de la vie, cette activité perpétuelle sous l'aiguillon de la nécessité qui fût devenu un supplice, si le digne homme n'eût fini par en faire une habitude.

Habitude d'esprit, et même de corps!

Ne tenant jamais en place, toujours réclamé ailleurs par un devoir encore plus pressant que celui qui l'occupait, l'abbé Cazauran, avec son allure sautillante, sa longue taille maigre, son long cou portant une petite tête intelligente et fine, rappelait assez bien un grand oiseau battant des ailes, prêt à s'envoler.

Avec lui, point d'atermoiements! L'action prompte, la parole brève, il tranchait les problèmes d'un mot de gros bon sens, et la grille de son confessionnal se refermait d'un coup sec sur les pénitentes trop scrupuleuses.

Ce jour-là, rentré bien après l'Angélus de midi, il venait de s'attabler.

Au dehors le soleil d'août tapait ferme, éclairant comme d'un rayonnement de fournaise l'horizon de plaines sablonneuses et de piñadas noires. Personne dans les champs, sur les routes, sinon par-ci par-là, au bord des fossés, de vagues formes gisantes : les estivandiers, qui, trop éloignés de leurs demeures pour y chercher un abri, rabattaient sur leurs yeux ce grand béret brun des Landais, large comme un parapluie, et faisaient philosophiquement la sieste en plein air.

Seul peut-être dans sa paroisse, le curé ne profitait pas pleinement de cette trêve des travailleurs.

Tout en avalant sa soupe à grandes cuillerées, il jetait par-dessus son assiette des regards inquiets du côté de la fenêtre. A une heure il avait un baptême, et il ne s'agissait pas de laisser le nouveau-né attraper un coup de soleil sous le porche, ou de retarder le parrain, un employé des postes, obligé de reprendre le train de Mont-de-Marsan.

Mais rien ne paraissait encore sur la petite place de l'église, un carré de sable jaune au pied d'un clocher de briques, et le curé mastiquait le bouilli, de ce bœuf coriace des pays sans pâturages que des dents de Gascon peuvent seules affronter, quand cette quiétude relative fut brusquement troublée.

Une secousse à la fragile cloison...; là-bas, dans les profondeurs de la cuisine, un léger bruit de ferraille...

Pour qui connaissait les êtres, cela voulait dire que quelqu'un venait de tirer le cordon de la sonnette antique et délabrée, comme à peu près toute chose au presbytère; et le quelqu'un pouvait se morfondre, Gracieuse n'ouvrant jamais qu'au second appel, le dernier *smart*, paraît-il, dans le monde des servantes de curé.

D'un bond, l'abbé Cazauran fut à la porte.

Mon Dieu! pourquoi la verrouiller ainsi, cette porte d'un prêtre pauvre, charitable et pressé?

Enfin la serrure capricieuse céda. Une double exclamation retentit :

« Monsieur le curé !

— Mademoiselle Marcienne ! »

Puis, sautillant en arrière :

« Je ne vous savais pas de retour. Mais entrez donc, entrez... Asseyez-vous,... » bredouilla joyeusement l'excellent homme, entraînant la visiteuse dans la salle à manger, son unique pièce de réception, sans souci de la boue laissée sur le carrelage par les sabots de paysans, des piles de brochures et de journaux partout effondrées dans la poussière, du vieux rabat traînant par-ci, de la vieille barrette oubliée par-là, et de cette malencontreuse odeur d'ail planant encore au-dessus des assiettes sales et des plats vides.

Le contraste était frappant cependant entre la rusticité du cadre et la grâce de l'image qui venait de s'y introduire.

De taille moyenne, svelte, brune, le visage régulier et fin, d'une pâleur chaude sur laquelle tranchaient vigoureusement deux yeux de lumière et deux lèvres de pourpre, Mlle Marcienne, dans tout l'éclat de sa vingtième année, était assurément une fleur du terroir, une de ces beautés méridionales, saines et vivantes, qu'on dirait nourries de soleil.

A ce charme éclatant, un autre toutefois s'alliait, plus discret et plus raffiné. Il y avait aussi de la Parisienne chez elle, dans son accent, dans ses manières, jusque dans cette élégance sobre, comme involontaire, de son costume de grand deuil.

Ce long voile noir, qui sur cette jolie petite tête semblait presque une anomalie, avait tout d'abord et exclusivement attiré l'attention du curé, qui se hâta de placer ses condoléances.

« Cette bonne grand'mère ! Hélas ! vous l'avez perdue. Mais il faut penser qu'elle est au ciel. Oh ! pour celle-là, pas de doute ; et puis, son grand âge... Tôt ou tard nous devons tous finir, c'est la loi, que voulez-vous ! »

Ces réflexions religieuses et philosophiques satisfirent pour lui à toutes les nécessités de la circonstance, et passant précipitamment à un autre ordre d'idées :

« Votre papa ? interrogea-t-il. Pas trop fatigué ? Au sénat ils ont fait de la besogne, pas toujours de la bonne. Le malheur, tenez, c'est que nous n'ayons pas beaucoup d'hommes comme M. Lapeyrède ! »

Se frottant vigoureusement les mains, le bon curé s'apprêtait à entamer l'éloge de son sénateur conservateur et catholique ; mais, si doux que pût être cet éloge aux oreilles d'une fille, Marcienne ne se montra pas disposée à suivre son vieil ami dans ce prompt retour aux choses de la vie ordinaire.

« Nous avons été cruellement éprouvés, continua-t-elle, la tête baissée, promenant le bout de son ombrelle dans les fentes du carrelage ; si cruellement que je ne sais si nous nous en remettrons jamais.

— Eh ! il le faut pourtant, par devoir ! »

Le curé regarda sa montre, puis la fenêtre. Il avait encore cinq minutes devant lui, et, développant :

« Vous avez à prendre la place de celle qui n'est plus, à suivre

« Nous avons été cruellement éprouvés, » continua-t-elle, la tête baissée.

ses exemples, à achever ses bonnes œuvres, à soutenir et à consoler votre père.

— Et moi, qui me consolera ? »

Brusquement, Marcienne avait relevé la tête, et ses beaux yeux, un peu cernés, s'emplissaient de larmes.

Devant cette défaillance inattendue, le curé eut un mouvement de surprise.

« Quoi! pas plus de courage! Je ne vous reconnais plus. Vous, que votre cousin Philippe appelait la petite d'Artagnan!... A propos, l'avez-vous vu, M. Philippe?

— Pas encore. Nous ne sommes arrivés de Paris qu'hier au soir. »

M. Philippe n'avait pu faire dévier les idées de Marcienne, et elle reprit :

« Je ne suis pas devenue poltronne, monsieur le curé... Pour arriver chez vous plus vite, à la seule heure où l'on ait chance de vous trouver, je viens de traverser le petit pont qu'on démolit, à la grande terreur de Mademoiselle, qui est restée derrière, je ne sais trop où.

— Au fait, la bonne demoiselle...? »

Cette diversion ne réussit pas mieux que la précédente. L'ombre de gaieté reparue sur la physionomie de Marcienne s'effaçait déjà, tandis qu'elle achevait :

« Mais, voyez-vous, contre les chagrins du cœur le courage ne sert à rien. Je ne peux pas me résigner, je ne le voudrais pas.

— Bien d'autres cependant...

— Oui, je sais ce que vous allez me dire. Bien d'autres jeunes filles ont perdu leur grand'mère; mais leur grand'mère n'était pas leur mère en même temps. »

Les choses se compliquaient trop. Le curé voulut couper court, et debout, cherchant déjà son chapeau de l'œil :

« Allons, ma chère enfant, conclut-il, un peu de raison, un peu de foi, que diantre! Il vous reste le bon Dieu, votre cher papa et l'avenir.

— Cela ne suffit pas. »

Impétueusement, Marcienne se levait aussi, et sa mélancolie faisait place à une expansion fougueuse qui devait mieux rentrer dans son caractère.

« Cela ne suffit pas, répéta-t-elle. Mon père est le meilleur des hommes et des pères; mais il ne peut me guider, me soutenir, me comprendre, être avec moi toujours, de cœur, ni même de fait. Ce qu'il me faudrait, c'est une mère,... c'est ma mère,... et je souffre trop à la fin de ne pouvoir même le dire tout haut! J'ai trop besoin de parler d'elle, au moins avec vous!

— C'est que, ma chère enfant... »

Un tintement de cloche les interrompit, un tintement léger, joyeux, s'envolant dans les airs, comme pour avertir les anges de là-haut que des eaux baptismales allait sortir un petit ange de la terre, purifié, tout blanc lui aussi; et le moment ne pouvait être plus mal choisi pour rappeler des souvenirs plus importuns.

Ce passé de famille, évoqué par Marcienne, l'abbé Cazauran ne l'avait d'ailleurs jamais bien approfondi, et depuis vingt ans il se plaisait à l'oublier. A quoi bon charger sa mémoire de ce qui ne peut que porter préjudice au prochain?

Hé oui! ce pauvre M. Lapeyrède avait jadis fait une bêtise, luxe que se donnent parfois les hommes les plus intelligents. Au lieu d'épouser une jeune fille du pays qui eût joint au sien un égal apport de bons principes, d'honorables traditions, de métairies et d'hectares de pins, n'avait-il pas été, au grand désespoir de sa sainte mère, se toquer d'une étrangère, anglaise, américaine, qui sait?

A Lannemajou, on ne l'avait pas connue. Une fois seulement, dans les premiers temps de son mariage, elle avait fait une courte apparition, escortée d'une bande de parents et d'amis : beaux messieurs à la mode, dames frisées et pomponnées, chevauchant le jour, dansant la nuit, tous envolés à l'automne, laissant au curé une vision d'extravagance; et il ne s'était guère étonné, en apprenant l'année suivante la brouille et la séparation définitive du ménage, pour incompatibilité d'humeur.

L'enfant née de cette courte union avait été adjugée au père. La mère était rentrée dans sa famille, repartie pour son pays, et l'on n'avait plus entendu parler d'elle que pour apprendre sa mort, qui simplifiait encore la situation.

Revenir sur le passé semblait donc au moins inutile ; mais il en avait trop coûté à Marcienne d'aborder son sujet pour qu'elle n'allât pas maintenant jusqu'au bout, et, le visage empourpré :

« Je vous étonne, reprit-elle. Voici en effet vingt ans que je vis et que je vous connais, et jamais encore je n'avais abordé ce sujet avec vous. C'est que je ne suis qu'une égoïste. Je n'ai pas su regretter ma mère tant qu'une autre l'a remplacée. Depuis deux mois seulement j'éprouve son absence, je pense à elle sans cesse, et parfois je me demande... Vous ne savez pas ce que je me demande ? »

Le curé ne se souciait pas de le savoir.

La cloche tintait de plus belle, et le sonneur, n'étant pas homme à jeter sa poudre aux moineaux, devait bien apercevoir de loin le cortège.

Marcienne elle-même dut comprendre qu'il fallait se presser, et, sa rougeur augmentant, elle acheva d'un dernier effort :

« Jamais je n'oserais avouer cela à papa ni à personne ; mais à vous, un prêtre, et puis à un si vieil ami, on peut tout dire ! Et il faut bien que quelqu'un me fixe. Vous me répondrez,... et vous ne vous moquerez pas ! L'idée m'est venue... Oh ! cela paraît absurde, mais enfin ce serait possible... L'idée m'est venue... que peut-être ma mère n'est pas morte.

— Ah ! par exemple ! » fit le curé, cette fois interloqué.

Comme effrayée qu'on ne la détrompât, Marcienne se hâtait d'entasser les arguments à l'appui de sa thèse.

« Oui, n'ai-je pas l'air d'être folle ? Je le suis bien un peu, tantôt folle de chagrin, tantôt folle d'espoir. Je ne sais ce qui me fait penser ainsi. Quelque chose en moi me répète sans cesse : « Il « n'est pas possible que tu sois seule au monde. » J'ai là, au fond, comme un flot de tendresse qui ne peut pas sortir et qui m'étouffe. C'est pour ma mère, cette tendresse, et, si cela ne devait servir à rien, pourquoi le bon Dieu l'aurait-il mis en moi ?

— Bah ! » dit le curé, médiocrement impressionné par cette thèse sentimentale.

Marcienne rougit, de colère cette fois.

« Je ne spécule pas rien que sur des chimères, monsieur le curé. Il y a des choses que j'avais oubliées je ne sais comment, et qui, je ne sais comment aussi, me reviennent à présent en mémoire.

— Des choses ? interrogea le curé, suspendant son mouvement de retraite.

— Oui. Tenez, quand j'avais cinq ou six ans, deux ou trois ans après qu'on eut annoncé la mort de ma mère, un jour, pendant que je regardais Guignol aux Tuileries, une dame s'approche de moi. D'elle, de sa figure, je ne retrouve rien ; mais je revois la scène, comme si cela datait d'hier. Cette dame me regarde ; puis, tout d'un coup, la voilà qui se met à m'embrasser. Alors ma bonne arrive, elle dit : « Non, non, madame, » me prend par la main, m'emmène vite, et, sitôt rentrée, va trouver grand'mère et papa.

— Et après ?

— Rien. Mais qui était cette dame, qu'on ne m'a pas laissé revoir ?

— Quelque amie de votre mère, peut-être.

— Et si ç'avait été ma mère ?...

— Mais puisque, à cette époque, elle était déjà morte depuis deux ans ? » s'exclama le curé, complètement embrouillé.

Marcienne eut un petit geste incrédule, et, rêveuse :

« Oh ! dans certaines situations, ne peut-il arriver qu'on dise aux enfants : « Ton père est mort, ta mère est morte, » pour éviter d'autres explications embarrassantes ? Mais à présent, monsieur le curé, je suis d'âge à tout savoir, à tout comprendre, et si par hasard vous saviez quelque chose que j'ignore... »

Les beaux yeux pleins d'anxiété interrogèrent la figure de l'abbé Cazauran, mais sans rien y lire qu'un abasourdissement profond ; et, carrément :

« Je sais, affirma-t-il, ce que sait tout le monde. Le décès est survenu voilà dix-sept ou dix-huit ans. Pas de doute possible. Votre père lui-même m'en a fait part.

— Et si mon père s'était trompé ? Quand on est loin, des erreurs se produisent parfois. »

Le curé secoua la tête.

Mais Marcienne avait l'illusion tenace.

« Et, murmura-t-elle, si, dans une bonne intention, mon père avait voulu, avait cru devoir laisser s'accréditer ce bruit ? »

Le curé bondit.

« Votre père... »

Il n'eut pas même le temps de s'indigner.

Un carillon étourdissant ébranlait le clocher, emplissait la place, faisait trembler les vitres du presbytère, et juste en face de l'unique rue on voyait déboucher le cortège : la sage-femme en tête, portant le nouveau-né sous un châle de cachemire, suivie de l'employé des postes en complet gris, donnant le bras à la marraine en robe havane.

« Allons, allons, mon enfant, conclut vivement le vieux prêtre, tout droit, tout simple ! Vous avez la parole de votre père, la parole d'un honnête homme ; quelle autre garantie demander ? Cela doit vous suffire. Au revoir, au revoir... »

D'un saut, il s'échappait. Déjà il courait sur la place, ceinture en l'air et soutane flottante, hélant les enfants de chœur cachés derrière le mur du cimetière pour jouer au bouchon, et heurtant presque au passage Mademoiselle qui, après un long détour pour éviter le petit pont, s'acheminait à pas comptés, le nez dans un livre, vers le presbytère, où son élève lui avait donné rendez-vous.

II

Les infortunes matrimoniales de M. Lapeyrède avaient suffi comme tribut à la destinée.

Sous tout autre rapport, on pouvait le proclamer un homme heureux, heureux du moins à sa manière.

A l'instar de Salomon, il avait choisi la sagesse en partage, et la sagesse était devenue, pour ainsi dire, son essence. Il en était imprégné, il en débordait, et, à le voir, nul ne l'eût soupçonné de s'être jadis commis dans une aventure romanesque.

Carré, massif, chauve, toute la sève capillaire descendue dans sa longue barbe grise, dès cinquante ans il prenait rang parmi les patriarches. La nature semblait s'être plue à réaliser en lui le type du sénateur, et sa seule présence mettait en fuite les rares atomes de gaieté voltigeant dans l'atmosphère du Luxembourg.

Les questions d'économie politique étaient sa spécialité. Volontiers et longuement, il les développait à la tribune. Il avait le débit pompeux; on eût dit que tous ses mots commençaient par des *p;* et, sitôt qu'il ouvrait la bouche, chacun d'instinct fermait les yeux, ce qui n'empêchait pas d'applaudir à la péroraison et de conclure entre soi, avec des hochements de tête :

« Très fort tout de même, ce bonhomme-là ! »

A ses moments perdus, il déversait le surplus de ses idées
filandreuses sur de longues feuilles de papier, et il se trouvait des
éditeurs pour convertir ces manuscrits rébarbatifs en volumes
épais et indigestes ; des chroniqueurs, pour faire de chic une analyse élogieuse ; voire des acheteurs, qui, moyennant trois francs
cinquante, ornaient leur bibliothèque de ce monument. Le prestige de M. Lapeyrède résidait en son importance, si considé-
rable qu'il semblait en donner à qui l'approchait. De là, pour une
bonne part, les sympathies constantes de ses électeurs, l'empressement avec lequel on affrontait sa société.

Chez lui, d'ailleurs, on trouvait des compensations. Sa mère,
qui depuis son veuvage anticipé dirigeait sa maison, était la plus
charmante vieille qu'on pût rencontrer, et elle avait formé sa petite-
fille à son école. Toutes deux, jusqu'alors, avaient rayonné dans
le ciel un peu terne du sénateur. Mais à présent, pauvre petit astre
solitaire, Marcienne ne se sentait plus de force à lutter contre les
ténèbres grossissant autour d'elle.

Ce ne serait certes pas Mademoiselle qui l'y aiderait. De celle-
ci, aucune lumière à attendre, aucune chaleur.

Avec sa chance ordinaire, M. Lapeyrède avait mis la main sur
l'institutrice idéale, point encombrante, point dangereuse, qui ne
se monte pas la tête, ne se brise pas le cœur, ne rêve ni de bril-
ler dans le monde, ni de faire un beau mariage, ni même d'appliquer à ses élèves un système d'éducation particulier. Excellent
professeur, Mademoiselle n'avait jamais songé à s'occuper de l'éducation. Ceci regarde les mères, et l'aptitude maternelle lui manquait. Tout au plus était-elle femme, et à regret encore, parce
qu'il faut bien être quelque chose. Pour son goût, elle eût beaucoup
mieux aimé être une machine : un phonographe perfectionné, par
exemple, enregistrant et répétant le contenu de tous les manuels,
ce qui eût été bien commode pour passer des examens.

Les examens ! c'était sa passion, sa marotte. A peine formé,
son cerveau de fille pauvre avait été frappé de cette conviction,

que les examens mènent à tout ; et sans prendre le temps de souffler, elle s'escrimait à sauter l'une après l'autre ces barrières successives, toujours plus hautes, défendant l'accès de quelque mystérieux paradis exclusivement planté d'arbres de la science.

A ce jeu, les années, elle-même, s'étaient usées. Maintenant elle flottait entre trente et quarante, toujours plus maigre, le nez et les dents saillant de plus en plus dans sa figure étroite, deux plis fixés dans le front sans cesse contracté par un appel de mémoire. Avare de ses loisirs uniquement consacrés à son développement intellectuel, elle allait, venait, vivait, le nez dans un livre. Si quelque nécessité matérielle ou de convenance l'en arrachait, vite, pour ne pas perdre de temps, elle se mettait à réciter intérieurement ce qu'elle venait d'apprendre, un nuage gris de science ainsi toujours interposé entre elle et les choses de la terre et de la vie, dont elle demeurait parfaitement ignorante, quasi inconsciente.

Dans l'existence familiale, elle tenait à peu près la place d'un appareil au repos, et M. Lapeyrède, qui aimait à discourir et à dominer, s'accommodait de cet effacement.

Quant à Marcienne, jusqu'alors elle en avait ri, comme elle riait de tout.

Mais à présent, subitement, elle eut envie d'en pleurer, et jamais encore sa solitude ne lui avait semblé si complète que par cette radieuse après-midi, tandis qu'à côté de son institutrice elle reprenait le chemin familier du presbytère à la maison.

« Ah ! dit-elle, rompant tout d'un coup le silence, que je suis fâchée d'être revenue ici ! »

Mademoiselle, actuellement en passe d'apprendre l'allemand, et qui se récitait la quatrième déclinaison, eut un sursaut désagréable.

Puis, les choses examinées à son point de vue :

« A Paris, déclara-t-elle, nous avions plus de ressources. Ici nous aurons plus de loisirs.

— Trop de loisirs, » interrompit Marcienne.

Et, avec un parfait décousu :

« Mon Dieu, s'exclama-t-elle en fermant brusquement son ombrelle, mon Dieu, que je voudrais être homme! »

Là-dessus, sans plus s'expliquer, elle sauta lestement le fossé qui bordait la route, et, sous prétexte de chercher des champignons, se mit à courir dans la piñada voisine.

Oui, pour dépenser cette activité stérile qui la dévorait, elle aurait aimé à être homme, ou, mieux encore, à redevenir enfant. Ce rôle discret, modeste, un peu nul, de jeune fille, devenu le sien, ne lui allait décidément guère. Dans ces convenances où on l'enterrait, elle étouffait pour tout de bon. Comme le disaient M. le curé et le cousin Philippe, elle était une vraie petite-fille de d'Artagnan, la chaude sève gasconne bouillonnant dans ses veines, hardie en pensées, prompte en paroles, mais toujours prête aussi à l'action, justifiant sa présomption à force de crânerie, brave jusqu'à l'inconscience du danger, portée aux grandes choses héroïques, rebelle aux petites choses raisonnables, se dévouant avec entrain, se pliant avec peine, et poussée par un instinct aussi généreux qu'absurde à s'attaquer à tout ce qui lui semblait plus fort qu'elle.

Toute petite, on la trouvait juchée, Dieu sait comme! sur l'échine rétive des poulains qui s'ébattaient dans l'enclos; et si un troupeau lui barrait le passage, c'était le taureau qu'elle allait regarder sous le nez. Même en ce moment, une folle tentation lui venait de grimper le long du tronc glissant de ce grand pin, le plus haut de la forêt, et, si elle s'en abstenait, c'était par égard pour la blessure qu'il portait au flanc, cette saignée douloureuse des pauvres arbres par laquelle la résine coule lentement, comme du sang.

Car, à cet esprit de combativité la poussant contre les forts, se joignait la pitié tendre l'inclinant vers les malheureux, le double courant d'âme qui menait jadis aux épopées chevaleresques. Elle n'aurait pas tant aimé grand'mère, si elle ne l'avait vue si vieille et si fragile, et c'étaient dans sa vie les impuissants et les déshérités qui manquaient désormais.

Assise sur le talus, Mademoiselle se replongeait dans la gram-
maire d'Otto. Marcienne s'arrêta sous son pin, rejeta son chapeau

« Si j'avais eu ma mère ! » soupira Marcienne.

au lourd voile de crêpe, et, s'étendant tout de son long sur la
terre sèche et sablonneuse, la rude terre natale, elle se mit à
songer.

A qui donc donner, à présent, et de qui recevoir cette tendresse enveloppante et douce sans laquelle on se sent l'âme comme nue et grelottante?

Son père, digne homme, lui inspirait le respect et l'affection; mais s'abandonner avec lui à des effusions eût été presque ridicule. Ces petites choses subtiles et fines n'allaient pas à sa massive complexion morale, glissaient sur sa forte épiderme comme une caresse sur le cuir d'un bœuf. Chez Mademoiselle, pire encore! Ce n'était pas l'écorce qui se trouvait dure, c'était le fond qui manquait. Quant aux amis, du choix de M. Lapeyrède, gens de poids, sommités politiques ou mondaines, qu'eussent-ils fait, grand Dieu! de ce cœur inquiet et débordant de petite fille sans mère!

Jusqu'à M. le curé, trop occupé pour en panser les insignifiantes blessures.

« Si j'avais eu ma mère! » soupira Marcienne.

Là-dessus, sa pensée s'arrêta, et, laissant aller sa tête en arrière, elle s'amusa à regarder, à travers l'ombre clignotante de ses longs cils bruns, le soleil tombant tout droit, comme une averse dorée, entre les branches raides des pins.

Mais voilà que peu à peu ce soleil de Gascogne l'inondait, la pénétrait, et que, sous ses rayons fallacieux, la vie, si grise tout à l'heure, recommençait à se colorer d'un mirage.

« Si je retrouvais ma mère! »

Marcienne ne sut pas comment elle en venait à se dire cela. Ç'avait toujours été ainsi, depuis quelque temps; la transition insensible d'une formule à l'autre, l'illusion revenant inaperçue, devenue un besoin et une habitude, assez tenace déjà pour résister à tous les chocs.

« M. le curé aussi la croit morte, » se répéta Marcienne.

Mais cette opinion du vieux prêtre, à laquelle de loin elle attachait tant d'importance, qu'elle était venue chercher si vite, perdait toute autorité en contredisant son espoir.

Que savait-il, au bout du compte, de la vie des siens, de la vie mondaine, ce bon curé de campagne, renfermé depuis longtemps dans la sphère restreinte de ses idées et de ses devoirs?

« Tout droit, tout simple, » disait-il, le brave homme, et, sur le premier point, Marcienne s'accordait avec lui.

Mais au « tout simple » elle élevait des objections. La simplicité poussée à l'extrême, qu'est-ce, sinon la brutalité, la vulgarité, l'abaissement résolu au niveau commun?

Adieu les sublimes ascensions! il faut se traîner au ras de terre. Adieu tout ce qui brille, tout ce qui chatoie, tout ce qui séduit, fantaisie ou vertu, héroïsme ou plaisir, fioritures qui font la grandeur et l'élégance de la vie, réduite sans cela à l'état de fonction machinale!

Marcienne ne fut pas de force à adopter ce réalisme austère, et, tandis que le soleil continuait à faire glisser entre ses paupières des rubans de lumière moirée, elle se mit à relire en elle-même, une fois de plus, le cher roman composé peu à peu.

Même elle faisait mieux que lire, elle voyait, comme au théâtre, auteur, acteur et spectateur à la fois des scènes représentées.

C'était dans le cabinet de son père. Il la faisait venir. D'abord un préambule solennel et alambiqué, puis :

« Ta mère... », commençait-il.

Des explications, oh! peu importait; et enfin il achevait :

« Elle n'est pas morte,... elle est près d'ici,... elle est là... »

Une porte s'ouvrait et Marcienne voyait sa mère, l'avait reconnue même avant de la voir, embrassée avant de la reconnaître.

C'était elle qui revenait, un matin ou un soir, tout à coup, mais toujours la même conclusion : ce baiser de mère, si longtemps attendu, dont Marcienne croyait enfin sentir la douceur. Son front se courbait pour le recevoir, ses lèvres s'entr'ouvraient pour le rendre mille fois. Pauvre mère! que de choses à lui compenser : son long exil, ses souffrances, ses remords peut-être!

Marcienne suffirait à tout.

Et elle se vit encore promenant sa mère dans le jardin ; puis, le soir, assise sur le petit tabouret auprès de son fauteuil.

Mais non. Était-elle folle, avec ses promenades au petit pas et ce grand fauteuil ! comme si sa mère eût été une vieille petite dame à boucles blanches, pareille à grand'mère ! Pas du tout. Ce serait une grande belle dame majestueuse, à peine grisonnante ;... peut-être même une jolie dame toute blonde encore, toute mince dans une robe claire. Vingt ans de plus que Marcienne, cela ne faisait jamais que quarante ans. A cet âge, certaines femmes paraissent si jeunes, les sœurs de leurs filles !

Décidément, la vision blonde l'emportait. Sous cette forme, sa mère serait plus facile encore à reconnaître, à peine changée depuis ce portrait, tout ce qui restait d'elle à Lannemajou, que quelqu'un, — grand'mère probablement, — avait placé à la seule place où il ne pût offusquer personne : près du petit lit de Marcienne.

Et soudain il sembla à la jeune fille que, depuis la veille, elle n'avait pas suffisamment regardé ce portrait. En attendant mieux, elle eut hâte de le revoir.

Se redressant, elle rouvrit les yeux.

Brusquement le roman s'était interrompu, la toile était tombée. Froide et nue, la vérité réapparaissait.

Le curé avait dit vrai. Il n'y a pas à douter de la parole d'un honnête homme. M. Lapeyrède avait annoncé la mort de sa femme. Donc elle était morte.

Marcienne était orpheline depuis dix-huit ans, et ne s'en apercevait que depuis deux mois.

Elle se leva, secoua machinalement sa robe noire parsemée de brindilles, et, revenant à Mademoiselle, proposa :

« Si nous rentrions ? »

Docilement, Mademoiselle obtempéra. Son indifférence pour toutes choses lui constituait un bon caractère. Même en reprenant avec son élève la route blanche et poussiéreuse, elle chercha un mot aimable à dire; mais il ne lui venait que des mots allemands, et d'autres motifs rendaient à Marcienne l'effort de la conversation difficile.

Enfin, simultanément, elles aboutirent :

« Qu'il fait chaud! s'exclamaient-elles d'une voix, comme au tournant l'ombre de la piñada cessait de les protéger.

— On enfonce, » ajouta piteusement Mademoiselle, douée d'une maladresse innée de savante.

Le silence se refit, chacune perdue de nouveau dans ses préoccupations sans le rappel brutal des embarras matériels.

L'avenue du château qu'on venait d'atteindre offrait au pied un terrain plus solide, et les marronniers étiques, en bordure, projetaient quand même un peu d'ombre.

Ces marronniers et les prairies jaunes bordant l'avenue des deux côtés étaient, pour la région, choses rares, coûteuses, partant estimables, et M. Lapeyrède, qui n'avait épargné ni l'engrais ni les soins, en tirait quelque vanité.

« L'herbe, les arbres prennent un nouveau charme sous le climat rebelle à les produire, » faisait-il remarquer.

Son esthétique n'était point celle de Marcienne, et au delà des troncs rabougris, des feuillages avortés, des plaques de chiendent sec, le regard de la jeune fille allait chercher des compensations dans le vaste horizon de plaine déroulé à perte de vue.

Ce qu'il fallait, sous ce ciel d'un bleu intense, c'était justement ce qu'y mettait la nature, la grande artiste : la lande fruste et splendide hérissée de genêts d'or et de bruyères roses et violettes, les longues lignes noires des piñadas, les étendues de sable ocré, moirées par le vent, où les lanusquets agiles courent sur leurs longues échasses, tels des êtres fantastiques, korrigans du désert; décor brossé à grands coups d'un dessin rude, d'un coloris violent, d'un effet saisissant et unique.

Marcienne se laissait reprendre par cette magie de la lande, cette âpre griserie d'immensité et de solitude presque analogue à ce qu'on éprouve en pleine mer; et, tête nue, sous une ombrelle, son chapeau balancé à son bras, ses petits souliers blancs de poussière, elle cheminait négligemment, insouciante des rencontres et du décorum. Elle était bien chez elle : prés, thuyas, bois de pins, métairies jaunes coiffées de tuiles vermillon, tout ce qu'on apercevait faisait partie de la propriété de son père, une de ces fabuleuses propriétés des Landes où des centaines d'hectares presque incultes constituent à peu de frais des marquis de Carabas; et cette sensation d'indépendance prenait une saveur nouvelle, succédant à la promiscuité constante et forcée de Paris.

Marcienne n'en jouit pas longtemps.

Un bruit lointain derrière les promeneuses les fit se retourner, surprises, et d'une commune voix encore :

« Tiens! s'écrièrent-elles, une automobile! »

C'était bien l'allure cahotante, le souffle poussif, l'haleine nauséabonde de la bête moderne, insecte grêle et criard, descendant dégénéré des locomotives mastodontales.

Le véhicule, approchant à toute vitesse, affectait les proportions les plus réduites : un tricycle poussant devant lui une voiturette à une place; mais, quoique à peine un point dans le vaste espace, il sembla à Marcienne changer quelque chose à l'aspect familier des lieux, à la bonne vieille routine, et elle en conçut une sourde irritation, comme d'une atteinte à ses privilèges souverains.

« Qui nous arrive là? » dit-elle, arrêtée, les sourcils froncés, distinguant une ombrelle rouge au-dessus de la voiturette et, par derrière, deux jambes de flanelle blanche qui pédalaient avec zèle.

Sa malveillance ne tarda pas à se transformer en une indignation véritable. Passant devant les promeneuses, si vite qu'à peine purent-elles distinguer les occupants et être distinguées par eux, la voiturette en une minute dévorait l'avenue, et maintenant, au lieu de franchir la grille du parc, inclinait à droite, et, s'échappant par une traverse, filait dans une autre direction.

Les visiteurs présumés n'étaient que des excursionnistes, ayant tout bonnement préféré l'avenue de M. Lapeyrède au chemin vicinal parallèle, moins bien entretenu, et en usant sans façon en dépit des écriteaux : *Entrée interdite, Propriété réservée,* prodigués par le sénateur de cinquante en cinquante mètres.

« Ah bien! s'écria Marcienne, voilà des gens qui ne se gênent pas! Si papa les avait vus... »

Elle les suivit de l'œil, et, subitement inspirée :

« Mais ce sont les Caussade! il me semble les reconnaître. Je les avais bien oubliés depuis deux ans. »

L'année précédente, la santé de grand'mère donnant déjà des inquiétudes, Marcienne n'était pas venue à Lannemajou, ni Mademoiselle non plus, et celle-ci, la mémoire moins fidèle pour les aventures de ses contemporains que pour celles des héros de l'antiquité, récapitula péniblement :

« Les Caussade... Ah! oui,... ces gens qui ont acheté le vieux château. Des étrangers, des Américains?

— Non, rectifia Marcienne, des *Américaings.* »

Pour qui est initié aux finesses du langage méridional, le mot ainsi prononcé, avec l'accent du pays, change de sens.

Là-bas, comme dans le dictionnaire, *Américain* signifie : natif de la libre Amérique.

Américaing désigne subtilement un de ces nombreux émigrants béarnais, basques ou landais, qui, parti pour faire fortune et l'ayant faite, — cela arrive encore aux Gascons, — revient au pays. Et si ancré est l'amour du sol natal, que bien rarement ces favorisés cèdent à la tentation d'aller jouir de leur bien-être là où personne ne songera à leur reprocher leur modeste origine, ce dont ne se font pas faute les compatriotes jaloux ou dédaigneux. Il faut dire, à la décharge de ceux-ci, que cette hostilité méfiante s'explique souvent. Dans le monde où il a roulé, l'*Américaing* ne gagne rien pour la forme et perd souvent pour le fond. A trop pâtir, à faire tous les métiers, il émousse ses scrupules; et la prospérité venant par là-dessus ne lui enseigne souvent que le vice. Ses enfants, élevés à la diable, grisés par l'argent, sont de naissance des déclassés, quand ils ne sont pas pire, et le préjugé local s'imposant naturellement à la petite d'Artagnan, avec une moue elle déclara :

« Ni le frère ni la sœur ne m'ont paru embellis. C'est drôle,... je ne les connais pas, et je les ai en grippe. Ils sont indéfinissables. On ne se rend pas même compte de la classe à laquelle ils appartiennent.»

Mademoiselle elle-même, rebelle en sa qualité d'universitaire aux distinctions sociales, ne put s'empêcher de soupirer :

« Qui sait si le jeune homme a passé son baccalauréat! On disait qu'il avait été refusé cinq fois. Il ne le passera pas, vous verrez;... il ne sera jamais bachelier. Qu'est-ce qu'il pourra devenir?»

Devant ce désastre, elle resta effarée.

« Il n'aura qu'à retourner garder les troupeaux de buffles, comme, dit-on, il l'a fait jusqu'à l'âge de quinze ans, » conclut Marcienne avec une cruelle insouciance.

Depuis longtemps l'automobile s'était enfuie de l'horizon, et nul doute que les jeunes Caussade n'eussent du même coup disparu de sa pensée, si elle n'eût été en proie à cette folie de l'idée fixe, qui trouve partout des aliments.

Avant qu'elle eût regagné le logis, les voisins eux-mêmes étaient englobés dans le cercle étroit où son esprit tournoyait jusqu'au vertige, et, tout en gravissant les marches du perron :

« Eh bien, grommela-t-elle entre ses dents, tels qu'ils sont, j'aurais pour eux de la sympathie, s'ils étaient seulement Américains pour de bon.

— Oui, la liberté de l'Amérique que nous avons faite, le Canada, Washington, Franklin, Lafayette, Montcalm! » évoqua Mademoiselle.

Marcienne eut un haussement d'épaules, et la voix impatiente, un peu sèche :

« Cherchez plus près. Ma mère était Américaine, si l'on veut bien s'en souvenir. »

III

Depuis plus de trois siècles, la terre de Lannemajou appartenait aux Lapeyrède.

Bien apparentés, riches, « vivant noblement, » selon la vieille formule, ils faisaient partie de cette grande bourgeoisie de province, d'origine aussi ancienne que l'aristocratie, parfois de sang moins mélangé, défendue par sa fortune contre les compromissions, ayant la fierté de son état, s'y maintenant, rebelle à descendre et même à monter, et dédaignant les titres de noblesse que pourraient lui constituer la possession de fiefs ou les fonctions élevées, dévolues à certains de ses membres.

L'habitation était ancienne; mais, malheureusement pour elle, ses propriétaires successifs avaient eu le goût des embellissements et le moyen de s'y adonner. Sous Louis XIV, on avait comblé les fossés moyenâgeux, arraché les meneaux et les croisillons des larges fenêtres Renaissance. Sous Louis XV, les vieilles cheminées s'étaient rétrécies, les ornements d'un goût sévère avaient fait place à d'élégantes décorations de plâtre, mises en pièces au siècle suivant par un membre de la Chambre des pairs; et celui-là avait encore régularisé la façade avec de belles croisées symétriques à grands carreaux, fait disparaître un petit clocheton par-ci, un œil-de-bœuf par-là, purgé l'intérieur comme l'extérieur de toute antiquité, de toute originalité, si bien qu'on aurait pu croire sa maison bâtie à la dernière mode du règne de Louis-Philippe. Au fils de cet artiste, conseiller d'État sous le second empire, — car les Lapeyrède étaient toujours monarchistes, quelle que fût la monarchie, — il n'était plus resté qu'à renouveler le mobilier; et le propriétaire actuel y avait ajouté le complément devenu nécessaire à une époque où le luxe est le baromètre de la fortune et, partant, de la considération.

Ayant l'esprit lourd, M. Lapeyrède avait eu la main trop lourde aussi. Tout était trop riche, trop solennel, trop neuf, et son cabinet tendu de drap olive à bandes noires, peuplé de bronzes sévères, paraissait à Marcienne le temple de l'ennui.

« C'est drôle, disait-elle parfois à sa grand'mère, chez papa on croirait toujours être dans le Nord. Dès que j'entre, mes idées gèlent. »

Et, maintenant éteint le cher foyer où elle retrouvait la chaleur vivifiante, elle avait bien plus froid encore. Même par cette journée caniculaire, un petit frisson la traversa lorsque, passant devant la porte matelassée qui défendait contre les bruits du monde les chères études de l'homme important, elle songea :

« Si papa savait ce que j'ai été demander à M. le curé? »

Tout aussitôt, par un choc en retour de sa brave petite nature, elle eut envie de le lui dire, et, cédant à cette envie, elle se glissa dans le sanctuaire.

Le sénateur était à sa place devant son bureau ébène et nickel, courbé un peu plus que de raison sur un gros livre, ses graves méditations alourdies peut-être d'une discrète somnolence.

A l'entrée de sa fille, il se redressa, et un peu troublé encore, quoique déjà solennel :

« Que veux-tu, petite? » articula-t-il avec un de ces regards qui comptaient parmi ses moyens de fascination, vagues, surpris, paraissant tomber de si haut, de si loin, qu'on en demeurait écrasé.

Marcienne eut conscience d'être inopportune.

« Père, murmura-t-elle, je voulais passer un moment avec vous.

— Mais ce n'est pas l'heure de se récréer, mon enfant, et toute chose pour être bien faite doit être faite à son heure, tâche de t'en souvenir.

— Je m'en souviendrai, papa. Pourtant je croyais qu'en vacances...

— Il n'y a pas de vacances pour moi, enfant. Le devoir ne fait pas relâche. A ton âge, on ne connaît pas encore cette sujétion. Profite de tes immunités ! »

Sur ce souhait bienveillant, la barbe grise du sénateur se remit à caresser l'in-folio, tandis que sa main puissante tourmentait son porte-plume. Marcienne se sentit si peu de chose dans ses préoccupations, qu'elle n'osa insister davantage, et, après avoir tourné deux ou trois fois autour de lui sans qu'il relevât la tête, elle se décida à battre en retraite.

Un moment, elle erra dans l'enfilade de salons déserts. Les massives consoles marbre et or, les meubles capitonnés obèses, paraissaient accroupis, eux aussi, dans leur majesté. Rien qui surgît, rien qui bougeât.

Seule, sa petite silhouette noire se reflétait dans les glaces. Le long de la galerie au dallage à damiers, ses pas résonnèrent comme dans une cathédrale. Pas un bruit. Mademoiselle paperassait là-haut. Dans le sous-sol, les domestiques vaquaient à leurs diverses besognes avec l'activité silencieuse qui sied à une maison bien ordonnée. En apparence, les choses continuaient à marcher comme autrefois.

Mais, de ce grand corps de pierre qu'on appelle une demeure, l'âme s'était évadée, cette âme lumineuse et douce, renfermée tout entière dans la petite personne fragile de grand'mère ; et Marcienne, qui n'avait jamais vu Lannemajou sous cet aspect de cadavre, ne s'y reconnut plus, s'y sentit dépaysée, isolée, quasi perdue.

Tout à coup, elle s'ennuya comme jamais encore elle ne s'était ennuyée.

« Et ce n'est que la première journée ! J'en ai devant moi soixante autres pareilles, » calcula-t-elle avec effroi.

De guerre lasse, elle était remontée dans sa chambre.

Là, enfin, la solitude cessait d'être complète. Marcienne retrouvait quelque chose, sinon quelqu'un.

Éclairé en plein par le soleil tournant à l'ouest, sur la tenture de mousseline de l'Inde semée de lotus fantastiques, le portrait au pastel se détachait, un tableau pour mieux dire, un groupe de jeunes têtes rassemblées comme une gerbe de fleurs ; blondes, roses, souriantes ; trois frères et trois sœurs, de dix à vingt ans, tous jolis, se ressemblant tous, rayonnant de la même santé, de la même beauté luxuriante, éclat d'une race neuve, produits d'une sève moins épuisée que celle de la vieille Europe, vivante floraison exotique encadrée dans la floraison de la muraille comme dans son cadre naturel.

Marcienne d'abord s'était arrêtée à une seule figure, la mieux formée, la plus réfléchie, la plus régulière, émergeant de ces visages enfantins comme une tête de madone blonde au milieu des anges ; une jeune fille au teint d'églantine, à la chevelure couleur d'épi, vêtue d'une robe de linon bleu.

Celle-là, miss Laurence Cornhill, avait été Mᵐᵉ Lapeyrède, et il lui sembla malgré tout la connaître mieux qu'elle ne connaissait les autres. A leur tour, elle considérait ceux-ci avec un intérêt presque égal, longuement, rêveusement.

Qu'étaient-ils devenus, ces petits oncles, ces petites tantes qu'elle n'avait jamais vus, dont on ne lui avait jamais parlé, dont elle savait encore moins qu'elle ne savait de sa mère, ignorant jusqu'à leur nom de baptême !

Connaissaient-ils, eux, son existence ? Oui, sans doute. S'intéressaient-ils à elle par hasard, comme elle s'intéressait à eux ? Alors, pourquoi ne lui avoir pas donné signe de vie ?

Peut-être les en avait-on empêchés.

M. Lapeyrède était très absolu, et il ne devait pas aimer les parents de sa femme. Si Marcienne s'informait d'eux, lui répondrait-on aussi : « Ils sont morts ? »

Non, impossible. Robustes et joyeux comme ils l'étaient dans leur enfance, quelques-uns assurément vivaient encore. Ce n'était pas une folie d'espérer au moins cela.

Elle était retournée au portrait et se remettait à l'interroger.

Où pouvaient-ils bien être, les survivants ?

« Je le demanderai à papa en choisissant mieux mon temps, » résolut Marcienne, qui n'était pas fille à lâcher prise.

Cette lente après-midi s'achevait pourtant. Il était près de six heures : la chaleur tombait un peu, et Marcienne vit, de sa fenêtre, M. Lapeyrède avec son chapeau de paille (un chapeau deux fois plus large que celui des vulgaires freluquets), qui sortait accompagné du maître d'affaires.

Une cause utile et importante déterminait évidemment sa démarche. Le moment eût été mal choisi encore pour l'entretenir, et Marcienne ne fut pas tentée de l'accompagner.

Elle était retournée au portrait et, en attendant mieux, se remettait à l'interroger.

Comment donc, du vivant de grand'mère, n'avait-elle jamais pensé à faire ce qu'elle faisait en ce moment !

3

D'abord elle dépendit le cadre, passa une petite éponge humide sur le verre, qu'elle essuya soigneusement. Ensuite, bien au jour, elle se remit à l'examiner, non plus au point de vue de l'art ni du sentiment, mais avec une curiosité qui s'attachait aux plus petits détails matériels. Ses yeux furetèrent dans les coins, parcoururent jusqu'aux marges, et du premier effort elle fit une découverte : là, dans un fouillis de draperie, la signature du peintre, « Horris, » un nom anglais ou américain, avec la date et cette indication supplémentaire : « Boston. »

Boston!

La famille de sa mère habitait donc Boston, l'avait du moins habité à l'époque du portrait, vingt-cinq ans auparavant. Elle n'en savait rien, et elle fut bien aise de l'apprendre. Elle chercha Boston dans le dictionnaire de géographie, puis sur la carte, et, à fixer ce point sur la large tache rose qui représentait l'hémisphère septentrional du nouveau monde, il lui sembla être plus près de sa mère, du berceau ou de la tombe de sa mère, pour mieux dire.

Ces recherches aboutirent toujours à faire passer le temps, et le gong chinois, en bas, sonnant le premier coup du dîner, rappela Marcienne à des préoccupations plus actuelles.

« Ah! mon Dieu! se dit-elle. Et Philippe que papa a invité, qui va être là dans un instant! »

On eût dit que Philippe n'attendait pour paraître que ce signal. Presque aussitôt, du côté opposé à celui sur lequel donnait sa chambre, Marcienne perçut un galop de cheval résonnant sur le sable de la cour, puis s'arrêtant, et, sans rien voir, elle se retraça la scène :

Il arrive, il descend. Il entre tout content, et il trouve visage de bois. Pauvre garçon! après deux ans... Non, cela le désappointerait trop.

Mieux valent parfois pour un hôte des frais d'amabilité que des frais de toilette. Sans prendre même le temps d'aplatir ses cheveux ébouriffés, Marcienne dégringolait quatre à quatre ses deux étages.

Mais Philippe, non moins prompt en ses mouvements, était entré déjà et avait éprouvé, dans le grand salon désert, l'impression qu'elle connaissait trop bien et qu'elle eût voulu lui épargner.

Elle se précipita à sa suite.

« Philippe ! mon bon Philippe, que je suis contente de vous voir ! »

Franchissant le seuil, elle avait poussé cette exclamation joyeuse.

Maintenant, en face de lui comme autrefois, dans le salon que les douces lueurs du crépuscule semblaient teinter de mélancolie, près du grand fauteuil où grand'mère si souvent s'était assise entre eux, les souvenirs l'étouffèrent soudain, la douleur domina la joie, et comme, plus que la joie, la douleur est expansive, au lieu de prendre les mains que Philippe lui tendait, elle se jeta à son cou, et, la tête sur son épaule, éclata en sanglots.

IV

C'était absurde! Mais avec qui donc se serait-on permis d'être absurde, sinon avec Philippe?

Marcienne pensait ainsi en s'essuyant les yeux, et elle s'étonnait même un peu que Philippe n'eût pas déjà trouvé moyen de dissiper le très léger embarras qu'elle pouvait éprouver.

Il n'y songeait pas; mais la vive émotion qui le dominait lui-même était peut-être pour Marcienne la meilleure excuse. Après l'avoir embrassée, il l'éloignait de lui, la regardant avec une sorte d'inquiétude, et répétait comme s'il n'eût pas trouvé d'autres mots:

« Ma pauvre petite Marcienne! Ma pauvre petite! »

Avoir l'esprit court était cependant le dernier défaut qu'on pût lui reprocher.

Philippe de Capléon appartenait à cette élite d'hommes, plus rare chaque jour, chez qui le cœur, l'intelligence, l'éducation, sont en parfait accord; qui toujours, naturellement, jusque dans les moindres paroles, les moindres actes, traduisent leurs sentiments, manifestent sous la forme la plus agréable ce qu'ils ont de meilleur et en laissent jouir les autres; prodigues de bonté, en comparaison desquels les bourrus bienfaisants font l'effet d'Harpagon.

Étant d'une époque où l'amabilité se trouvait à la mode, grand'-

mère avait beaucoup aimé Philippe ; lui aussi aimait beaucoup grand'mère. Rien d'étonnant à ce qu'il la pleurât.

Marcienne y comptait avec cet absolutisme des natures fortes qui veulent voir leur douleur partagée, et son attente se trouva encore dépassée par cette infinie tristesse qu'il avait dans les yeux, dans la voix, et dont il ne parvenait pas à se défaire quand, après les premières paroles de circonstance, assis auprès de sa petite cousine, il s'efforça insensiblement de faire dévier la conversation sur un sujet moins pénible.

« Vous avez encore grandi, Marcienne, depuis que je ne vous ai vue.

— Depuis deux ans !

— Non, depuis dix-huit mois, rectifia-t-il. Je suis venu à Paris l'autre hiver. Vous ne vous en souvenez plus. »

Elle n'osa contredire. Tant de choses l'avaient occupée durant cette période féconde en transformations, qui d'une enfant font une femme ! Lors de la visite de Philippe, elle n'était encore qu'une petite pensionnaire ignorante, sinon timide. Depuis seulement, son expérience mondaine s'était développée, et tout à coup, regardant son cousin, un premier sourire revint à ses lèvres.

« Eh bien, moi, Philippe, oh ! mais là très sincèrement, je vous trouve rajeuni. »

Elle trouvait cela, par un effet de comparaison.

Lors de la dernière visite de Philippe, elle sortait du couvent, et là-bas un jeune homme, cet être inconnu et prestigieux, apparaissait à son imagination paré d'élégances et de vertus surhumaines, l'éternel Amadis que de génération en génération les cervelles féminines accommodent selon le goût de leur temps, et le plus lointain rapport ne pouvait s'établir entre un vieux cousin au rancart et cet être radieux.

Mais, le jeune homme enfin réalisé sous les traits des valseurs de ces deux derniers hivers, il avait fallu en découdre. Ces petits messieurs laissaient à Marcienne un souvenir piètre et désappointé

de moustaches maigres, de faces plissées, de dos étriqués, de cal-
vitie précoce, de prétentions sans mérite, d'enfantillage sans esprit
et sans naïveté ; si bien qu'auprès d'eux Philippe reprenait encore
l'avantage avec sa tournure alerte, sa tête chevelue en dépit des
plaques grises aux tempes, sa figure saine et reposée à l'ovale fin
d'Arabe sous la barbe châtain clair, où quelques fils blancs commençaient pourtant à se glisser.

Rien n'apparaissait en lui de cette fanure native pire que l'usure.
Celui-là, s'il n'était plus jeune, du moins l'avait été. A certains
moments comme à présent, par exemple, il le paraissait même
encore...

Mais vite il dissipa l'illusion.

« Allons donc ! Depuis notre dernière entrevue j'ai doublé le
cap. J'ai quarante et un ans, Marcienne, et davantage, si, comme
on le dit, une année d'épreuve compte double. »

A ces mots, Marcienne se souvint, et, un peu confuse :

« C'est vrai ! fit-elle. Vous avez eu aussi votre part de chagrin,
mon pauvre Philippe ! »

Avec ses habits noirs et son air triste, Philippe, en effet, ne
portait pas seulement le deuil de grand'mère. Son père venait de
mourir presque en même temps que Mme Lapeyrède, et, si l'oubli
de Marcienne était pardonnable, c'est qu'en vérité les deux catastrophes ne se comparaient pas.

Aussi peu paternel que possible, viveur sans cœur jusqu'à ce
qu'une attaque de paralysie le transformât prématurément en un
infirme sans bonté, ayant délaissé l'enfance de son fils pour acca-
parer ensuite sa jeunesse, peser sur lui de tout le poids de son
égoïsme, le vieux M. de Capléon ne pouvait guère inspirer, même
au plus tendre cœur, qu'un amour de nature, de devoir et d'habitude.

Cet amour filial avait cependant rempli la vie de Philippe, faute
d'un autre peut-être. Et donnant la note juste :

« Me voilà tout seul, Marcienne, soupira-t-il, et pour toujours apparemment !

« — Oh! ne dites pas cela. Est-ce que nous ne vous restons pas, nous qui vous aimons tant?... »

Avec sa bonté expansive, un peu étourdie, elle tâchait d'exalter cette pauvre petite amitié, maigre relief des joies de famille, tout ce qu'elle avait à lui jeter en pâture, et Philippe dut redouter une nouvelle crise d'attendrissement, car il se leva en demandant :

« Votre père ne va-t-il pas bientôt rentrer ? »

Marcienne n'eut pas à répondre.

A point nommé, deux pas et deux voix résonnaient dans le vestibule : timbre grave et bredouillement pressé, pas majestueux et piétinement agité; et l'abbé Cazauran bondissait dans le salon, suivi à distance par le sénateur, qui annonçait :

« J'ai rencontré M. le curé, et je vous l'amène de gré ou de force.

— De gré, » interrompit le bon prêtre, ayant déjà salué Marcienne, serré la main à Philippe, accroché un guéridon et ramassé les journaux tombés à terre avant que son hôte eût achevé sa phrase.

Puis, la main sur la *Libre Parole* qu'il venait de replier, allant d'emblée au sujet intéressant :

« Eh bien, monsieur Lapeyrède, questionna-t-il. Et les affaires? »

Marcienne avait eu bien tort de redouter un instant de la part du curé une allusion à leur entrevue du matin.

Il ne s'en souvenait même plus.

Pour le moment, la politique occupait le seul coin libre de son esprit encombré de soucis, et l'œil brillant, l'oreille dressée, il recueillait les paroles du sénateur, se trémoussant d'impatience à les entendre tomber si lentement.

Entre temps, Mademoiselle était descendue, l'air un peu vague, l'infatigable rouet de sa mémoire dévidant encore à l'intérieur des mots en *ich* et en *chen*, sept heures avaient sonné à la pendule, — un lion tenant une boule d'or, — et, tout se faisant régulièrement chez M. Lapeyrède, on venait d'annoncer :

« Mademoiselle est servie. »

A cette formule usitée depuis peu, Marcienne éprouvait chaque fois un serrement de cœur, comme en prenant en face de son père cette place de maîtresse de maison, la place de grand'mère. Philippe dut ressentir une impression analogue. A côté d'elle, il ne mangea guère et resta silencieux, tandis que M. Lapeyrède continuait à dévoiler lentement les intrigues des groupes progressistes et socialistes et les arcanes de la politique extérieure.

Peu à peu, cependant, la conversation s'activa et s'élargit, versant en pente douce des débats du jour aux questions morales et philosophiques, ces débats éternels et toujours d'actualité, et Philippe plaça son mot.

Ce fut à propos d'un article sur la situation coloniale, paru dans un journal du matin, que M. Lapeyrède critiquait avec autorité.

« Cependant, si les renseignements donnés sont vrais ? » hasarda Philippe.

Le sénateur le foudroya du regard. Il n'était pas accoutumé à être contredit chez lui, ni même à la tribune, où son influence somnifère opérait sur les adversaires comme un anesthésique, et, de haut :

« Vous parlez en enfant, mon cher, prononça-t-il. Livrer au public le fort et le faible de nos institutions serait insuffler dans les masses une agitation plus dommageable encore que les abus auxquels elle s'attaquerait. A l'autorité responsable seule il appartient de connaître et de dissimuler, s'il y a lieu, voire de déguiser, ce qu'elle estime importun de laisser transparaître.

— Voilà ce que je n'admettrai jamais, déclara Philippe avec calme. Une autorité dont le mensonge est la base et la défense ne peut être respectée ; j'ajoute qu'elle ne peut être solide, car le moment arrive toujours où le mensonge s'ébranle et s'écroule.

— Vous reconnaîtrez cependant que toute vérité n'est pas bonne à dire. »

Philippe hésita ; puis, se décidant :

« Ma foi si, déclara-t-il ; au moins est-elle toujours préférable au mensonge.

— Allons, vous ne serez jamais un homme de gouvernement, » prononça M. Lapeyrède sans condescendre à discuter.

Du moins, Marcienne n'en entendit pas davantage.

« Toute vérité n'est pas bonne à dire. »

Elle retenait cet axiome, qui, dans la bouche de son père, n'était pas sans la troubler.

Homme de gouvernement, lui, M. Lapeyrède aurait bien pu se croire en droit d'appliquer à la direction de la famille les principes autoritaires qu'il venait de préconiser. Arrivant par tous les chemins, s'insinuant par tous les joints, l'idée fixe la reprenait déjà, l'emportait bien loin, quand un mot réveilla encore son attention.

Tout se tient, et le cercle où l'esprit évolue se proportionne en quelque sorte à l'endroit qu'on habite.

Dans un petit village, les choses et les gens dont on peut parler étant peu nombreux et toujours les mêmes, on y revient forcément, et le curé prononça ou plutôt soupira le nom de Caussade.

« Nous les avons rencontrés, » remarqua Mademoiselle, rappelée elle-même à la réalité.

Elle narra l'incident et conclut avec la bonne intention d'en tirer un peu de morale pour son élève :

« J'ai vu le moment où Marcienne allait leur chercher noise !

— Selon sa vieille habitude de redresseur de torts, » ajouta Philippe, auquel cette vieille habitude retrouvée ne sembla pas déplaire, car il sourit d'un air indulgent.

M. Lapeyrède, au contraire, les sourcils froncés, décerna un double blâme.

« Une jeune fille ne se commet pas avec des étrangers, surtout lorsqu'il y a fort à parier que ces étrangers sont des malotrus.

— Des malotrus ! Oh ! oh ! monsieur Lapeyrède, vous n'y allez pas de main morte! se récria le curé, se croyant tenu par charité de défendre ses paroissiens.

— Je me livre à des conjectures, déclara M. Lapeyrède. Étant absent du pays depuis que les Caussade y sont installés, j'ignore de quelle façon ils s'y comportent ; mais ce que je connais de leurs antécédents me donne peu de confiance dans leurs principes. »

Seul, peut-être, M. Lapeyrède pouvait se targuer de connaître sûrement les antécédents des Caussade, et Marcienne demanda, rééditant après Philippe la version populaire :

« Est-ce donc vrai, ce qu'on dit, qu'en Amérique ils gardaient des troupeaux ? »

M. Lapeyrède haussa les épaules.

« Moi, déclara le curé bienveillant, j'ai entendu dire qu'ils étaient minotiers.

— Boulangers ! daigna rectifier le sénateur.

— Aux États-Unis ? reprit Marcienne, cherchant des précisions.

— Dans le Massachusetts. »

Là-dessus, M. Lapeyrède referma les lèvres, en homme grave qui borne ses confidences, et l'on n'insista pas davantage.

Le curé se remémorait d'ailleurs qu'il avait un malade à visiter encore sur sa route, et soufflait d'impatience à voir le dîner se prolonger.

Quant à Marcienne, un flot de sang était monté à ses joues en même temps qu'à ses lèvres une question retenue par prudence :

« Le Massachusetts, capitale Boston. »

Pas très forte en géographie, elle savait cela pourtant aussi bien que Mademoiselle, et nul danger qu'elle l'oubliât.

Certes, les provinces américaines sont vastes, presque comme des royaumes européens ; les villes, peuplées comme des capitales. Au propre et au figuré, les Caussade avaient pu évoluer à des centaines de lieues de sa mère.

Cependant, en l'espèce, ne pouvait-on supposer une rencontre, établir un rapport ? Les renseignements précis et particuliers recueillis par M. Lapeyrède sur les Caussade et datant d'avant leur installation, par conséquent, de leur séjour en Amérique, comment les avait-il? et pourquoi donc aussi ces réticences déjà remarquées, — Marcienne s'en souvenait à présent, — chaque fois qu'il parlait d'eux? Qui sait si les Caussade, eux aussi, n'auraient pas des renseignements intéressants à fournir?

Les sentiments qu'on porte aux gens se modifient d'une manière étonnante, selon les vues que l'on a sur eux. Si mal disposée pour les Caussade vingt minutes auparavant, Marcienne cessait tout à coup de mépriser leur voisinage. Même, à ne suivre que son élan naturel, volontiers elle eût pris sa course, fût allée frapper à leur porte, et, sans plus attendre, voir si ceux-là savaient quelque chose et voudraient le lui dire.

Mais les convenances s'y opposaient, toujours ces terribles convenances.

Elle servit le café au salon, puis passa sur le perron, un large perron, tenant, à la hauteur du premier, toute la façade intérieure du château et descendant dans le jardin par deux escaliers monumentaux.

Il fallait au moins le plein air pour laisser s'évaporer le trop-plein de conjectures et d'espoirs bouillonnant dans cette jeune tête.

Marcienne s'accouda à la balustrade, à quelque distance de Mademoiselle, qui, récapitulant son cours d'astronomie, regardait la lune se lever et les étoiles s'allumer, toutes pâles dans le ciel encore bleu.

La nuit et la fraîcheur venaient, si douces après les chaudes journées, et Philippe sortit à son tour.

Marcienne l'appela.

« Par ici, Philippe ! Votre cigarette ne me fait pas peur, vous le savez; au contraire. Ne l'éteignez pas, je vous en prie. »

Il obéit, et, à côté d'elle, continua discrètement à tirer des bouffées légères et parfumées de son tabac d'Orient.

« C'est singulier, reprit-elle, vous ne me semblez tout à fait vous qu'avec votre cigarette. Son odeur et votre souvenir sont si bien liés pour moi, que je ne sais si je l'aime à cause de vous ou si, à cause d'elle, votre présence m'est un peu plus agréable encore.

— Quelle absurdité ! »

Lancée d'un geste vif, la cigarette tombait en bas sur le sable du jardin, luisant encore un instant ; petite étoile rouge en face des grandes étoiles de là-haut.

Marcienne ne remarqua ni l'exclamation ni le mouvement de Philippe, et, l'intimité d'autrefois complètement refaite maintenant :

« Philippe, reprit-elle sur un ton de confidence, j'ai quelque chose à vous demander.

— Quoi ? »

Il avait un peu changé tout de même. Ce ton saccadé, ces manières brusques ne concordaient pas avec les réminiscences de jadis. N'importe ! il était bon, facile et trop poli pour faire des observations gênantes.

« Philippe, que pensez-vous des Caussade ? »

Il parut surpris.

« Des Caussade...? mais votre père vient de formuler son opinion, mieux éclairée que la mienne.

— N'importe ! c'est la vôtre que je veux. »

Les belles théories de son cousin avaient donné confiance à Marcienne. Elle aimait qu'on lui dît la vérité, d'autant plus peut-être que les fantaisies de son imagination et les ardeurs de sa volonté l'en écartaient parfois.

« Je vous croyais fixée, remarqua Philippe. Tout à l'heure vous proclamiez votre aversion pour ces voisins. »

L'observation, trop juste, était gênante. Au lieu de répondre, Marcienne se fâcha.

« Encore une fois, c'est votre opinion à vous que je vous demande. Ne vous préoccupez donc pas de ce que je pense. »

Philippe réfléchit, et, travaillé par des scrupules :

« Mais d'abord, questionna-t-il, à quel point de vue vous

placez-vous? sous quel rapport dois-je apprécier les Caussade?

— Eh bien!... mondainement parlant. »

Philippe hésita encore. Chez lui, le souci de l'exactitude et de

« Si vous dépendiez de moi, je ne vous confierais à personne. »

l'impartialité sem-
blait combattu par
un autre sentiment
qui céda.

« Mon Dieu! prononça-
t-il, au jour d'aujourd'hui
le monde est assez coulant.
Que les gens ne donnent pas
de scandales et soient riches, on ne leur en demande guère plus.
Or les Caussade réunissent ces deux conditions.

— Alors, on peut les voir?... »

Marcienne avait parlé trop vite, et son empressement parut
réveiller chez Philippe le sentiment hostile, tout à l'heure dompté.

« Entendons-nous, reprit-il vivement. Je vous ai dit ce que
penserait le public, non ce que je penserais, moi. Je suis resté vieux
jeu, Marcienne, et je trouve sage d'exiger toutes les garanties de
ceux qu'on introduit chez soi. La correction ne suffit pas, ni
même l'honnêteté. Tel serait incapable de détourner votre fortune,
qui manque des délicatesses requises pour être admis dans l'inti-

mité de la famille. Le foyer est plus sacré que la caisse. Voilà le
système d'autrefois, resté le mien quoiqu'il soit passé de mode, et
remplacé par le système diamétralement opposé... Oui, il y a bien
des gens auxquels on ne confierait pas dix mille francs et auxquels
on confie ce qu'on a de plus précieux, en leur permettant d'appro-
cher de sa femme ou de sa fille.   .

— Donc, si je dépendais de vous, vous ne me confieriez pas aux
Caussade?

— Si vous dépendiez de moi,... non, je ne vous confierais à
personne.

— Comme vous dites cela, Philippe!... Oh! mais vous auriez
été un terrible père, et je suis bien aise que le mien ait la manche
plus large. Le fait est, je crois, qu'il n'attache pas assez de prix à
son bien pour le surveiller si jalousement, et cela se trouve très
à propos, car j'adore la liberté. »

Philippe rallumait une cigarette. Il resta un moment avant de
reprendre :

« Comptez-vous donc, par hasard, user de votre liberté pour
voir les Caussade?

— Peut-être.

— Eh bien! Marcienne, je n'ai le droit que de vous donner un
conseil. Écoutez-le. Soyez prudente.

— Ah çà! qu'y a-t-il donc enfin de si redoutable chez eux?

— Je n'en sais rien. Tout ce que je sais, c'est qu'il doit y avoir
quelque chose. »

Deux ou trois bouffées s'échappèrent de la cigarette de Philippe; puis, comme se parlant à lui-même :

« Peu de chose en apparence : opinions politiques qui ne sont
pas celles de notre famille, sentiments religieux moins prononcés
que ne le souhaiterait notre bon curé. Au point de vue mondain,
on passe là-dessus. Le père, horriblement commun, mais brave
homme. De lui, je m'accommoderais encore. La mère, indéfinissable. Rien à dire pourtant. La fille sort d'un bon couvent. Rien

à dire non plus. Le fils,... cela ne vous regarde pas : il mène la vie de famille. En résumé, de lui pas plus que des autres...

— Rien à dire, conclut Marcienne triomphante.

— Mais beaucoup à penser, acheva traîtreusement Philippe. Au bout du compte, on ne sait d'où ces gens-là sortent, et on ne sait où ils vont. Dans leur passé il reste du vague; dans leur présent, du louche. Origine, éducation, fortune, tout, chez eux, contraste, se heurte et ne peut produire que des dissonances. Ils appartiennent à cette catégorie de déclassés ayant plus qu'ils ne devraient avoir et n'ayant pas encore ce qu'ils voudraient. Des ambitions jamais assouvies les travaillent. Ils poursuivent toujours un but, plusieurs buts parfois. Ainsi, en ce moment, ils font de la popularité. Rêvent-ils quelque mandat électoral? C'est possible; mais, en même temps qu'ils cherchent en bas des partisans dans ce peuple qu'ils dédaignent, ils cherchent en haut des appuis dans cette société qui n'est pas la leur, qu'ils détestent au fond et qu'ils combattent, où leur orgueil veut cependant obtenir droit de cité, et, grâce à leur argent et à leurs intrigues, ils réussiront des deux côtés; ils réussissent déjà. Vous les rencontrerez partout, hormis chez moi, intolérant et arriéré que je suis, ayant pour principe de ne tendre la main qu'à ceux que j'estime, et de ne rechercher que ceux que j'aime.

— Je prends acte de vos paroles, Philippe. Si vous recherchez ceux que vous aimez et qui vous aiment, vous viendrez, j'espère, ici souvent, et..., — oh! c'est une fantaisie! Tant pis! je la dis, — vous m'inviterez une fois à aller à Capléon. »

Avec sa finesse de femme et son affection d'amie, Marcienne jugeait nécessaire de donner à l'entretien une conclusion agréable, et elle rencontrait bien.

Philippe oublia les Caussade.

« Vraiment! vous voulez faire l'honneur d'une visite à ma vieille masure? disait-il, séduit.

— J'en meurs d'envie, avoua-t-elle, et depuis longtemps.

— Très bien. Nous allons prendre jour avec votre père, qui autorisera, je pense?... »

Elle se remit à rire, d'un rire un peu mélancolique au fond.

« Papa! Mais je vous ai déjà dit qu'il ne s'occupait pas des choses sans importance dont je fais partie. Et puis, un mot de vous... Il a beau vous rabrouer, vous en faites ce que vous voulez. Dites-moi donc, Philippe, comment vous y prenez-vous pour que papa vous « gobe » ainsi? Excusez le mot, je n'en trouve pas d'autres.»

Dans l'accent de Marcienne perçait une petite jalousie dont Philippe ne tint pas compte.

« Votre père et moi, reprit-il, nous sommes de vieux amis, unis par bien des épreuves et bien des souvenirs communs. »

La conversation déviait. Marcienne se trouva encore ramenée à son idée fixe.

« Vous avez connu ma mère, vous, Philippe? murmura-t-elle.
— Oui. »

Ce oui sonnait franc. Philippe, lui, enfin dirait la vérité, et Marcienne baissa encore un peu le ton :

« Pourquoi elle et mon père se sont-ils séparés?... Qu'y a-t-il eu entre eux?

— Rien de grave; des discordances de caractère exploitées par un entourage mal intentionné. Il n'en faut pas plus pour faire le malheur de bien des ménages.

— Et quand ma mère est partie, où est-elle allée?... Vous le savez, Philippe?

— Dans sa famille, en Amérique.

— Et depuis, vous n'avez jamais eu de ses nouvelles?

— Pas d'autre nouvelle que celle de sa mort.

— Vous l'avez apprise...?

— Par votre père, naturellement! »

Avec Philippe comme avec le curé, comme avec tous, on en revenait, on en reviendrait toujours à ce même point de départ. Comment remonter plus haut?

Marcienne biaisa.

« Cette famille de ma mère, est-ce que vous l'avez connue aussi?

— Oui. »

Pour la première fois, l'intonation de Philippe manqua de fermeté, et il tourna la tête, peu disposé évidemment à développer le sujet.

Marcienne prit un petit ton suppliant dont elle n'usait guère.

« Parlez-m'en donc un peu, Philippe; vous devez comprendre combien cela m'intéresse. Quels étaient les parents de ma mère? Quels sont ceux qui vivent encore?

— Je n'en sais rien, je vous assure; je ne puis rien vous en dire.

— Comme des Caussade! » riposta amèrement Marcienne.

Même celui-là esquivait la réponse, et, déjà revenue à son naturel plus enclin à la violence qu'à la ruse, elle allait rappeler à Philippe ses belles maximes, quand, fort à propos pour lui, la porte du salon se rouvrit d'une poussée.

S'arrachant à grand'peine aux intéressantes dissertations du sénateur, confus, pressé, des journaux débordant de ces plis de manche dont les curés se servent en guise de poche, l'abbé Cazauran s'élançait sur le perron, et dans l'obscurité, pour la seconde fois de la journée, heurtait Mademoiselle.

« Ah! mille excuses. »

Se rejetant vivement vers l'escalier de droite, il accrochait Marcienne :

« Pardon. »

Ce contact le forçant à se souvenir d'elle et, partant, de ses confidences, il crut devoir ajouter un mot d'exhortation :

« Au revoir, mon enfant, et bon courage! Tout ira bien. »

Philippe se redressait, et le curé l'aperçut auprès de Marcienne. Sa phrase resta en suspens. Dans son esprit actif quelque conception heureuse dut germer.

4

« Tout ira bien, » répéta-t-il avec un bon rire, déjà au bas de l'escalier, se sauvant tout guilleret dans la nuit noire.

A son tour, Philippe était parti. Dans la rocking-chair, au frais, sur le perron, le sénateur prenait un acompte sur son sommeil de la nuit.

Marcienne alla se coucher, et, moitié réfléchissant, moitié dormant :

« La vérité vaut toujours mieux que le mensonge, se dit-elle, répétant l'axiome de Philippe, et il faudra bien que je la sache. Je veux la savoir, et à ce que je veux, j'arrive. »

Pour être la petite-fille de d'Artagnan, Marcienne n'en était pas moins aussi une petite fille tout court.

Avant qu'elle eût achevé son défi à la destinée, ses beaux yeux farouches se fermèrent, ses lèvres énergiques se détendirent, et, sous ses rideaux fleuris de lotus, elle rêva d'un singulier phénomène de cosmographie.

Les mers se déplaçaient, le golfe de Gascogne s'était creusé. Là, sur le sable de Lannemajou, déferlaient des vagues bleues, les vagues du Pacifique.

Et dans l'une de ces vagues un bateau approchait, un canot de forme nouvelle, particulière, rappelant une voiturette automobile.

Sur le devant, une femme se tenait, blonde, svelte, au teint clair, souriant à Marcienne et tendant les bras vers elle.

Mais qui donc, à l'arrière, servait de nautonier ?

De loin, on aurait pu croire que c'était Philippe.

Non. Il avait une moustache. Il était habillé de flanelle blanche.

Il ressemblait à s'y méprendre au bicycliste malencontreux croisé dans l'avenue.

V

Les vingt-quatre heures suivantes furent employées par Marcienne à se poétiser les Caussade, et la tâche ne se trouvait qu'im-
parfaitement remplie quand le surlendemain, un dimanche, la
jeune fille pénétra dans la petite église de Lannemajou.

Les deux cloches sonnaient à toute volée, cloches de Gascogne
bruyantes et bavardes, faisant autant de tintamarre qu'un carillon,
et le curé, à longues enjambées et à grands coups de goupillon,
terminait hâtivement l'*Asperges* parmi les chaises bousculées.

L'entrée du sénateur occasionna un émoi nouveau et plus prolongé.

Pour la solennité, il eût certes rendu des points à l'officiant, et
toute l'attention publique déviait sur lui. Les enfants le fixèrent
avec l'effronterie naturelle à leur race ; les jeunes filles tournèrent
leurs têtes brunes, toutes en cheveux, un petit foulard de soie
roulé seulement par derrière autour du chignon ; jusqu'aux bonnes
femmes qui, dans l'entre-bâillement de leurs vastes capuches noires
de religieuses, montrèrent un bout de nez curieux.

Pour cette population maigre, pauvre et douée d'imagination,
cet homme plantureux, grave, au crâne luisant, à la barbe en
éventail, enredingoté de neuf et ganté de jaune, représentait un

idéal de prospérité bienveillante. On ne le jalousait pas, parce qu'il était dans le Midi où la familiarité aplanit les distances et, du même coup, amortit le choc des haines. L'orgueil national aidant, on ne disait pas : « Il est au-dessus de nous, » mais : « Il est à nous, » et on tirait vanité de lui comme d'un beau produit local. Avec attendrissement, deux petites vieilles toutes rabougries se chuchotèrent en patois : « Il a encore engraissé, » tandis qu'en son honneur les chantres hurlaient l'*Introït* avec un redoublement d'enthousiasme et de fausses notes.

Au milieu de ces manifestations sympathiques, le sénateur avait gagné sa place, au premier rang à droite, devant le maître-autel, qu'il considérait d'un air digne et bénévole, telles deux puissances amies face à face. Mademoiselle, le nez dans son paroissien, se rafraîchissait la mémoire d'un peu de latin; Marcienne, à genoux entre eux, regardait là, dans le chœur, ce tableau naïf où, sur un fond noirci, une Vierge en costume Louis XIII portait le petit Jésus et lui montrait une pomme vers laquelle se tendaient ses petites mains. La Vierge souriait; le petit Jésus souriait. En les peignant, le peintre avait dû sourire aussi, et sur les lèvres de Marcienne encore vint errer cet éternel sourire attendri qu'évoque depuis dix-huit siècles cette représentation, la plus touchante peut-être qui soit : la personnification divinisée de la grâce enfantine et de l'amour maternel.

Un mouvement discret derrière sa chaise troubla à peine le cours de ses pensées, et, sachant qui se mettait à cette place :

« C'est Philippe, » se dit-elle.

Assez souvent il venait à la messe à l'église de Lannemajou, guère plus éloignée que sa propre paroisse de l'endroit perdu qu'il habitait. Ce jour-là, Marcienne eût préféré qu'il n'y vînt pas, et, l'art de déguiser ses impressions lui ayant toujours fait défaut, le mécontentement transparut, rien que dans le petit signe de tête qu'elle lui adressa en se retournant un peu.

Puis, elle cessa de songer à lui.

Fendant l'assistance maintenant au complet, Mme et Mlle Caussade arrivaient à leur banc, le seul de l'église, au premier rang à gauche, vis-à-vis les places des Lapeyrède.

Pour la première fois, Marcienne trouvait l'occasion de les examiner de près et à loisir.

Le sénateur avait gagné
sa place,
au premier rang,
à droite.

Lors de son dernier séjour à Lannemajou, deux ans auparavant, les Caussade, point encore faits aux coutumes locales, ne mettaient pas les pieds à l'église. Depuis, sentant probablement le besoin de contenter tout le monde, ils avaient transigé. Ces dames allaient à la messe, ce qui plaisait à la majorité campagnarde; ces messieurs n'y allaient pas, ce qui donnait satisfaction aux quelques fortes têtes de l'endroit.

Marcienne n'eut donc que ces dames à contempler, et sa première impression ratifia l'énoncé de Philippe.

Non, rien à dire! La mère, d'âge moyen, petite, corpulente, une brune passée, n'avait jamais dû être jolie, distinguée encore moins, faisait cependant des efforts pour atteindre au comme il faut, la tenue raide, toute en noir avec des ornements jaunes au chapeau et à la robe, une idée trop jaunes, de ce ton rappelant le soleil ou l'or, trop spécialement cher aux races orientales.

La fille ressemblait à la mère, en plus chétif, en plus piètre, toutes les disgrâces accentuées par la maigreur, par la jeunesse, par la toilette même : auréole de paille blanche, dentelles, mousseline claire, contrastant fâcheusement avec ce petit visage olivâtre et déjà fripé, au nez saillant; le corps étique et rabougri, sans grâce comme sans force.

« Ah! elle est bien laide! » constata Marcienne avec une pitié de jolie femme.

Puis elle dut cesser d'observer les dames Caussade; car, à leur tour, celles-ci l'observaient discrètement, et ce regard en dessous, détourné toujours avant d'être surpris, la gêna plus que les coups d'œil jaloux, voire les admirations hardies, parfois effrontées. Elle ne put s'en dégager, l'oublier un instant, et elle en perdit une bonne partie des objurgations brèves et pratiques que l'abbé Cazauran lançait du haut de la chaire. Le sénateur lui-même eut des distractions.

Mais ce qu'il examinait, lui, de son air sévère, ce n'était pas les occupantes du banc.

C'était le banc.

Pour mal équarries et vermoulues qu'elles fussent, ces vieilles planches n'en constituaient pas moins un siège seigneurial, et cette place avait toujours été celle des propriétaires du château, — du vrai château, — cette dénomination n'étant échue à la maison de campagne des Lapeyrède qu'à une date relativement récente et par la prédominance naturelle de plus en plus accentuée de la fortune sur les traditions.

Le vrai château donc élevait sur le coteau voisin son vieux

donjon féodal. Deux siècles durant, les pierres s'en étaient déta-
chées l'une après l'autre, pendant qu'au contraire, dans la plaine,
la demeure des Lapeyrède prospérait et s'agrandissait à chaque
génération. Les domaines avaient suivi la même progression
inverse, et aussi les deux familles, si bien qu'à l'époque contem-
poraine, l'antique race de Lannemajou, tombée en quenouille, ne
s'était plus trouvée représentée que par une vieille demoiselle,
aussi ruinée que faire se peut, vivant des légumes de son jardin
et, l'hiver, se chauffant d'un feu de tourbe au coin de sa cheminée
armoriée.

De longues années durant, M. Lapeyrède, sans en prendre
nullement ombrage, l'avait vue à sa place d'honneur marmotter
ses vieux orémus. Mais enfin elle était morte. On avait mis en
vente le pauvre héritage, et un beau matin les Caussade, récemment déballés d'Amérique, s'étaient trouvés acquérir la tour, le
pigeonnier, la châtellenie et le banc par-dessus le marché.

Ce fut cette dernière circonstance qui donna à réfléchir au
sénateur.

Le mandataire du peuple a cela de commun avec la belle de la
saison, — cela seulement, — qu'il ne doit jamais s'endormir sur
ses lauriers, craignant toujours qu'une séduction plus puissante
que la sienne ne vienne détourner de lui ses électeurs aussi volages
que des amoureux.

Non sans déplaisir déjà, M. Lapeyrède avait revu là-haut le
vieux castel entièrement restauré, écrasant la plaine de ses splen-
deurs reconquises; et les achats de terre opérés par les Caussade,
dans l'intention évidente de reconstituer la propriété, ne lui
agréaient pas davantage. A retrouver en face de lui ces nouveaux
venus jusque dans l'église, considérée un peu comme son domaine
privé, il ressentit un agacement.

L'impression durait encore lorsque, la messe finie, il rejoignit
Philippe sous le porche, et à brûle-pourpoint il le favorisa de la
réédition complète d'un de ses plus beaux chapitres sur le dépla-

cement des molécules sociales et la désagrégation complète et prochaine qui peut en résulter.

Puis, soulagé par cette expectoration, il se radoucit pour demander :

« Vous venez déjeuner avec nous sans façon, mon cher?

— Je vous remercie; mais je ne voudrais pas être importun. »

Depuis cinq minutes Marcienne cherchait à placer son mot, vaine tentative aussi longtemps que le sénateur eut la parole; le joint s'offrait enfin, et voilà qu'elle ne songeait plus à en profiter.

Sortant à leur tour, Mme Caussade et sa fille passaient à côté d'elle.

Un geste, une attitude, un coup d'œil, décident parfois d'une situation.

En dessous encore, les regards se croisèrent. Des deux parts, il y eut une seconde d'hésitation, trop courte pour que Marcienne réfléchît, assez longue pour que, confusément, elle se rappelât.

Boston, sa mère...

Presque inconsciemment, elle inclina la tête. Aussitôt, du côté des dames Caussade, les figures s'épanouirent. Elles saluèrent avec un empressement marqué, tandis que gravement M. Lapeyrède soulevait son chapeau et que Philippe ôtait le sien aimablement, parce que l'amabilité lui était naturelle.

Le sort en était jeté. On se connaissait. On était bien ensemble, et peut-être, au fond, M. Lapeyrède n'en fut pas fâché, préférant encore, en sa profonde sagesse, se concilier un adversaire que de prendre la peine de le terrasser.

« Venez-vous déjeuner, Philippe? répéta-t-il.

— Oui, venez donc, appuya enfin distraitement Marcienne, l'œil sur la victoria où montaient les dames Caussade, une voiture luisante, neuve, capitonnée de velours pêche, dont les chevaux piaffaient furieusement sous leurs harnais argentés, ainsi qu'il convient à des pur sang, tandis que le cocher et le valet de pied

grenat et or restaient immobiles sur leur siège, en domestiques
bien stylés.

— A mon grand regret, il faut que je m'en aille, répondait
Philippe; mais je voulais vous demander si vraiment vous me

« A mardi donc, vers onze heures, et vous excuserez d'avance mon déjeuner de garçon. »

feriez le plaisir de pousser jusqu'à mon ermitage un jour de cette
semaine. »

La voiture des Caussade venait de partir, et Marcienne s'éveillait de sa distraction.

« Bien sûr! s'écria-t-elle gaiement; n'est-ce pas, papa? Vous
voulez bien que nous allions à Capléon? »

Revenu à sa sérénité olympienne, le sénateur daigna acquiescer.

« Si cela ne dérange pas Philippe... Le fait est que je reverrai
volontiers cette vieille maison, après tant d'années. »

On discuta le jour, tout en s'acheminant vers la petite charrette anglaise de Philippe qui stationnait, masquée jusqu'alors par l'équipage des Caussade, et Marcienne proposa :

« Après-demain, mardi ; c'est le jour que je préférerais. »

Personne ne souleva d'objection, et, déjà sur son siège :

« A mardi donc, vers onze heures, conclut Philippe, et vous excuserez d'avance mon déjeuner de garçon.

— Un déjeuner de garçon ! Oh ! cela va être amusant ! » s'exclama Marcienne.

Mademoiselle elle-même, qui, bousculée par tout le monde, égarée à droite et à gauche, venait enfin de rejoindre le groupe, eut à cette perspective un pâle sourire de vieille fille.

« Bon enfant, ce Philippe ! Il aurait mérité vraiment un peu plus de bonheur en ce monde, » prononça le sénateur mélancolique, comme la petite charrette anglaise disparaissait dans le sillage de poussière laissé par les Caussade.

VI

Vingt kilomètres, — la distance de Lannemajou à Capléon, — ne comptent guère dans la Lande. Cependant, ni Marcienne, ni personne de sa génération ne pouvait se vanter d'avoir franchi le seuil de Capléon.

Les anciens parlaient bien d'un temps où la vieille gentilhommière servait de centre de ralliement durant la saison d'automne aux chasseurs, aux visiteurs, aux danseurs, à tous ceux, — et ils sont nombreux alentour, — qui ne craignent pas d'acheter le plaisir par un peu de peine.

Ce temps avait pris fin, depuis une vingtaine d'années, avec la santé et la fortune du père de Philippe. En réintégrant la demeure familiale, non plus pour une brillante villégiature, mais pour un ensevelissement définitif, le vieux beau avait eu cette dernière coquetterie d'en refermer la porte sur lui, sans songer le moins du monde qu'il la refermait sur son fils en même temps. Sa déchéance pécuniaire et physique se voilait ainsi de l'attrait du mystère, et le fait est qu'à Marcienne, par exemple, qui avait l'imagination vive, le personnage était toujours apparu fabuleux et sa retraite inexplorée, curieuse comme un château de légende.

La partie projetée offrait donc pour la jeune fille un intérêt tout particulier, et, en ouvrant ses fenêtres le mardi matin, elle vit avec contrariété le ciel chargé de gros nuages, les sapins noirs, l'horizon embrumé, tous les signes précurseurs d'un orage prochain.

« Eh bien, nous irons sous l'orage; ce n'en sera que plus amusant, se dit-elle en guise de consolation. »

Elle fut prête de bonne heure, et s'en trouva bien; car, au moment de partir, un incident survint, qu'elle n'avait pas prévu.

« Monsieur fait prier Mademoiselle de vouloir bien passer dans son cabinet. »

A cette invitation, solennellement transmise par le maître d'hôtel, Marcienne eut un second mouvement de contrariété.

C'était un retard d'abord, puis un ennui pour sûr. Dans le cabinet de son père, on s'ennuyait toujours, et, en y pénétrant par cette matinée grise, elle trouva les tentures encore plus ternies, les bronzes plus sombres, l'atmosphère plus lourde qu'à l'ordinaire.

« Viens ici, ma chère enfant, disait M. Lapeyrède dans la pénombre, siégeant devant son bureau. J'ai à t'entretenir. »

Marcienne lui présentait ses joues, et il y mettait un baiser; mais ce baiser n'était évidemment pour lui qu'un hors-d'œuvre.

Comme elle restait debout, appuyée au bras de son fauteuil :

« Assieds-toi donc, reprit-il, et écoute-moi avec attention. Tu entres aujourd'hui dans ta vingt-deuxième année. »

Elle avait cru cet anniversaire oublié comme d'habitude, et elle en avait eu un peu de peine. Elle en eut davantage à le voir rappeler si froidement.

« Autrement dit, continua M. Lapeyrède, tu atteins ta majorité, l'âge où les enfants étant censés savoir se conduire eux-mêmes, la loi leur alloue une liberté complète, et l'usage une liberté relative. N'ayant jamais contrevenu ni à l'un ni à l'autre, je me suis mis en mesure de satisfaire aux obligations nouvelles que je me reconnais à ton égard, comme je crois avoir satisfait à mes obligations précédentes.

— Oh! papa!... »

La pauvre Marcienne ne put trouver un remerciement plus éloquent. Son père d'ailleurs n'en avait cure, l'éloge qu'il se décernait à lui-même lui paraissait d'une autre portée.

« Étant limité par le temps, poursuivit-il, je me résume. Comme ton tuteur d'abord, chargé de veiller sur ta fortune, je suis en règle, tu n'en doutes pas.

— Ma fortune..., murmurait Marcienne, surprise.

— Oui. Ce qui te revient par héritage. »

Pour laisser ces paroles s'incruster mieux dans l'esprit de sa fille, il faisait une pause.

« De ma mère...? » ne put s'empêcher d'achever Marcienne.

Le mot éclata comme une bombe. La tête puissante du sénateur se releva, une surprise troubla sa physionomie impassible; puis, dédaigneux de la bombe comme du reste :

« De ta grand'mère, accentua-t-il avec un regard qui eût foudroyé toute autre qu'une Gasconne; de ta grand'mère, qui seule était en mesure de te donner par ses libéralités posthumes un dernier témoignage et qui a jugé bon de te transmettre directement une part de ses biens, sans doute dans l'éventualité fort improbable d'une seconde alliance par moi contractée, et dont les suites pourraient diminuer ta légitime. »

Les idées filandreuses du sénateur s'exprimaient en termes si alambiqués, qu'on renonçait généralement à les saisir; mais, pour Marcienne, ce discours, peu intéressant en substance, éveillait un monde de réflexions nouvelles et diverses.

Son père remarié! Cette hypothèse, jamais envisagée, lui parut d'abord extravagante.

Pourtant, en réfléchissant, il aurait bien pu se remarier. Rationnellement, il l'aurait dû. Un homme se remarie qui n'est pas inconsolable et qui se retrouve libre, comme l'était... comme semblait l'être M. Lapeyrède.

Et cette question d'héritage? Mon Dieu, quel bonheur que sa

mère n'eût pas laissé d'héritage! En entrant en possession de l'héritage de quelqu'un, on sent si bien que tout est fini. Oh! pauvre bonne maman!

« La part à toi allouée, expliquait M. Lapeyrède, se compose de valeurs de tout repos, représentant ensemble un total d'environ trois cent dix-sept mille francs. L'ajournement se trouvant de peu de durée, j'ai estimé plus convenable de faire coïncider l'énoncé des dispositions de ton aïeule à ce moment où l'effet en pourrait ressortir; et dès demain, s'il te convient, mon notaire effectuera entre tes mains la livraison des titres et des coupons non encore venus à échéance.

— Oh! papa! s'exclama de nouveau Marcienne effrayée, qu'est-ce que j'en ferais?... Gardez tout, je vous en prie, et ne m'en parlez plus. »

Dans la barbe du sénateur, un sourire condescendant se dessina tandis qu'il acquiesçait :

« Mieux vaut en effet peut-être que je conserve, puisque tu m'en investis, la gérance de tes intérêts jusqu'au jour où nous signerons ton contrat de mariage, jour prochain s'il t'agrée... Et nous voici au second point que je désirais élucider avec toi. Aussi bien qu'à mes obligations matérielles de tuteur, j'ai songé à mes obligations de père chargé de pourvoir à ton avenir.

— Nous n'arriverons jamais à Capléon! » s'écria Marcienne avec détresse.

Le cabinet se faisait de plus en plus obscur. Aux fenêtres, la pluie commençait à tracer des zigzags, et dans le cœur de la jeune fille le souvenir de grand'mère se remettait à pleurer. Un instant encore, et elle n'aurait plus la force de soutenir son rôle gai dans cette journée de fête.

« Je serai bref, débuta le sénateur, s'accommodant sur son siège. Tu connais mon excellent collègue, le baron Duponcellier, de la Sarthe?... »

Mais Marcienne fut encore plus brève que lui.

« Et je connais aussi son fils. Si c'est tout ce que vous aviez à m'offrir, eh bien, c'est réglé, papa. Je n'en veux pas. Je vais mettre mon chapeau. »

« Je ne veux pas épouser un singe ! »

Elle se dirigeait vers la porte.

M. Lapeyrède scandalisé l'arrêta du geste :

« On ne traite pas ainsi les affaires sérieuses. On donne une raison.

— Donner des raisons ? dix, vingt, trente, si vous voulez. Il est laid, il est jaune, il nasille, ses cheveux tombent, il est bête. Pire : il est nul. Pas une qualité en propre ni même un défaut. Une vilaine enveloppe, et rien dedans. Il ne parle pas, il répète. Il n'agit pas, il imite. Je ne veux pas épouser un singe ! et un vieux singe encore ! »

Étourdi par ce flot d'éloquence, le sénateur ne retint que le dernier mot :

« Vieux! protesta-t-il. Vieux! un garçon de trente-deux ans! »

La protestation se perdit dans le vide. Ses affaires d'intérêt et de cœur ainsi prestement réglées, Marcienne avait déjà passé la porte, l'injustice du hasard voulant que le déjeuner à Capléon rendît plus prompte encore, sinon plus complète, la déroute du soupirant Duponcellier.

. . . .

Personne ne songeait plus à lui déjà dans le landau roulant le long d'une de ces interminables routes blanches, bordées de piñadas, dont la monotonie finit par atteindre à un effet de grandeur. Le pays, accidenté dans les proches environs de Lannemajou, s'aplatissait de plus en plus, et, bien qu'on l'eût depuis longtemps laissé derrière soi, l'imposant donjon des Caussade se dessinait encore sur la hauteur, et la fumée qui se balançait au-dessus de son toit pointu semblait le grandir comme un panache au feutre d'un mousquetaire.

Peut-être bien était-ce le donjon qui, derechef, projetait son ombre sur la pensée du sénateur taciturne. Marcienne était encore à l'âge où l'on ne pense guère, où l'on rêve; mais ce matin-là son rêve avait les ailes alourdies, probablement par cette pluie, tombant maintenant en cataractes, et il ne pouvait l'enlever bien haut.

La vilaine journée que cette journée de fête! Avoir vingt et un ans, entrer dans la catégorie des grandes personnes, dans la vie réelle jusqu'alors inconnue, pour entendre parler de titres de rente, de coupons et d'un mariage ridicule!... Si c'est là toute l'initiation, vraiment autant rester petite fille ou tout de suite passer dans le clan des gens sérieux comme papa, qui sommeillait à demi dans son coin, la tête renversée, la barbe en éventail; comme Mademoiselle, qui, après avoir furtivement à deux ou trois reprises immiscé son nez dans la *Revue des Deux-Mondes,* avait fini par s'y plonger tout à fait, les coudes sur les genoux, son torse raide projeté en avant, et son profil maigre dessinant une série invraisemblable d'angles aigus.

Et toujours la lande décolorée par la brume, vague et grise ; toujours la route déserte... Mon Dieu, qu'on s'ennuyait dans cette voiture !

Enfin, les piñadas firent place à des prés maigres, à des champs sablonneux. Quelques masures jaunes coiffées de rouge parurent.

On passa sous un vieux portail grand ouvert.

Des chars attelés de vaches fatiguées croisèrent le landau, et M. Lapeyrède, se redressant, annonça :

« Capléon ! »

Ce n'était qu'un hameau, et Lannemajou, en comparaison, aurait pu passer pour une capitale. Point d'église, point d'école. Tout au plus, un cabaret.

Franchissant les limites en deux tours de roue, la voiture tourna dans un chemin bordé de haies.

« La maison est là, au bout, » expliqua le sénateur.

Marcienne se souleva, mais un rideau d'arbres cachait jusqu'aux toits. On passa sous un vieux portail grand ouvert, puis on tourna encore cette fois dans une allée.

5

Subitement, la civilisation se refaisait sentir. Des gazons, des corbeilles apparurent, une charmille épaisse et verte, et, dans le fond, une bâtisse Louis XV de moyenne dimension, précédée d'une terrasse ornée de plantes et d'arbustes sur laquelle ouvraient de grandes portes-fenêtres. De la terrasse, Philippe guettait la voiture, et maintenant il courait ouvrir la portière.

« J'avais bien peur que cette pluie ne vous eût arrêtés, s'écria-t-il en donnant la main à sa cousine. Mais je comptais un peu sur l'intrépidité de Marcienne.

— Et l'intrépidité vient toujours à bout de tout, acheva la jeune fille avec une soudaine reprise de bonne humeur, même de la pluie. »

La pluie cessait en effet, et le ciel de Gascogne, lui aussi fantaisiste, en un rien de temps se débarbouillait, changeait de mine et de caprice. Déjà, au-dessus de Capléon, s'étendait une large bande bleue, et les nuages balayés s'enfuyaient aux quatre coins de l'horizon.

« Mais c'est très joli, ici! s'écria Marcienne sur la terrasse. Vous avez beaucoup de fleurs, beaucoup plus que nous.

— C'est mon seul luxe, » fit observer Philippe.

On entra. Un grand vestibule, éclairé à chaque bout par une porte vitrée, coupait en deux la maison. Là encore, des plantes et des arbustes dont la verdure tranchait seule sur les murs stuqués et sur la rampe aux fines balustres blanches de l'escalier.

« Rien de changé, remarqua le sénateur, qui avait mis son lorgnon. Et ici, c'est toujours là bibliothèque. »

Il entrait à droite dans la bibliothèque, qui servait de salon; car, la maison étant petite et les pièces vastes, le nombre s'en trouvait limité.

Là se concentrait la vie familiale avec ses souvenirs et ses accessoires : vieux livres à la reliure de veau doré, pressés sur les rayons coupés par endroits pour ménager l'espace d'une gravure ou d'un portrait; meubles d'époques différentes, les plus anciens contemporains de la maison; par-ci, par-là, un coussin ou une chaise brodés par une aïeule, une belle pendule, un saxe, des flambeaux d'argent, une miniature — objet d'art ou vieillerie modeste —

Là, des plantes et des arbustes tranchaient sur des murs stuqués.

mais tous ayant, en plus de leur valeur intrinsèque, une harmonie spéciale; mieux en place pour y être restés plus longtemps, et gardant entre eux, malgré la diversité de leur âge ou de leur mérite, un vague air de famille, comme les descendants d'une même race. Jusqu'à ce grand piano à queue moderne, et cette boîte à violoncelle dans un coin, qui faisaient déjà corps avec leurs ancêtres, et qui un jour eussent été les reliques de Philippe, si Philippe avait eu une postérité pour les recueillir.

« Vous raclez toujours de votre violoncelle? dit avec un certain dédain le sénateur arrêté devant la boîte.

— Oh! de moins en moins, affirma Philippe avec une certaine

mélancolie. J'avais à Mont-de-Marsan un ami, un juge du tribunal, qui venait faire de la musique avec moi. Il a été nommé ailleurs. Depuis la mort de mon pauvre père, mon piano n'a pas été ouvert, quoique, à vrai dire, je trouve absurde de considérer la musique comme une manifestation joyeuse. C'est tout aussi bien et mieux une façon d'exprimer sa tristesse, et l'on dit bien des choses que les paroles ne rendraient pas.

— Si vous voulez, Philippe, proposa hardiment Marcienne, j'essayerai de vous accompagner, et il y a chance que nos impressions s'accordent. »

Philippe était trop bon maître de maison pour laisser ses hôtes s'assombrir.

« Très volontiers, dit-il, après déjeuner, car voici venir le moment de l'épreuve, pour moi et aussi pour vous, je le crains. Soyez indulgentes, mesdemoiselles, en songeant qu'il y a une vingtaine d'années que des dames n'ont honoré Capléon de leur présence.

— Il y a dix-neuf ans, à ma connaissance du moins, » murmura dans sa barbe le sénateur, doué d'une mémoire qu'il ne manquait jamais l'occasion de faire ressortir.

Personne ne vit la légère contraction du visage de Philippe à cette réminiscence.

Le petit groom ouvrait à deux battants la porte de la salle à manger, et Marcienne s'exclamait :

« Oh! est-ce joli! »

Ce n'était pas un maître d'hôtel qui avait préparé la réception. C'était un artiste, et un artiste guidé par son cœur.

Des fleurs! Philippe n'avait trouvé que cela d'assez beau, d'assez frais, d'assez approprié à la circonstance, et il en avait mis partout avec une profusion exagérée, folle et superbe.

La salle à manger était une serre, la table une jonchée de roses, et des roses encore enguirlandant la suspension, transformée en un énorme bouquet, déguisant la cheminée, encerclant la glace; rien que des roses de Bengale, ces simples, ces gaies, ces naïves roses, moins belles que les autres et plus charmantes, sans apprêt, sans effort, douées de cette grâce imparfaite de l'adolescence qui l'emporte sur la perfection même.

Ces roses-là n'étaient, ni pour la barbe grise du sénateur, ni pour les quarante ans de Mademoiselle; et Marcienne le comprit.

« Comment avez-vous pu savoir que c'était ma fête? demanda-t-elle, très fière et un peu honteuse de tant de peine prise en son honneur

— Eh mais! par cette bonne raison que je vous ai vue naître, chère petite cousine. »

Marcienne regardait tout, touchait à tout, s'amusait de tout.

« Les jolies assiettes que vous avez là, Philippe! C'est,... ne me dites rien,... c'est du vieux rouen. Hein! je m'y connais?

— A merveille! sauf que c'est du nevers. »

Elle ne s'affecta pas de son impair.

« Enfin, cela me plaît. Et les verres! Oh! les drôles de verres! Louis XVI, n'est-ce pas?

— Empire.

— Empire, soit. Mais n'est-ce pas une drôle de chose, Philipppe, que ce qui est ancien soit moins vieux que ce qui est neuf? »

A cette définition hardie, Mademoiselle dressa l'oreille, et le sénateur s'arracha à la dégustation grave du premier plat.

« Tu dis? questionna-t-il de haut.

— Je dis, papa, et je reconnais moi-même la singularité de ma théorie, que les choses anciennes ont plus de jeunesse, — une sorte de jeunesse spéciale, s'entend, — que les choses modernes. Ainsi tenez, chez nous, où vous avez tout remis à neuf il n'y a pas bien longtemps, eh bien! tout est déjà démodé, fané, un peu vieillot.

— Permets...

— Si, papa; ça vieillit, je vous assure, tandis que chez Philippe, où l'on n'a pas peut-être planté un clou depuis le commencement du siècle, eh bien, il reste quelque chose, je ne sais quoi, qui défie le ridicule, qui plaît, qui plaira toujours, sera toujours à la mode, quelque chose de vivant, d'agréable, de jeune enfin. »

Elle regarda les larges fenêtres à petits carreaux, engouffrant maintenant une ondée de soleil, les boiseries finement sculptées, l'envolée d'amours de plâtre au-dessus des portes, et achevant :

« Le secret du phénomène, c'est, je crois, que les choses d'autrefois gardent l'âge de leur époque et que celles de maintenant prennent l'âge de la nôtre.

— Fort joliment dit, approuva Philippe, et il est à regretter que les personnes ne jouissent pas du même privilège. »

Le sénateur, trouvant le dialogue insipide, avait repris du saumon aux petits pois, et décidément en mesure de formuler son opinion :

« Qu'aviez-vous donc, mon cher, à vous inquiéter de votre déjeuner? Vous nous faites une chère de prélat...

— J'ai une vieille cuisinière, voilà tout, avoua Philippe. Encore le triomphe de l'ancien régime. »

Mademoiselle elle-même concourut à ce triomphe, affligée qu'elle était d'un de ces appétits désespérés de femme maigre; et il n'en fallait pas moins pour faire honneur au menu de Philippe, un menu extravagant, un peu fou, dressé par la même main qui avait semé les roses de Bengale : poisson, gelées, pâtés, aspics, buisson d'écrevisses, gâteaux, glaces, plats ayant tous, en plus du goût, la forme ou la couleur, se succédant en un brillant cortège jusqu'à la cohue joyeuse des petits fours, des fondants, des fruits en pyramide, des bonbons en débandade, tandis que le champagne pétillait dans les verres de Bohême roses.

« C'est insensé ! répétait le sénateur. Pour vous procurer tout cela, il a fallu aller à Mont-de-Marsan! »

Philippe nia en toute sincérité. Le fait est qu'il avait été à Bordeaux.

Ne devinant pas, son hôte conclut émerveillé :

« Quand on est doué de pareilles aptitudes ménagères, on peut se passer de maîtresse de maison.

— Aussi m'en suis-je passé. »

Marcienne laissait dire. Ses réflexions à elle allaient plus loin.

Rien d'étonnant à ce que Philippe suppléât une maîtresse de maison. Sa riche nature ne se bornait pas aux qualités masculines.

Positivement, il avait aussi un peu de féminin, voire de maternel, et Marcienne comprenait pourquoi, depuis ce seuil franchi, sa tristesse redoublée par ce jour de fête s'allégeait, pourquoi l'obsession même faisait relâche.

Philippe réparait les omissions des autres. Lui savait gâter, comme le savait grand'mère, sinon la remplacer, du moins faire le vide moins cruel.

Et, au fait, il pourrait bien lui ressembler, puisque, si éloignée que fût la parenté, ils avaient du même sang dans les veines.

Le déjeuner s'achevait, laissant une pourpre noble sur la face de M. Lapeyrède et une teinte orangée aux joues étroites de Mademoiselle; et celle-ci, la fringale de son estomac satisfaite, se remettait en quête d'aliments pour calmer la fringale de son esprit.

Ses yeux, invinciblement attirés par l'imprimé ou l'écriture, finissaient par rencontrer sur la muraille d'en face une pancarte qu'elle prit d'abord pour un de ces tableaux d'école représentant le squelette humain avec annotation et commentaires.

Trop courtois pour ne pas remarquer et apaiser cette curiosité de myope, Philippe expliqua :

« C'est un arbre généalogique que mon père avait fait dresser. »

On se levait de table, et Mademoiselle allait s'appliquer contre le verre recouvrant l'arbre généalogique, un de ces chefs-d'œuvre conventionnels de l'art héraldique, un tronc droit aux branches maigres et régulières, rappelant assez bien les vertèbres, chacune portant suspendus deux écussons accolés, l'un en losange avec le nom de l'époux, l'autre en cœur avec le nom de l'épouse, les deux unis par un ruban où s'inscrivait la date du mariage.

Au-dessous, des rameaux enchevêtrés pour la filiation et les alliances.

Faute de mieux, Mademoiselle se mit à déchiffrer au hasard les noms et les dates, tandis que le sénateur s'approchant, le doigt sur le dernier écusson, en losange celui-là, laissait tomber cette remarque :

« C'est cependant regrettable, mon pauvre Philippe, que vous ayez mis là : « Un point, c'est tout. » A la vérité, on n'est pas maître des circonstances. »

Il fit un geste d'absolution sur la race condamnée, puis, philosophiquement, s'en fut en allumant son gros cigare.

Dans la bibliothèque, il y eut une pause pour la digestion; mais bientôt Marcienne se remit à évoluer.

Cette demeure longtemps mystérieuse de Philippe devait être explorée à fond, et lui-même d'ailleurs favorisait ces investigations.

« Venez ici, Marcienne, que je vous fasse faire une découverte.

— Une découverte! »

Déjà elle rejoignait son hôte dans le réduit attenant à la pièce principale, selon la disposition de beaucoup de vieilles maisons; et, avec intérêt, elle voyait Philippe ouvrir un petit placard dans la boiserie.

Il en retira plusieurs écrins, et les posant sur la table :

« Vous m'avez fait grand plaisir, commença-t-il, en disant tout à l'heure que vous aimiez les vieilleries. Comme vous, je trouve qu'elles ont leur charme, un charme qui s'allie particulièrement bien à celui de la jeunesse, et j'avais pensé à vous offrir aujourd'hui, plutôt qu'un souvenir banal, quelque chose qui ait appartenu aux femmes de notre famille. J'ai choisi cette chaîne, parce qu'elle se retrouve à la mode et que vous pourrez la porter. Quant au reste... »

Il avait entr'ouvert les écrins ; de lourdes montures d'or reluirent, des pierres scintillèrent ; et, achevant :

« Quant au reste, vous l'aurez le jour de votre mariage. Vous êtes la seule à qui tout cela puisse revenir, et j'aurai plus de plaisir à vous le donner qu'à vous le laisser après moi.

Marcienne s'exclamait : « Oh ! est-ce joli ! »

— Voulez-vous bien ne pas parler de ces choses-là ! »

Tout à coup le cœur de Marcienne recommençait à se gonfler, et, de crainte de s'attrister, elle se fâcha :

« Non, vraiment, je ne sais ce qu'a tout le monde à ne m'entretenir depuis ce matin que de sujets lugubres,... d'héritage, et puis de mariage...

— Est-ce que le mariage serait un sujet lugubre ? »

L'altération légère de la voix de Philippe eût laissé supposer que pour lui c'en était un.

A ce moment, M. Lapeyrède s'avançait, majestueux, et il jeta dans l'entretien sa note sérieuse.

« Les préférences de votre cousine se contredisent parfois. Pour tant qu'elle vante l'antiquité, elle a certaines théories sur l'âge des hommes, par exemple...

— C'est qu'un homme ne ressemble guère en général à un objet d'art, » riposta rageusement Marcienne, peu soucieuse qu'on discutât tout haut ses petits secrets.

Et, pour faire diversion, passant la chaîne à son cou :

« Voyez comme elle va bien. Je l'aime beaucoup, votre chaîne, et pour bien des raisons. Merci mille fois, Philippe ! Et maintenant, je vais un peu au jardin,... voir si vous y avez laissé quelques fleurs. »

Elle sortit vivement par la porte-fenêtre de la terrasse, et une minute après on l'entendit dehors rire et parler patois avec la vieille cuisinière, tandis que le sénateur, qui n'avait pas l'esprit aussi mobile, répétait confidentiellement en sortant à son tour avec Philippe :

« Oui, mon cher, elle a refusé un charmant parti ce matin, parce qu'elle a trouvé l'âge trop avancé ; trente ans..., que dites-vous de cette aberration ?

— Affaire de goût, remarqua tranquillement Philippe. Il faudra chercher dans les collégiens. »

Le sénateur ne releva pas cette ironie.

« Nous avons du choix, prononça-t-il, et le contingent des aspirants ne peut que s'accroître en proportion de la dot ; le tout est d'agir avec discernement. Rapportez-vous-en à moi là-dessus. Je ne sais que trop, et vous devez savoir aussi, ce qu'il en coûte de commettre une erreur en pareille matière. »

Si avant que fût Philippe dans son intimité, M. Lapeyrède jugea sans doute avoir suffisamment prodigué ses confidences, et il retomba dans un mutisme grave que son compagnon n'eut garde de troubler.

La chaleur, du reste, les accablait. On eût dit que le soleil prenait à tâche de racheter sa courte absence, et Marcienne elle-même, revenant sur ses pas, émit cette motion :

« Allons faire un peu de musique. »

Ce jour-là, chez Philippe, toutes ses fantaisies servaient de loi. On rentra dans la bibliothèque fraîche et un peu sombre, où Mademoiselle était restée à feuilleter d'une main avide volume après volume, et Philippe tira l'instrument de sa boîte, tandis qu'avec sa belle crânerie ordinaire Marcienne se mettait au piano.

Elle n'avait jamais pu s'astreindre à un travail bien suivi; aussi, avec un certain instinct musical, n'était-elle parvenue qu'à une virtuosité médiocre.

Néanmoins, Philippe la rattrapant ou la repêchant selon les cas, elle se tira à peu près d'affaire.

Mais, au plus beau moment, voilà que Philippe s'arrêtait, la laissant en déroute.

Il se levait. Elle se leva aussi. Le sénateur venait de se redresser dans sa bergère en entendant la porte s'ouvrir.

Pour de l'inattendu, c'en était !

Robe de percale et complet de flanelle, deux silhouettes blanches de visiteurs s'avançaient dans le salon, et avec stupeur Marcienne reconnaissait Mlle Caussade, suivie d'un grand garçon qui, l'autre jour, pédalait si effrontément dans l'avenue réservée de M. Lapeyrède.

. . . .

Mais on ne se rappelait plus cette première rencontre fâcheuse. Du dimanche précédent datait une ère de concorde et de bienveillance, et tout rondement, tout naïvement, Mlle Caussade acceptait ce nouvel état de choses.

Le salut rendu aux messieurs, elle allait à Marcienne, la main tendue.

« Quelle bonne chance pour moi que de vous rencontrer ici,

mademoiselle ! Depuis longtemps je désirais faire votre connaissance. »

Pour la première fois Marcienne entendait le son de sa voix, et cependant, à ce moment décisif où souvent l'opinion se forme, elle ne s'arrêta ni au ton, ni à l'accent, ni à la phrase, convenables en leur banalité.

Chez Mlle Caussade, ce qui frappait, c'était sa laideur, qui, vue de près, dépassait vraiment les bornes permises.

Le type « rat écorché » sans nulle compensation. Rien, dans l'extérieur, qui ne fût souffreteux et minable, jusqu'aux yeux juxtaposés au nez long et busqué, des yeux noirs, brillants, mais que cernait un gonflement rouge ; et Marcienne, assise à côté de Mlle Caussade, ne put se défendre d'une répulsion physique, aussitôt déguisée sous un redoublement de politesse.

La conversation, telle qu'elle pouvait être entre jeunes filles inconnues l'une à l'autre, ne retenait pas son esprit, et ses réflexions purent s'élaborer et même varier à l'aise, tandis que son regard rapide se glissait dans le groupe des messieurs.

« Le frère est bien moins laid que la sœur, » se dit-elle.

Puis :

« Mais, tout de même, j'aime encore mieux la sœur ! »

Les opinions sont libres. Mais, pour la petite minorité de personnes bienveillantes et la grande majorité de gens vulgaires dont la société se compose, le jeune Caussade aurait été un beau garçon. Il était grand, assez bien fait, brun, vigoureux ; une insignifiante figure à moustaches, l'air plutôt bon enfant. Son âge et la province excusaient la prétention de son déshabillé et la recherche de son laisser-aller, à une époque où la mode veut qu'on soit à la fois dandy et voyou ; et il eût fallu être bien pointilleux vraiment pour remarquer certains indices physiologiques donnant à réfléchir : l'étroitesse du front, sur lequel avançaient les cheveux, noirs, épais, frisés, toisonneux comme une fourrure ; ce développement des os maxillaires et l'épaisseur des lèvres rouges, de ce rouge viande crue, particulier aux garçons bouchers.

Sans que Marcienne notât ces détails, son impression subtile de femme en fut certainement influencée. Ses préjugés de l'autre jour revécurent.

Puis, au lieu de lui déplaire, le jeune Caussade l'amusa.

Moins souple et moins insinuant que sa sœur, il faisait triste figure entre M. Lapeyrède, infiniment majestueux, et Philippe, un peu raide; il n'osait s'asseoir, ne savait comment dire ce qui l'amenait, restant là à se balancer, à bredouiller, passablement embarrassé de sa personne.

Et c'était bien amusant aussi de voir Philippe, après ses belles protestations de l'autre jour, pris par surprise, contraint de se laisser envahir, de fournir entre Marcienne et les Caussade l'occasion d'un rapprochement, et de se montrer accueillant par-dessus le marché, sans pouvoir toutefois empêcher ses yeux de dire :

« Mais que diable ces gens-là viennent-ils faire chez moi ! »

Mlle Caussade, aussi bien que Marcienne, dut analyser la situation, et elle tendit la perche à son frère.

« William, dit-elle, tu n'as pas donné à M. de Capléon le motif et l'excuse de notre indiscrétion.

— Oh! mademoiselle…! dut protester Philippe.

— Si, si, nous sommes vraiment tombés chez vous par trop à l'improviste; car à peine même pouvons-nous invoquer le voisinage. Nous sommes si éloignés!… Heureusement que de notre temps les distances diminuent. Nous n'avons pas mis une heure de Lannemajou ici !

— Avec votre automobile?

— Oui, c'est notre passion du moment, et je dois même avouer qu'au figuré comme au propre, c'est notre voiturette qui nous amène ici. »

Cette transition ingénieuse trouvée, elle expliqua :

« Nous faisons partie du comité de secours pour les incendiés, et tout naturellement nos facilités de transport nous désignent pour les quêtes à distance. Notre présidente, Mme de Maubrun, vous a mis sur sa liste, et il a fallu s'exécuter malgré les scrupules... »

Déjà Philippe portait la main à son gousset.

Mlle Caussade l'arrêta.

« Non, non, monsieur de Capléon, nous sommes plus indiscrets encore que vous ne le supposez. Il ne s'agit pas de vous demander une souscription, mais de vous présenter une requête autrement hardie... »

Mlle Caussade eût été seulement passable, peut-être, avec sa langue déliée et sa physionomie mobile, fût-elle parvenue à plaire.

Telle quelle, on la jugeait intelligente, pas banale, quelqu'un, une personne avec qui il faudrait compter.

Elle s'était approchée du groupe masculin, et, sur un signe d'elle, William se décidait à entreprendre M. Lapeyrède.

« Vous êtes, comme de droit, notre président d'honneur, monsieur; mais vous n'avez sans doute pas eu le loisir de vous mettre au courant de nos petits projets. »

Ce début, établissant bien la distance entre le grand homme de Paris et l'obscure plèbe de province groupée à l'ombre de son piédestal, parut de mise au sénateur, qui d'un hochement de tête encouragea le jeune Caussade à poursuivre :

« Voilà. C'est une chose terrible que les incendies de cette année. On ne sait s'il faut les attribuer à la chaleur ou si ce sont les étincelles jetées par les locomotives, mais à tout moment la lande prend feu. Les compagnies refusent d'assurer, et certains sinistrés se trouvent du soir au matin sans sou ni maille. Alors, les souscriptions recueillies ne suffisant pas, Mme de Maubrun a pensé à donner une fête de charité. On s'est décidé pour un concert...

— Et c'est cet allié que nous venons requérir, acheva Mlle Caussade, la main sur le violoncelle qui n'avait pas eu le temps de regagner sa boîte. Monsieur de Capléon, vous ne pouvez pas refuser de jouer pour les pauvres ! »

La fureur contenue de Philippe fut telle, que Marcienne se défendit avec peine du fou rire qui la travaillait.

« Mais je ne joue plus, affirma-t-il, je ne joue pas, je suis incapable...

— Oh ! nous venons d'avoir un échantillon de votre talent.

— Et, du reste, je serai absent...

— Nous changerons, s'il le faut, la date du concert.

— Je vous répète, mademoiselle, que je ne puis me produire en public.

— Mais ce n'est pas une réunion publique, c'est une petite réunion de société, de famille, et ces dames elles-mêmes n'hésitent pas à prêter leur concours. »

Mlle Caussade appartenait à la catégorie des femmes tenaces.

Philippe eut pourtant raison d'elle.

« Enfin, mademoiselle, mon grand deuil m'interdit toute représentation. »

Il avait trouvé une plate-forme, et on ne l'en délogea pas. Pour en finir, il prit un billet à cinq francs, qu'il paya un louis, et Mlle Caussade dut lever la séance.

Elle ne partit pas cependant sans avoir tiré quelque chose du sénateur aussi, et s'inclinant avec cette déférence flatteuse que les femmes elles-mêmes témoignent aux très grands personnages :

« Notre président d'honneur, dit-elle, voudra bien nous accorder le patronage de sa présence ? »

Présider, patronner, tous ces mots en p rentraient dans le génie de la langue particulière à M. Lapeyrède, et que, d'intuition, Mlle Caussade semblait avoir apprise.

Il se retrancha bien aussi derrière son deuil; mais assister à un concert n'est pas la même chose que de monter sur les planches, et il finit par prendre pour Marcienne et pour lui un billet et un engagement.

Cette fois, les Caussade étaient partis, et, le premier, le sénateur résumait ses impressions.

« Ils sont convenables, ces jeunes gens, mieux que je n'aurais
cru. Le jeune homme, il est vrai, ne paraît pas pourvu de grandes
capacités... »

Cette lacune chez le jeune Caussade ne lui nuisait pas dans
l'esprit du sénateur, au contraire. On pouvait se tenir pour assuré
que celui-là ne décrocherait pas la timbale électorale, et, de plus
en plus bienveillant, M. Lapeyrède acheva :

« Quant à la jeune fille, la beauté n'est point son partage; mais
je la crois une personne de mérite. Et vous, Philippe, qu'en pensez-vous? »

Philippe, après deux ou trois tours dans la pièce pour dissiper
son énervement, revenait, et, la voix encore un peu mordante :

« Mon cher cousin, dit-il, avez-vous vu Bob et Job à l'Hippo-
drome? »

Et, sur un geste de dénégation dédaigneuse :

« Cela méritait d'être vu. Job était un ours, et Bob un petit
chimpanzé pas plus gros que ça. Il s'asseyait sur le dos de son
camarade, sur sa nuque; on eût dit qu'il lui parlait à l'oreille, et
il lui tirait les poils, le griffait, le tourmentait de telle façon, que la
grosse bête stupide et à peu près inoffensive finissait par entrer
dans des rages indescriptibles. C'était symbolique : la malice sti-
mulant la brutalité! Eh bien, tout à l'heure, avec Mlle Caussade et
son frère, il m'a semblé revoir Bob et Job. »

Le sénateur, qui n'admettait pas que l'imagination eût place au
discours, haussa les épaules :

« Voilà bien de vos comparaisons qui ne reposent sur rien!
une de vos idées d'artiste! »

Marcienne ne défendit pas les idées d'artiste. Son attention se
détournait de Philippe et de ce qu'il disait pour s'attacher à un
autre point de vue; et, exclusivement en peine de se rensei-
gner :

« Le frère s'appelle William, remarqua-t-elle, et la sœur...
comment donc? Son frère a dit son nom... Ah! oui, Noémi.

— Un nom biblique, dit Mademoiselle.

— Un nom juif, » ajouta Philippe.

Et, décidément vexé par l'invasion dont il n'avait pu se
défendre :

« Au fait, reprit-il, humant l'air où le jeune Caussade n'avait
cependant laissé qu'un parfum de peau d'Espagne; au fait, est-ce
que ça ne sent pas un peu le juif par ici? »

La fête de charité est par elle-même une bizarre institution.

A première vue, on s'étonne de voir, sitôt quelques pauvres diables noyés, brûlés, inondés, écrasés en chemin de fer ou ensevelis dans une mine, les personnes compatissantes se mettre à danser, à chanter, à jouer la comédie ou à organiser une kermesse.

L'une et l'autre partie intéressée se trouvant bien toutefois de cette manière de faire, il n'y a qu'à ne rien dire et à continuer.

A Mont-de-Marsan, le concert obtint un plein succès.

Le maire avait prêté une salle de la mairie. Fonctionnaires d'une part, notabilités mondaines de l'autre, se mettant de la partie, tout ce que la ville put fournir de bonnes volontés se groupa autour de ces deux états-majors, tandis que la campagne donnait avec non moins d'entrain.

De dix lieues à la ronde, les oisifs peu fortunés qui s'ennuient autour des chefs-lieux de canton avaient répondu à l'appel, les uns en chemin de fer ou en tramway, les autres en calèche ou en carriole, certains partis dès l'aube ou ayant sacrifié leur déjeuner. Et les visages les plus fatigués n'étaient pas les moins épanouis, quand, sur le théâtre improvisé au fond de la salle, le rideau se leva sur un groupe de jeunes filles en robes blanches, chantant le chœur de *Mireille*.

Mme de Maubrun accompagnait : une grande femme maigre, ayant de beaucoup dépassé la cinquantaine, qui gardait en guise de protestation un chignon du temps du maréchal, époque de ses prospérités. Femme d'un ancien ministre plénipotentiaire, elle conservait de ses promenades à travers le monde un besoin incessant d'activité et de domination, et son importance eût pu le disputer à celle de M. Lapeyrède, avec cette différence qu'elle faisait de l'effet par son agitation, et lui par son immobilité.

C'était elle qui avait organisé le concert, donnant l'idée et l'exemple, recrutant les artistes, enrôlant les coopérateurs, tirant des gens ce qu'ils pouvaient fournir et répartissant d'une main si sûre les honneurs et les corvées, que chacun se tenait pour content de son lot.

Dans la salle archi-comble, les commissaires, fleuris à la boutonnière d'une rosette bleue, évoluaient, offraient le bras aux dames, se lançaient à la poursuite des chaises, tous pris dans la belle jeunesse du cru et n'étant certes pas, pour les demoiselles à marier et les mères de famille, le moindre ornement de la fête.

Le jeune Caussade n'avait pas manqué une si bonne occasion. Son complet de flanelle remplacé par une jaquette à la russe, il recevait les billets à l'entrée, et ce fut naturellement sur lui que tombèrent d'aplomb Marcienne et son père arrivant un peu en retard, ainsi que le comportait leur dignité.

Tout enfariné, il s'élança au-devant d'eux.

« Nous comptions bien sur votre bonne promesse, nous vous avons gardé des chaises, annonça-t-il. Là-bas, en avant. »

Voyant la salle envahie et beaucoup de messieurs debout faute de place, le sénateur dut se féliciter de l'attention, et il condescendit à suivre le jeune Caussade, qui, tout à eux, désertait son poste.

« Trois chaises, reprenait celui-ci, car nous espérions bien que M. de Capléon vous accompagnerait. »

Philippe n'avait guère donné prise à cette espérance, et cependant il était là, derrière, marchant à la file, encore à se demander comment au dernier moment Marcienne l'avait entraîné.

On les séparait. Indiquant avec un salut déférent au sénateur et à Philippe l'estrade d'honneur dressée pour les autorités sur un côté de la salle, William Caussade conduisait Marcienne au premier rang des chaises réservées.

Il n'y eut pas à discuter ces arrangements.

Le chœur allait toujours :

Chantez, chantez, magnanarelles...

Et, aussi discrètement que possible, les messieurs se hissèrent et prirent place, tandis que Marcienne s'asseyait auprès de Noémi Caussade, recevant et rendant un sourire silencieux.

Pour une femme, le moment où on la contraint à se taire est celui de regarder, et Marcienne prit une vue d'ensemble de la salle.

Décoration modeste et naïve, tout à la bonne franquette. Toilettes éclatantes et rustiques, où dominaient les tons bluets et coquelicots, comme dans un champ de blé ; les figures naïves aussi, exprimant des sentiments simples : béatitude bonasse de gens qui savourent un plaisir rare, ou, chez quelques-uns, inquiétude de gens qui craignent de n'être pas à la hauteur.

Marcienne ne pouvait entrer ni dans l'un ni dans l'autre de ces états d'âme, trop Parisienne pour rien apprécier qu'au point de vue pittoresque, et trop abattue pour que ce pittoresque l'amusât.

C'était la première fois depuis son deuil qu'elle se montrait en public, et le souci de maintenir la popularité de M. Lapeyrède ne contribuait pas pour grand'chose à cette concession.

Comme Philippe, elle eût été bien embarrassée de dire ce qui l'amenait.

« Les Caussade y seront ! » s'était-elle répétée chaque fois que s'agitait la question du concert.

Et déjà, peu à peu, ils recommençaient à l'absorber au détriment des magnanarelles, qui, bissées par le public, repartaient avec un nouvel entrain ; de son père et de Philippe, relégués là-haut, et du programme rose, enjolivé par un amateur, que venait de lui passer sa voisine toujours pleine de sollicitude.

Chose singulière pourtant, que les attentions multipliées de ces braves gens n'eussent sur elle qu'un effet répulsif assez fort pour lutter même avec ce fol espoir toujours réveillé ! Vingt fois, en ces trois semaines écoulées depuis la présentation chez Philippe, elle avait été sur le point de monter au château, sûre d'avance d'un bon accueil, et c'était justement ce bon accueil dont elle ne voulait pas, aimant mieux attendre du hasard une nouvelle rencontre.

Voilà qu'elle en était favorisée. Quel parti en tirer ? Comment aborder cette question intime ; laisser, inutilement peut-être, deviner à ces étrangers la supposition bizarre qui la torturait ?

Et, par un nouveau caprice, elle exigeait à présent qu'eux-mêmes vinssent au-devant de ses pensées secrètes ; elle s'irritait de les attendre.

Mme de Maubrun et trois messieurs jouèrent un quatuor. Une dame chanta le grand air de la *Reine de Saba ;* des enfants piaillèrent le chœur des gamins de *Carmen ;* puis un vieux monsieur convaincu récita des vers.

Son répertoire avait son âge, et il déclamait avec des coups de voix et des chutes inattendues, des grelottements de tête, des tremblotements de main en vogue vers 1830.

Ainsi exhumées, ces vieilleries sentimentales prenaient un aspect irrésistiblement grotesque, et le fou rire qui guettait toujours Marcienne lui chatouillait le dos, la mâchoire, se nichait dans sa gorge, tout prêt à éclater. Dans la salle, quelques dames de campagne bienveillantes s'attendrirent, et les gens qui aimaient les classiques approuvèrent du bonnet.

Noémi Caussade, dont jusqu'alors les lèvres minces grimaçaient malicieusement, eut même un accès d'indulgence.

« Ceci n'est pas trop mal, » fit-elle observer à Marcienne.

En trémolo, le vieux monsieur récitait la *Pauvre Fille*, de Soumet :

> Oh ! pourquoi n'ai-je pas de mère ?
> Pourquoi ne suis-je pas semblable au jeune oiseau ?

Le fou rire quitta Marcienne. Elle écouta presque malgré elle. Après avoir exprimé toutes les plaintes de l'enfant abandonnée :

> Reviens, ma mère, je t'attends,
> Sur la pierre où tu m'as laissée.

Un vieux monsieur convaincu récita des vers.

Marcienne tressaillit.

Chez elle, une corde, maladroitement touchée, vibrait néanmoins.

La première partie se terminait là-dessus, et, l'entr'acte déliant les langues, Noémi se livra à ce commentaire :

« C'est affreux pour une jeune fille d'avoir perdu sa mère.

— Et surtout quand cette mère existe peut-être encore, » murmura presque involontairement Marcienne.

Ses yeux rencontrèrent ceux de Noémi, dans lesquels une rapide surprise passa, puis qui n'exprimèrent plus qu'une sympathie contenue.

Marcienne s'était retournée pour saluer dans la salle quelques personnes de connaissance.

Aucune autre parole ne s'échangea jusqu'à la fin de l'entr'acte.

La seconde partie ne fut pas moins nourrie que la première. Des jeunes gens dirent des chansonnettes expurgées, puis des monologues ; le petit Maubrun joua du xylophone.

Dans la salle surchauffée par le soleil d'août et l'haleine de la foule, on ne respirait plus. Marcienne avait la tête gourde, les oreilles lasses, les mains fatiguées d'applaudir, et non sans plaisir elle vit enfin se baisser le rideau.

« Je voudrais bien vous présenter à maman, » lui dit Noémi Caussade comme on se levait pour sortir.

La salle, immobilisée pendant trois heures, se remettait à bruire, à grouiller, à causer, comme un réveil universel. Les autorités dégringolaient de leur estrade, et dans le passage ménagé entre les chaises on se heurtait, on s'accostait, on se reperdait en une bousculade amicale.

Sur le palier de l'escalier où l'on stationnait, Mlle Caussade rattrapa Marcienne, et l'entraînant :

« Maman est ici, » dit-elle en se dirigeant vers un groupe.

En noir et rouge cette fois, très habillée, couverte de bijoux, Mme Caussade échangeait avec les dames du comité des impressions et des félicitations.

Philippe avait dit vrai, ces nouveaux venus prenaient pied dans la société. A peine encore, à leur égard, une nuance de réserve légère et qui achevait de s'effacer dans cette ivresse de l'effort soutenu et du triomphe remporté en commun.

« A vous revient tout l'honneur ! Vous avez tout fait, » proclamait Mme Caussade avec un grand geste d'hommage à la présidente.

Et celle-ci, énervée par la fatigue, oubliait un peu sa suprématie pour serrer les mains à droite et à gauche en protestant :

« Non, vraiment ! J'ai été si bien secondée ! Mais, mesdames, venez, je vous en prie, vous reposer un peu et prendre une tasse de thé à la maison. »

Ce fut à ce moment que Noémi fit sa présentation.

« Maman, mademoiselle Lapeyrède. »

Instantanément, Mme Caussade lâcha les mains de Mme de Maubrun pour saisir celles de Marcienne.

« Ah! chère mademoiselle, que je suis heureuse de vous voir! Ma fille ne parle que de vous, c'est une vraie passion que vous lui avez inspirée! »

La passion de Noémi restait au moins contenue.

Enhardie sans doute par l'âge, Mme Caussade, tout en ressemblant à sa fille, était plus exubérante, plus verbeuse, et elle avait aussi en propre quelque chose de doucereux, de mielleux, ouatant ses formes au moral, comme au physique son embonpoint les adoucissait. Marcienne ne trouvait plus rien à répondre à ses effusions, et elle se félicitait de voir enfin apparaître là-bas son père et Philippe venant la chercher, quand au milieu d'un flot de paroles fades ces mots la frappèrent :

« ... Et j'avais encore, achevait Mme Caussade en baissant la voix, des raisons tout à fait spéciales de m'intéresser à vous. J'ai tant connu des personnes qui vous tiennent de près!... »

. . . .

La salle continuait à dégorger son contenu. Plusieurs dames, apercevant Marcienne, vinrent à elle, l'interpellèrent, l'entourèrent avec une franche et bruyante cordialité. Les Caussade s'effaçaient; elle se retrouvait dans son bon milieu de province, connu, tranquille, sans piège ni surprise; et cependant sa pensée demeurait avec ces étrangers douteux, son unique désir était de les rejoindre.

Elle fut vivement contrariée quand son père et Philippe la rappelèrent, pressés de remonter en voiture.

Mais des protestations s'élevaient :

« Non, non. On ne part pas encore, on va chez Mme de Maubrun. »

Le sénateur, trouvant en avoir déjà un peu trop fait pour ses compatriotes, déclina obstinément l'invitation, en prétextant son travail, ce qui seyait toujours.

Alors on transigea :

« Laissez-nous Mlle Marcienne. Oh ! par exemple, vous ne pouvez pas nous la refuser. »

Marcienne comptait pour peu. Il jugea la concession possible, et les difficultés de détail l'arrêtèrent seules.

« Comment reviendra-t-elle ? La voiture...

— Nous la reconduirons, offrirent les dames en chœur ; quelqu'un de nous passe bien par Lannemajou.

— Est-ce que vous voulez vraiment rester, Marcienne ? demanda Philippe, tandis qu'on discutait.

— Mais... oui ! »

Il s'étonna. Jusqu'alors elle s'était cloîtrée dans son deuil, en exagérant plutôt la rigueur. Aujourd'hui elle avait consenti à aller au concert ; elle voulait encore, avec tout ce monde, aller au thé de Mme de Maubrun, et ce ne pouvaient être ces médiocres plaisirs qui l'excitaient ainsi, mettaient ce trouble fébrile sur son visage et dans sa voix.

« J'ai quelques affaires dans la ville, reprit Philippe ; voulez-vous que je vienne vous prendre chez Mme de Maubrun et que je vous ramène ?

— Oh ! cela vous détournerait de votre chemin.

— Peu importe.

— Non, vraiment, ce n'est pas la peine, puisque ces dames offrent de me reconduire ; je vous retarderais.

— Encore une fois, ne songez pas à cela.

— Si... Et d'ailleurs, est-ce que ce serait convenable ? »

Philippe la regarda.

Elle n'était pas de ces jeunes filles trop expérimentées qui cherchent le péril là où il ne peut pas être, dont les réticences ne sont pas un signe de timidité, au contraire. Toujours il avait vu la belle confiance de l'honnêteté et de la jeunesse, et il lui fallait être bien à court de prétexte pour avoir trouvé celui-là.

« C'est bien, » dit-il simplement.

Elle eut un rire embarrassé en le voyant partir, consciente de lui avoir déplu, de l'avoir affligé peut-être, en ayant de la peine, mais n'y pouvant rien et oubliant déjà.

En bande, on se rendait chez Mme de Maubrun.

Le thé, soi-disant improvisé, était servi sur de petites tables basses « à la turque », déclara Mme de Maubrun, qui savait combien l'exotisme charme la province.

Puis, quand on fut suffisamment restauré, on se reprit d'un bel entrain. Les jeunes filles en robes blanches se remirent à chanter leur chœur, les jeunes gens à redire leurs chansonnettes. Le vieux monsieur y serait bien allé de quelques élégies, mais on lui coupa la parole.

Du moment qu'on était réuni et en toilette, pourquoi ne pas faire la fête complète ?

Déjà les tables se trouvaient repoussées dans les coins, et Mme de Maubrun jouait une valse.

« Mademoiselle, voudriez-vous me faire l'honneur... ? »

William Caussade, le bras arrondi, s'approchait de Marcienne.

Elle eut un mouvement presque de colère, et montrant sa robe noire :

« Je ne danse pas, monsieur, dit-elle un peu sèchement.

— Ah ! pardon, fit-il déconfit, j'oubliais. »

Comment n'eût-il pas oublié ces convenances dont elle-même paraissait faire litière ?

Les dames Caussade, occupées ailleurs, ne revenaient pas, et les efforts d'amabilité du reste de la société la laissaient insensible. On la trouva froide, ce qu'on attribua charitablement à sa tristesse bien naturelle et aux raffinements inconnus de la mode parisienne. Quant à elle, son seul désir maintenant était de voir ces entrechats s'arrêter et ce piano bruyant se taire.

Grâce à l'heure du dîner, elle fut assez promptement exaucée.

A regret, on prenait ses dispositions pour le départ.

« A qui confierai-je le précieux dépôt à restituer ? » disait gra-
cieusement Mme de Maubrun, la main sur l'épaule de Marcienne,

Puis, quand on se fut suffisamment restauré,
on se reprit d'un bel entrain.

qu'elle ne se souciait nullement de garder jusqu'au lendemain.

Si empressés tout à l'heure dans leurs offres, les amis se
refroidissaient un peu à la perspective du long détour et du long
retard.

« Mais ce plaisir nous revient, énonça la voix onctueuse de
Mme Caussade. Nous passons devant chez M. Lapeyrède. »

On ne contesta pas. Mme Caussade, une mère de famille,...
quelle meilleure sauvegarde ?

Marcienne s'était attendue à cette solution. A vrai dire, elle y avait compté. En prenant place dans la victoria à côté de Mme Caussade, en face de Noémi sur le strapontin, à peine une légère surprise la troublait à se rappeler les phases rapides de cette liaison.

Des suspects, à la première rencontre dans l'avenue ; des étrangers, à l'église. Chez Philippe, des intrus ; presque des intimes, à présent ! Est-ce que les Caussade n'allaient pas devenir bientôt dans la vie de Marcienne quelque chose de plus ?

Oui, et le moment approchait. Elle le savait. Ce serait dans quelques minutes, hors de la ville, que continuerait la révélation commencée.

On s'était attardé chez Mme de Maubrun. La nuit tombait tout à fait, une nuit sans lune, noire et tiède. A présent, hors de la limite des becs de gaz, Mme Caussade et sa fille, sous leurs voilettes et dans leurs manteaux, n'étaient plus que des formes vagues ; William, sur le siège, qu'une silhouette ; les arbres et les champs, le long de la route, que des ombres et des vides ténébreux, et Marcienne ne fut pas étonnée d'entendre insensiblement la conversation changer de ton.

« Pourvu que monsieur votre père ne se fâche pas de notre retard ! » avait dit Mme Caussade.

Et sur l'affirmation rassurante de Marcienne :

« Tant mieux, acheva-t-elle. M. Lapeyrède me semblait aussi un homme trop éminent pour s'attacher aux vétilles. Moi, j'en suis pour qu'on laisse à la jeunesse un peu de liberté. Ma fille a été élevée ainsi, à l'américaine, et vous avez tout droit à la même indépendance.

— Vraiment ! »

Cette exclamation passa brève entre les lèvres de Marcienne.

« Mais oui, reprenait innocemment Mme Caussade, puisque vous êtes un peu Américaine par votre chère mère. »

Qu'était-elle, elle, Mme Caussade ? Américaine ? Française ? ou mélangée de nationalités diverses que son type ne dénonçait pas, que son accent incorrect, sans être accusé, ne permettait pas de définir? Marcienne ne songea guère à se le demander. A un seul point de vue, Mme Caussade l'intéressait.

« Vous avez connu ma mère ? » dit-elle.

C'était net, saccadé, tranchant, aussi différent que possible de ces insinuations douceâtres, entortillées, visant de loin un but et tirant en longueur pour y atteindre, qui depuis des heures l'enveloppaient peu à peu d'un réseau que son impétuosité tentait de rompre.

Mais on ne prenait pas Mme Caussade au dépourvu.

« Certainement que je connais toute cette chère famille, que nous la connaissons tous. Là-bas, en Amérique, nos propriétés étaient voisines de celles de votre mère, comme elles sont ici voisines des vôtres. »

Leurs propriétés ! La boulangerie, sans doute ; mais qu'importait la boulangerie ?

« Ainsi, faisait observer Noémi, vous voyez qu'il était dans notre destin de nous rencontrer...

— Et de nous aimer, j'espère ! » acheva doucement Mme Caussade.

Il s'agissait bien de l'amitié de Mme Caussade !

Grâce à la nuit, Marcienne pouvait cacher la rougeur brûlante de ses joues, et elle crut aussi cacher le trouble de sa voix en reprenant :

« Et de cette famille, de ma famille maternelle, qui donc avez-vous connu ?

— Mais... votre mère d'abord, votre jolie, votre charmante, votre délicieuse mère...

— Et... elle est morte ?... »

Marcienne se félicita encore de ce que la nuit dissimulait les visages. Ce silence de stupeur, accueillant sa brusque question, suffisait à la faire rentrer en elle-même.

Comment ! cette angoisse, cette folie, cachée tout au fond de son âme, dérobée à son père, à Philippe, aux plus proches, aux plus chers, venait d'éclater devant ces inconnus !

Cependant, plus que la honte, un autre sentiment parlait encore. Marcienne attendait la réponse.

Au bout d'un instant, sur une autre gamme, gênée et timorée, Mme Caussade reprit :

« Ma chère enfant, nous venons, je le crains, de commettre une indiscrétion. Nous vous croyions au courant de ce qui vous concerne, et vous en instruire constituerait peut-être de notre part une dérogation à la confiance que monsieur votre père nous a témoignée. Au moins, avons-nous besoin d'examiner. »

Marcienne se tut, dévorant l'affront.

Ainsi, non seulement elle avait fait abstraction de sa dignité, mais encore elle l'avait fait inutilement, pour se heurter à un refus !

Et ce n'était pas encore le plus pénible. La vraie souffrance, c'était cette curiosité âpre et déchirante, sans cesse excitée.

Plus elle se rapprochait du mystère, plus ce mystère lui semblait impénétrable. Et les détenteurs de ce secret, elle les ignorait de même.

Moralement aussi, elle en venait à regretter cet ancien état d'âme qui comportait au moins une paix relative, cette paix qu'elle ne retrouverait plus tant qu'elle ne saurait pas, qu'elle n'aurait pas pénétré ce mystère caché tout près d'elle.

Sans doute elle avait un peu de fièvre, car des idées saugrenues vagabondaient dans son cerveau.

A présent, on se retrouvait en pleine lande, entre deux forêts de pins, sans un village, une maison, un passant à l'horizon, sans autre lumière que la lueur rapide et fuyante des lanternes. Si ces Caussade, venus on ne savait d'où, n'ayant au bout du compte d'autre garantie que leur apparence douteuse, eussent été des bandits, et, pendant qu'elle leur était livrée dans cette solitude, prenaient fantaisie de l'assassiner ?

La supposition ne l'effraya pas. Elle était brave et se fût consolée en faisant une belle défense. Même, la voiture s'arrêtant à l'improviste, elle n'éprouva pas la plus petite inquiétude.

Il n'y avait d'ailleurs pas lieu.

C'était William qui s'ennuyait et qui demandait :

« Noémi, peux-tu me faire un peu de place sur le strapontin ? »

Noémi déclara qu'elle le pouvait, et le gros garçon, dégringo-
lant de son siège, s'introduisit dans la victoria en remarquant
avec élégance qu'avoir une sœur aussi extraordinairement maigre
devait bien au moins servir à quelque chose.

Non, les Caussade n'étaient pas des brigands, pas même des
aventuriers. Leur vulgarité seule les rendait redoutables. Depuis
que William se trouvait là nez à nez, coude à coude, Marcienne
s'expliquait de moins en moins sa défaillance de tout à l'heure.

Chez Mme Caussade et sa fille elle-même, la veine des confidences parut coupée, et des propos insignifiants s'échangèrent
seuls jusqu'à ce qu'on s'arrêtât devant la grille du parc de M. Lapeyrède, sans prendre la liberté d'aller plus loin.

Alors, se penchant vers Marcienne, qui venait de descendre :

« Sans adieu, ma chère enfant, » dit Mme Caussade, retrouvant
sa voix mielleuse pour répondre aux remerciements de la jeune
fille.

Elle se pencha davantage encore, et à l'oreille de Marcienne :

« Seulement, murmura-t-elle, une petite recommandation. Si
chez moi nous avions à causer, que ce ne soit pas devant mon
mari ! Il est excellent, trop excellent, exagérant la sensibilité, et
depuis son insolation les médecins m'ont défendu de rien dire
devant lui qui puisse l'émouvoir. »

La tête de Mme Caussade s'inclina de plus en plus. Les lèvres
qui effleuraient l'oreille de Marcienne descendirent à sa joue.

Déjà la voiture repartait.

Et, sous l'impression de ce baiser inattendu, la jeune fille
se retrouva seule dans la nuit à méditer ces dernières paroles et
à tâcher d'en dégager le sens.

Deux points lui parurent acquis.

D'abord M. Caussade était idiot, circonstance absolument secondaire.

Ensuite, Mme Caussade avait à dire quelque chose d'émouvant, et quand ses scrupules s'apaiseraient, quand William n'y serait pas, tôt ou tard elle le dirait...

Il faudrait bien qu'elle le dise !

VIII

« Ne trouvez-vous pas que Marcienne a mauvaise mine? »

A cette remarque de Philippe, le sénateur, renversé sur un banc du jardin dans la douce quiétude de cette belle journée de septembre, tomba des nues :

« Marcienne? Non! »

Et, après réflexion :

« Ce serait plutôt vous, déclara-t-il, qui me paraîtriez affecté de cette période caniculaire dont nous sortons. Vous devriez suivre mon exemple, mon cher; venir vous soigner à Cauterets.

— Sous quel prétexte? demanda Philippe en souriant. Cauterets est le rendez-vous des prédicateurs, des avocats, des conférenciers, des orateurs politiques ou autres, venant réparer leurs cordes vocales; or un solitaire comme moi n'a pas eu l'occasion d'abuser de son larynx. »

Ayant tant de grands parleurs à affronter, M. Lapeyrède eût été bien aise de s'assurer au moins un auditeur, et il insista :

« Sans prendre les eaux, on bénéficie du bon air, des distractions...

— L'air natal me suffit, riposta Philippe. Quand on est voué à la solitude, mon cher cousin, le plus sage, voyez-vous, est de

7

s'y acoquiner, de devenir sauvage et maniaque au point de se trouver dépaysé partout ailleurs que dans son petit coin.

— C'est absurde ! décréta M. Lapeyrède ; car enfin, quelles raisons avez-vous de ne pas mener la vie de tout le monde ?

— Quelles raisons ? » répéta Philippe avec une sourde amertume.

Un geste du sénateur témoigna qu'il n'y avait pas chez lui absence de mémoire, mais divergence d'appréciation, et, condescendant :

« Vous n'en êtes plus, j'espère, reprit-il, à croire que certaines déceptions doivent laisser une trace éternelle. Nos vingt ans sont loin, mon ami, et nous savons qu'il y a ici-bas bien d'autres choses que l'amour, le mariage, voire la famille...

— Pas grand'chose, » interrompit Philippe.

Le sénateur ne tenait pas compte des interruptions.

« C'est, continua-t-il, durant la jeunesse ardente et oisive qu'on se hâte d'entasser dans sa vie tout ce qu'elle peut contenir. Plus tard, placé en face des grands devoirs sociaux et patriotiques, on ne sent plus le besoin de ces obligations particulières ; on en a à peine la place, et, si chères soient-elles, on y trouve parfois une entrave et une surcharge.

— Moi je n'y aurais pas trouvé une surcharge, dit Philippe avec une involontaire vivacité.

— Alors, mon cher, mariez-vous ! Mon Dieu, il en est encore temps ! Il ne manque pas de veuves ou de personnes un peu mûres disposées à associer leur sort à celui d'un galant homme et ayant quelque fortune à lui apporter. »

Philippe resta froid, et M. Lapeyrède ne chercha pas à le tenter davantage.

« En pareille matière, conclut-il, chacun a ses vues. J'en sais quelque chose ! Croiriez-vous que je n'ai pu encore pénétrer celles de ma fille ! »

Il poussa un profond soupir, et, un peu moins solennel parce qu'il était embarrassé, en vint, comme toujours, à faire ses confidences à Philippe.

« Ma pauvre mère nous manque beaucoup. Si dévoué soit-il, un père ne peut indéfiniment subordonner des occupations importantes au soin de garder une jeune fille au logis ou de la produire dans le monde. Il serait donc convenable à tous égards que Marcienne se mariât, et elle ne paraît pas le comprendre. Les partis affluent, des partis magnifiques. Rien ne lui plaît. Hier encore, croyant cette fois séduire son imagination romanesque, je lui offre un charmant garçon, marquis authentique et pas plus qu'à moitié ruiné : « Je ne tiens pas à être marquise, » me répond-elle, et elle le refuse comme les autres, sans même donner un motif. »

Presque aussi grave que M. Lapeyrède, Philippe avait écouté.

« Elle n'a pas donné de motif ? répéta-t-il.

— Pas le moindre.

— Savez-vous ce que cela prouve ?

— Non.

— C'est qu'elle en a un..., et sérieux ! »

A cette déduction baroque, le sénateur, qui avait accordé un certain crédit à la perspicacité de Philippe, fut désabusé, et, se laissant de nouveau aller sur son banc :

« Que voulez-vous que Marcienne ait de sérieux ? » dit-il avec un haussement d'épaules qui devait servir de conclusion à l'incident.

Il faisait un temps délicieux, ni trop chaud ni trop frais, ce temps paisible d'automne qui doit porter les hommes mûrs à méditer, comme avril fait rêver les jeunes gens ; et une réflexion analogue à celle-ci traversa sans doute le cerveau de Marcienne, qui venait d'apparaître au bout de l'allée.

« Vous avez l'air de deux philosophes ; je ne veux pas vous déranger, » dit-elle, arrivée devant le banc et faisant mine de passer outre.

Philippe ne se paya pas de cette défaite.

« Où allez-vous ainsi, Marcienne? » demanda-t-il.

La question parut la gêner.

« Chez Mlle Caussade, répondit-elle d'assez mauvaise grâce.

— Oh! oh! vous êtes donc grandes amies maintenant? »

Elle parut encore plus ennuyée de cette remarque, et, pour une fois, une des phrases de son père retenues par hasard lui servit.

« Deux éléments différents mis en contact s'amalgament ou se heurtent; point d'autre alternative. Il est difficile entre voisins de restreindre les bons comme les mauvais rapports...

— Et les bons sont préférables, prononça le sénateur, bien impressionné par la réédition de sa phrase. Au fait, je dois bien un remerciement à ces dames pour leur obligeance à ton égard le jour du concert, et il serait séant de m'acquitter avant mon départ pour Cauterets. Si nous poussions jusque chez les Caussade, Philippe? Vous aussi avez une visite à rendre. »

M. Lapeyrède s'était levé, boutonnant sa redingote et coiffant son large chapeau de paille, assez gourmé déjà pour imposer à tout le voisinage.

Philippe hésita.

« C'est que je n'aime pas ces gens-là, avoua-t-il franchement.

— L'antipathie n'autorise pas l'impolitesse. »

Se rendant à cette raison ou à une autre, Philippe aussi emboîta le pas derrière Marcienne, qui ne se montra pas charmée de la combinaison.

Tête baissée, l'allure morose, elle continuait à marcher seule en avant.

Avec les Caussade décidément elle jouait de malheur!

Dans les trois semaines écoulées depuis le concert, elle avait bien fait cinq ou six visites au château de Lannemajou; chaque fois décidée à en finir, à demander, à exiger, à savoir. Son plan fait, sa résolution prise, et chaque fois déjouée par une de ces irritantes petites déveines contre lesquelles on ne peut rien : ces dames sorties, des visiteurs s'interposant, ou bien le père Caussade, avec sa sensibilité et son insolation, qui s'obstinait à rester là ; ou encore Mademoiselle, distraite mais consciencieuse, qui, un jour sur deux, se souvenait de ses devoirs de chaperon et s'attachait aux pas de son élève.

Philippe et le sénateur allaient faire échouer la nouvelle tentative, la dernière, puisque l'on partait le lendemain pour Cauterets, et il faudrait emporter là-bas cette incertitude !...

Restait bien la ressource de prendre Noémi à part et de l'interroger ; mais, maladresse ou scrupule, ni Mlle Caussade ni sa mère ne se prêtaient à la manœuvre, quoique, à chaque visite, une allusion, un mot, un coup d'œil semblât rappeler les révélations promises, toujours attendues et toujours ajournées, et vînt rallumer chez Marcienne cette fièvre d'expectative, maintenant à son paroxysme.

Son accès la reprenait à mesure qu'elle approchait de chez les Caussade, aussi indifférente aux incidents de la route trop connue qu'aux remarques échangées derrière elle entre son père et Philippe.

« Que de métamorphoses ! constatait le sénateur en gravissant d'un pas majestueux le large chemin sablé, à pente douce, qui remplaçait le petit sentier pierreux de jadis. C'est un vrai travail de Romain qu'on a exécuté là, et avec une rapidité miraculeuse.

— Miracle d'argent, chose commune à notre époque, dit Philippe rebelle à l'admiration.

— Ceci démontre toujours que nos voisins ont beaucoup d'argent.

— Grand bien leur fasse !

— Eh ! mon cher, cela profitera au pays, s'ils en font bon usage, comme j'en ai quelque espoir. »

M. Lapeyrède s'adoucissait à l'égard des voisins. Leur conduite, dans une récente élection municipale, avait témoigné d'une entière déférence. Loin de se poser en rivaux, ils n'ambitionnaient que le rang de protégés, et la main du sénateur était prête à s'étendre sur eux.

Il leur pardonna même les restaurations du château, qu'en entrant dans la cour d'honneur on voyait dans tout son éclat de peintures neuves, d'ardoises bleues, de girouettes dorées, le vieil écusson des Lannemajou réparé et regratté au-dessus de la porte hérissée de clous du moyen âge et ornée d'un superbe marteau de bronze.

Déjà Marcienne entrait, en habituée, et pendant que les domestiques en grande livrée s'empressaient autour du sénateur, elle s'introduisait elle-même dans le hall où la famille se tenait d'habitude.

« Ah! voici cette chère enfant! s'exclama la première Mme Caussade. Comme c'est aimable! »

Elle se levait; William, Noémi, le père Caussade, se levaient aussi, se portaient d'un élan au-devant de la visiteuse avec une vivacité telle, que des meubles furent heurtés au passage.

Même, à l'extrémité opposée de la pièce, Marcienne crut voir vaciller un paravent chinois qu'aucune des personnes présentes ne pouvait cependant avoir touché.

« Que c'est aimable! » répétait Mme Caussade avec son effusion la plus sympathique, bientôt transformée en ivresse par l'apparition du sénateur et de Philippe.

Quant à M. Caussade, il semblait tout bonnement stupéfié.

Comme l'avait pressenti Marcienne, le bonhomme était le moins brillant de la famille, gardant, lui, indéniable, la trace de l'origine et du passé.

Petit, tout rond, une grosse figure rougeaude ornée d'un soupçon de barbiche blanche, mal à l'aise dans les habits qui avaient remplacé son maillot, les manchettes déboutonnées par une vieille habitude, comme s'il s'apprêtait à les retrousser jusqu'au coude, positivement il sentait encore le pétrin et devait en avoir conscience.

En admiration devant sa femme et ses enfants, il les laissait d'ordinaire en vedette, se tenant à l'écart, silencieux et gêné; et l'apparition de M. Lapeyrède le troubla particulièrement. En débarrassant ces messieurs de leurs chapeaux, ses mains trem-

« Que de métamorphoses ! » constatait le sénateur
en gravissant le large chemin sablé.

blèrent, et il errait égaré dans la chambre, cherchant une place assez honorable pour ce précieux dépôt.

Personne heureusement ne fit attention à lui. Mme Caussade s'était chargée du sénateur, tandis que Noémi se mettait en frais pour Philippe, et qu'avec sa malechance ordinaire Marcienne retombait forcément sur William.

A l'approfondir, le jeune Caussade s'était révélé bon garçon, mais d'un esprit borné et d'une vulgarité sans limites qui rendaient la conversation pénible; et Marcienne était d'autant moins bien disposée pour lui, qu'à la contrariété de tout à l'heure se joignait une sorte de hantise, effet d'un énervement trop prolongé.

En dépit de sa volonté, les yeux de la jeune fille retournaient toujours à ce paravent chinois, et elle s'imaginait voir encore l'étoffe légère se gonfler et onduler comme sous une invisible poussée venue de derrière.

Ce ne pouvait être le vent. De ce côté, il n'y avait ni porte ni fenêtre, seulement un angle de mur, tout juste la place pour une personne de se blottir.

S'il y avait là quelqu'un? quelqu'un qui se serait caché à l'arrivée de Marcienne?

Matériellement, rien de plus simple que de vérifier. Mais ces infimes petites convenances barraient encore la route. Quel prétexte pour aller fureter là-bas? Il aurait fallu déranger le fauteuil de M. Lapeyrède. Et puis, est-ce que, tout en causant avec Philippe, Noémi ne la surveillait pas du coin de l'œil, prête à l'arrêter?

Oui, Noémi guettait, et le père Caussade semblait au supplice.

Il y avait quelque chose dans l'air.

Et voilà que les idées extravagantes reprenaient leur volée.

Mon Dieu, pourquoi mal juger les gens?

Après une sympathie si clairement manifestée, quel motif auraient eu les Caussade d'ajourner les révélations promises, sinon un motif de prudence et de délicatesse?

Peut-être attendaient-ils une autorisation demandée, et peut-être au lieu d'une lettre un message était-il venu, ou même...

Marcienne s'arrêta. Il fallait une tête bien folle pour qu'en pareil lieu des conceptions romanesques vinssent s'y nicher.

Le salon des Caussade n'avait rien de commun avec les salles ténébreuses entourées de chemins de ronde et les boiseries à cachettes des vieux châteaux d'Anne Radcliff. Laissant leur architecte consciencieux faire du moyen âge, eux s'étaient appliqués à faire de l'élégance américaine, d'où un amalgame incohérent de faux antique et de style moderne.

Ce qui frappait surtout, c'était un extraordinaire déplié d'étoffes: coussins d'Andrinople et rideaux de peluche, écharpes de soie

multicolores, broderies ou dentelles jetées sur. les meubles, chif-
fonnées autour des glaces et des tableaux ; le tout luxueux et fripé
cependant, ramassé de bric et de broc, ayant été roulé dans des
malles ; oripeaux de prix, mais oripeaux rappelant un peu les
bazars algériens de la rue Bab-Azoun.

On ne sentait pas ici, comme chez Philippe, la médiocrité dorée
par l'art et les souvenirs, ni, comme chez M. Lapeyrède, le
confort large et simple d'une solide fortune bourgeoise. L'impression était tout autre, trop compliquée pour que Marcienne l'eût
encore définie, trop subtile pour que le sénateur l'éprouvât.

« Charmante installation, » déclara-t-il, bénévole.

Mme Caussade voulut achever de l'éblouir.

« Oh ! protesta-t-elle, c'est ici notre salon de famille, où vraiment nous sommes honteux de vous recevoir ; mais si vous vouliez bien, monsieur le sénateur, prendre la peine, nous faire
l'honneur de jeter un coup d'œil sur nos petits arrangements...

— Comment donc, madame ! »

On se déplaçait enfin !

Marcienne fit un pas du côté du paravent.

A présent, il ne se contentait plus de remuer. Derrière, un
bruit étouffé s'entendait : des sons inarticulés et comme un gratte-
ment d'ongles sur l'étoffe.

Le cœur de Marcienne battit. Noémi eut beau la regarder, elle
avança.

Puis elle s'arrêta, confuse et furieuse.

Encore une fois, son imagination venait de lui jouer un mauvais tour.

De la cachette bondissait en frétillant un ravissant petit york-
shire-terrier, une boule de soie grise et argent, qui vint se frotter
contre la jupe de Noémi, et Marcienne crut voir sur l'étroit visage
de la jeune fille une grimace moqueuse, tandis que, se baissant,
elle prenait le chien et le lui présentait :

« Vous n'avez pas vu mon Fido ?

— Non, » répondit Marcienne encore sous le coup de sa vexation et se laissant distraitement mettre Fido dans les bras.

En cortège, on parcourait les appartements restaurés, sentant le plâtre et la peinture. Les couples s'étaient reformés, le père Caussade fermant toujours la marche de son même air effacé et morne.

Quand on entra dans la serre seulement, il reprit un peu d'aplomb pour déclarer :

« La serre, c'est mon domaine. »

En ce farinier, longtemps une âme de botaniste avait sommeillé qui se donnait enfin carrière. Ici, avec beaucoup d'argent, on avait dépensé aussi beaucoup de peine et un certain art. La serre des bégonias surtout offrait de magnifiques spécimens, et le père Caussade devenait presque bavard pour en faire les honneurs à ses hôtes.

Marcienne, qui connaissait déjà les bégonias, ne suivit pas le groupe. Une fatigue soudaine l'avait envahie, et elle s'assit sur une chaise rustique, caressant machinalement les poils soyeux de Fido.

Il était bien joli. Pourquoi donc Noémi, faisant étalage de tout ce qu'elle possédait, ne l'avait-elle pas montré jusqu'alors ? Elle disait l'autre jour qu'elle n'aimait pas les chiens et n'en avait jamais eu. Quel drôle de mensonge ! On dit que les chiens ont avec leur maître une vague ressemblance. Celui-là, par exemple, n'avait pas l'air d'être le chien de Noémi. On l'eût pris pour un chien de grande dame, à sa douceur, à son élégance, à son parfum.

Marcienne l'embrassa sur la tête, et il la regarda d'un œil tendre et intelligent, presque humain. Si celui-là avait pu parler, elle n'aurait pas longtemps souffert de cette incertitude...

Tout d'un coup son mal la reprenait. Les moites exhalaisons de la serre l'étourdirent. Il lui sembla qu'elle ne pouvait plus se prêter à ce jeu, qu'il n'était plus de sa dignité de s'y prêter.

Comment ! elle, la cadette de Gascogne, elle reculait depuis près d'un mois devant une question à poser !

Non, plus un jour, plus un instant ! Elle se leva, laissant Fido sauter à terre. M. Caussade et ses auditeurs venaient de passer dans l'orangerie. Il fallait les rejoindre. Le premier rencontré lui répondrait.

Comme elle venait de former cette résolution, elle se trouva en face de William Caussade, surgissant entre deux palmiers.

. . . .

Elle eut un mouvement de recul, mais le serment était prêté. Autant William qu'un autre, puisque le sort le lui envoyait, et peut-être bien le sort avait-il raison. Les hommes sont généralement moins fourbes et, en tout cas, moins habiles que les femmes.

Sans plus réfléchir, Marcienne marcha droit sur le jeune Caussade.

« Monsieur William, dit-elle, auriez-vous l'obligeance de me fournir un renseignement ?

— Moi, mademoiselle ? tous les renseignements qui sont de ma compétence et qui n'en sont pas. »

Il avait aussitôt pris le ton de badinage niais qu'il croyait galant.

Marcienne n'y fit pas attention.

« Je ne sais, reprit-elle, si vous êtes au courant d'une chose qui m'intéresse, et sur laquelle votre mère et votre sœur paraissent avoir des données... »

Le jeune Caussade leva le nez en l'air et sembla un peu embrouillé ; mais, toujours talon rouge :

« Si vous daignez vous expliquer, mademoiselle, soyez sûre de ma bonne volonté comme de ma discrétion. Je serai très content d'avoir un petit secret avec vous.

— Je n'ai pas de secret ! »

Marcienne était devenue hautaine. La familiarité de ce jeune portefaix habillé en gandin l'exaspérait. Elle ne voulut pas reconnaître qu'elle s'y était exposée, et, avec une irritation croissante :

« Ce qui m'étonne, monsieur, c'est qu'on me fasse mystère, à moi, de ce qui me concerne personnellement. Vous avez connu ma famille ; Mme Caussade m'en a parlé et m'a promis de m'en parler encore...

— Ah ! il s'agit de... »

Le jeune Caussade s'arrêta net.

Un frisson secoua Marcienne.

« De...? » répéta-t-elle.

Mais William restait muet, fourrageant l'astrakan qui lui recouvrait le front.

Pour Marcienne, tout disparut, s'effaça, et s'avançant face à face avec son interlocuteur, impérieuse, menaçante :

« De qui s'agit-il ? cria-t-elle.

— De qui...? Mais, mademoiselle, c'est que je ne puis..., je ne sais..., c'est bien délicat. »

N'ayant probablement pas sa leçon faite par Noémi, le grand garçon s'embrouillait de plus en plus, et, sans scrupule, elle profita de ce désarroi :

« C'est très simple, au contraire. Rien ne peut vous empêcher de me dire ce que j'ai le droit de savoir, de me rendre ce qui m'appartient. Demain je pars, je ne veux pas partir sur un malentendu. Mais vous ne comprenez donc pas ce que j'endure ! »

Malgré elle, son tourment perçait. Sa voix faiblit. Elle détourna la tête, et le jeune Caussade, qui devait avoir bon cœur, sortit soudain de son abrutissement.

« Mais si ! je le comprends ! s'écria-t-il. Je ne sais vraiment pas pourquoi on vous cache ce qui vous ferait plaisir..., et je l'ai bien dit à Noémi : « Faut pas la faire languir. » Mais il paraît qu'il y a des considérations de prudence,... et puis j'ai promis de ne rien dire... Tenez, du diable si je sais où me tourner !... »

Il médita, ses lèvres rouges avancées ; et enfin, se décidant :

« Écoutez, mademoiselle Marcienne, je ne suis pas le maître ; mais je vous donne raison, moi, et je vais m'arranger pour que

vous soyez contente. Vous partez demain? Eh bien, avant demain
il y aura du nouveau. Là! dites au moins que je suis gentil... »

Elle ne le dit pas. Elle venait d'essuyer la dernière humiliation.
Se commettre davantage avec ce rustre lui était impossible.

« Vous le direz, vous le direz, répéta le jeune Caussade, qui
paraissait enchanté de lui-même. Mais, chut! voilà les autres qui
rappliquent. N'ayons l'air de rien,... regardons les fleurs. »

Il se précipita sur un arbuste, tandis que Marcienne restait à la
même place, au milieu de l'allée, rebelle à cette dissimulation qui
eût créé entre eux une sorte de complicité; et quand Philippe,
repassant auprès d'elle, demanda :

« Vous n'avez pas voulu voir l'orangerie, Marcienne?

— Non, dit-elle de son air de bravade. Je suis restée ici à
causer avec M. William. »

La visite des serres terminée, on s'arracha non sans peine aux
Caussade.

Les gens qui ont une haute idée d'eux-mêmes ne sont pas les
plus difficiles dans le choix de leur entourage. L'admiration leur
suffit. Encensé à tour de bras, le sénateur daigna se tenir pour
satisfait, et il déclara en redescendant le coteau :

« A notre époque, mon cher, il est parfois de bonne politique
de paraître sans préjugés, et l'abdication volontaire de ses privilèges est encore un moyen de s'en servir. Après mûre réflexion,
j'ai voulu montrer aux Caussade la plus large tolérance. Ils ont
marqué qu'ils l'appréciaient. Que peut-on leur demander davantage?

— De n'en pas abuser, riposta Philippe.

— Pour cela, mon cher, j'y veillerai. Et d'ailleurs nous partons
demain. »

Ce dernier argument coupa court aux observations de Philippe,
et, considérant maintenant ce départ à un autre point de vue :

« Vous allez passer quelque temps à Cauterets? interrogea-t-il.

— Vingt et un jours, précisa le sénateur. Puis nous revenons.

ici boucler nos malles pour retourner à Paris, au travail, à la bataille.

— Et adieu jusqu'à l'année prochaine, » conclut Philippe avec un petit soupir où Marcienne crut surprendre une tristesse et presque un reproche.

Du même coup, elle éprouva presque un remords.

Depuis le concert, les visites de Philippe s'étaient espacées, et elle craignit d'être pour quelque chose dans ce changement d'habitude. Elle l'avait négligé, blessé peut-être, et cela au moment où plus que jamais il aurait eu besoin d'amitié. A l'idée d'avoir fait de la peine à Philippe, un regret cuisant la pénétra.

Et, sans qu'il le sût, ne lui avait-elle pas aussi en quelque sorte fait tort de sa confiance? En cette crise qu'elle traversait, n'était-ce pas à lui qu'elle devait recourir plutôt qu'au jeune Caussade, à cet étranger, à ce garçon vulgaire dont elle venait d'accepter les services?

Mais à qui la faute, sinon à Philippe, qui n'avait pas voulu la comprendre et la servir, et n'était-il pas responsable de l'imprudence qu'il l'avait forcée à commettre?

Le remords se changea en rancune.

Elle bouda Philippe. Aussitôt après dîner il parla de s'en aller; elle ne le retint pas, brusquant même les adieux.

Si peu de crédit qu'elle leur eût accordé sur le moment, les promesses du jeune Caussade lui revenaient en mémoire, et la présence de Philippe pouvait être un obstacle de plus à leur exécution. Jusqu'au départ matinal pour Cauterets, le délai était si court, laissant à peine place à un événement!

Et puis, quel événement escompter?

.   .   .   .

Un de ces clairs de lune du Midi, presque aussi brillant que les soleils des régions polaires, versait sur le jardin des flots de lumière argentée. Chaque grain de sable reluisait, et, sur la pelouse, les ombres des arbres se découpaient fortes et nettes, comme en plein jour.

Après avoir reconduit Philippe, Marcienne, laissant son père rentrer seul, s'attarda sur le perron, enveloppée de son capulet. Elle était trop agitée pour dormir, et, en restant debout, il lui semblait confusément multiplier ses chances, aider ceux qui travaillaient pour elle. Lasse de marcher de long en large, elle descendit et se mit à errer autour de la maison. Toujours elle s'était plue à ces promenades nocturnes : dans son enfance, pour montrer qu'elle n'avait pas peur du noir ; depuis, par une vague aspiration vers l'aventureux et le romanesque.

Le clair de lune brillait trop. Un instinct la poussait en avant, comme si quelque chose se fût caché et l'eût attendue au plus épais des ténèbres.

Des ténèbres,... il n'y avait plus que cela dans sa vie. Des jours d'autrefois, elle se rappelait les claires matinées, les après-midi radieuses ; de ceux d'à présent, les crépuscules et les soirs seulement : le soir où, sur le perron, Philippe avait refusé de lui répondre ; le soir où les Caussade lui avaient parlé de sa mère.

Et il lui semblait que cette nuit-là lui révélerait d'autres surprises, devait peut-être inaugurer une phase nouvelle dans sa destinée.

Dans le parc, une longue allée s'ouvrait toute noire. Elle s'y engagea.

Englobé jadis dans le domaine seigneurial de Lannemajou, ce parc, très vaste, s'étendait jusqu'au pied du coteau, confinant aux terres que les Caussade venaient de racheter.

De ce côté, le côté vers lequel justement Marcienne se dirigeait au hasard, le mur de clôture se trouvait encore coupé d'une barrière que longtemps, jadis, grand'mère n'avait pas voulu laisser supprimer ; Marcienne devinait pour quel motif.

C'était par là que bien souvent, autrefois, elle avait vu la pauvre vieille demoiselle de Lannemajou se glisser, timide et discrète, venant recourir à l'hospitalité ou peut-être à la charité de grand'mère.

Toutes deux s'étaient rejointes maintenant en cette région sereine où la souffrance et le bienfait trouvent également leur récompense, et, toutes deux, Marcienne les évoquait dans ce grand calme de la nuit qui semble faire plus proches le ciel et la terre, laisser ouïr ces voix lointaines qu'étouffent les bruits et les tracas du jour.

A cette évocation, nulle terreur superstitieuse ne se mêla. Eussent-elles surgi à son appel, ces douces et saintes mortes n'auraient pu lui être que propices, et cependant une appréhension la traversa.

Au tournant de l'allée, elle avait jeté machinalement un regard en arrière sur la maison, qu'elle allait perdre de vue.

Se levant, et par conséquent se couchant de bonne heure, le sénateur venait d'éteindre sa lampe. A la lueur de la sienne, Mademoiselle repassait une dernière fois son manuel. Accoutumés à laisser Marcienne aux soins de sa grand'mère, ni l'un ni l'autre n'avait songé à s'inquiéter de ce qu'elle faisait, à supposer même qu'elle pût faire autre chose que de dormir.

Elle se sentit entièrement livrée à elle-même, en dehors de toute protection, et fut presque tentée de revenir sur ses pas.

Cela suffit pour la décider à passer outre.

« Est-ce sot d'être aussi nerveuse ! Je ne me reconnais plus, » se dit-elle en allant s'asseoir sur ce même banc où Philippe et son père avaient philosophé dans la journée.

Voilà que sa pensée, par soubresauts, retournait à Philippe.

« Il ne doit pas encore être rentré chez lui. Comme la route doit lui sembler longue à faire seul, et pour se retrouver seul encore à l'arrivée ! C'est si triste d'être seul ! »

Elle s'interrompit. Dans les feuilles là-bas, quelque chose avait remué, un lièvre ou un lapin peut-être, et, nerveusement, elle se mit à rire en se rappelant :

C'est comme chez les Caussade, quand Fido faisait remuer le paravent.

Du fourré, une forme blanche se dégagea.

Dans le fourré, en face de Marcienne, les aiguilles de pin jonchant la terre sèche craquèrent encore. On eût bien dit que quelqu'un marchait.

Marcienne se fit un point d'honneur de ne pas même lever les yeux. Animal ou homme, sanglier ou braconnier au pire, on verrait bien !

Les craquements se rapprochèrent, accompagnés d'un froufrou dans les branches.

« Qui est là ? » dit tranquillement Marcienne.

On ne lui répondit pas. Le fourré s'entr'ouvrit, et d'abord, avec un tintement de grelot, une petite boule blanche bondit jusqu'aux pieds de la jeune fille.

Sans broncher, elle eût accueilli le sanglier tout à l'heure en question. Elle se troubla en reconnaissant un visiteur pourtant beaucoup moins redoutable.

« Fido ! »

Mais Fido n'était pas seul. Du fourré, une forme blanche se dégagea, et dans un rayon de lune Marcienne crut distinguer une silhouette de femme.

« Qui est là ? » répéta-t-elle, la gorge serrée cette fois.

La peur n'entrait pour rien dans l'émotion qui la terrassait, une émotion étrange, l'impression que l'on aurait à voir soudain un rêve se réaliser, un roman devenir la vie, sa vie à soi...

« Marcienne ! dit une voix jamais entendue, ou du moins entendue seulement en songe ; Marcienne ! mon enfant ! »

Elle ne bougea pas. Un bras se posa sur son épaule, un souffle passa sur son front. Alors tout son être intérieur s'agita, mais sans qu'un mot sortît de ses lèvres.

« Marcienne ! reprit la voix plus basse et plus hésitante, tu m'as voulue,... je suis venue... Ma fille, c'est moi !... »

Une nouvelle secousse bouleversa Marcienne des pieds à la tête. Puis son esprit et son corps paralysés retrouvèrent la sensibilité et le mouvement.

Elle comprit, elle sut, elle n'hésita pas.

« Maman! » s'écria-t-elle, enlaçant d'une folle étreinte cette forme à peine définie, couvrant de baisers ce visage invisible, déjà tout entière à cette créature mystérieuse et symbolique, cherchée et trouvée dans l'ombre, semblant faite d'ombre elle-même, mais qu'il était superflu de voir et de connaître pour l'adorer, puisque c'était sa mère.

Oui, le rêve s'accomplissait bien.

Au lieu d'une vision, la réalité ; à la place des chers fantômes appelés tout à l'heure, une morte redevenue vivante qui était là, qui demeurait, qu'il ne fallait pas laisser repartir.

Et, absorbée par une seule préoccupation, Marcienne l'étreignait toujours, l'embrassait toujours, répétait cet unique mot, exprimant l'unique pensée :

« Maman !... maman ! »

Ce fut l'autre qui la première murmura :

« Que je te voie, mon enfant, ma chérie. »

Sa main effleura la tête fine que le capulet rejeté laissait à découvert.

Puis, avec un soupir :

« Tu es brune, c'est tout ce qui paraît. Déjà tu avais les cheveux châtains la dernière fois que je t'ai vue.

— Aux Tuileries, » murmura Marcienne.

La mère eut un mouvement de joie.

« Ah ! tu te souviens !

— Si je me souviens !

— Et tu avais deviné que c'était moi ! Ma pauvre petite, ma

fille bien-aimée! Il y a si longtemps de tout cela! tant d'années que j'ai passées loin de toi sans espérance de te revoir!... Aujourd'hui encore, quand je t'ai aperçue,... oh! si mal, de si loin! je ne savais pas si jamais je t'embrasserais... »

Un sanglot retentit dans l'obscurité, aussitôt étouffé sous les baisers de Marcienne.

« Maman! vous étiez chez les Caussade; je m'en suis presque doutée, et je n'ai pas su aller jusqu'à vous. Mais aussi, comment?... pourquoi?... »

Le moment des explications venait.

Toujours enlacées, elles s'assirent sur le banc, et à son tour, en écoutant sa mère, Marcienne la regarda.

Mme Lapeyrède, elle, était blonde comme dans le portrait, et Marcienne reconnaissait aussi l'ovale de ce visage indistinct, la ligne des épaules et de la taille, svelte encore comme celle d'une jeune fille; jusqu'à cette robe claire, tout se trouvait conforme à la vision tant de fois apparue, et le récit qui commençait, fait avec ce léger accent étranger au charme caressant, se rapportait bien aussi, à quelques variantes près, au récit tant de fois imaginé.

Les tristes discussions qui avaient provoqué le départ, laissées dans le vague; puis, en quelques mots rapides et poignants, les affres de la séparation, la tristesse et l'abattement de l'exil. Après cela, une longue maladie, un état désespéré, et, dans le télégramme adressé à M. Lapeyrède, une erreur qui avait permis de croire à une issue fatale, erreur jugée ensuite inutile à relever.

Une mère condamnée à ne pas revoir sa fille, à être morte pour sa fille, n'est-elle pas morte pour tout de bon? Cela valait même mieux ainsi. On se croirait tenu de respecter la mémoire d'une morte, on n'enseignerait pas à son enfant à la haïr!

Des années s'étaient écoulées dans cette inertie de désespoir. Un jour enfin, une amie, une femme énergique et intelligente, avait fait entendre des paroles qui rendent la vie :

« Votre fille est maintenant en âge de juger et de vouloir par elle-même. Qui sait si un jour elle ne se souviendra pas de vous, n'aura pas au fond de son cœur une place à vous donner?... »

Et cette amie admirable, qu'un hasard providentiel ramenait justement en France, dans la région, dans le pays même de Marcienne, avait promis à l'exilée de s'informer de sa fille, de la voir, au moins de loin, pour pouvoir la lui dépeindre.

Depuis deux ans que Mme Caussade habitait Lannemajou, la pauvre mère ne vivait que pour recevoir ses lettres, entendre répéter que Marcienne se portait bien, était belle, paraissait bonne et heureuse. Quelle douleur lorsque, quelque temps auparavant, Mme Caussade avait écrit : « Votre fille est en deuil, pâle et triste!... » Quelle émotion à cette nouvelle : « Je l'ai vue, je lui ai parlé! » Et quelle ivresse enfin à la réception de cette dernière lettre : « Par un miracle, son cœur a deviné votre existence; elle vous aime, elle vous pleure et vous espère à la fois!... »

Alors, sans plus réfléchir, sans projet arrêté, folle, au lieu de répondre, Mme Lapeyrède avait pris le premier paquebot.

Elle était arrivée à Lannemajou la nuit précédente, à l'improviste. On l'avait grondée, on lui avait représenté le danger de reparaître, le tort qu'elle ferait à Marcienne en troublant son existence; on la décidait presque à repartir sans même voir sa fille, quand le hasard encore, ce hasard béni, la lui avait tout à coup conduite. Et, au lieu de courir à elle, il avait fallu s'enfuir, se blottir dans cette ridicule cachette, endurant à la fois toutes les angoisses, risquant à chaque minute d'être surprise et reconnue, de causer à sa fille une horrible émotion, d'attirer d'incalculables désagréments aux amis généreux qui s'étaient laissés toucher par son malheur.

« C'est vrai,... qu'aurait dit papa? » se demanda Marcienne.

En dernière ligne, le plus tard possible, force était bien d'en venir à cette considération. Mais il n'entrait pas dans les habitudes de Marcienne de s'arrêter au côté fâcheux des choses, et déjà, arrangeant tout :

« Le passé est si vieux! insinua-t-elle; vous l'oublierez, chère maman, et mon père l'oubliera aussi.

— Léonce... oublier! »

La voix si douce de Mme Lapeyrède vibra avec une âpreté inattendue. Dans sa bouche, ce nom de Léonce, que Marcienne entendait si rarement donner au sénateur, paraissait un nom sou-

Toujours enlacées, elles s'assirent sur le banc.

vent répété, habituellement maudit, et la jeune fille entrevit, plus difficile qu'au premier abord, sa mission de conciliatrice.

« Pour l'amour de moi, cependant, » murmura-t-elle.

Avec une agitation grandissante, Mme Lapeyrède l'interrompit :

« Pour l'amour de toi... T'aime-t-il donc! lui qui n'a jamais aimé que lui-même, sa vanité, ses aises, ses manies; qui n'a jamais pu faire une concession, avoir un pardon ou une pitié?... Mais qu'est-ce que je te dis?... J'oublie que tu l'aimes, toi; qu'en comparaison de lui, je ne te suis rien ou presque rien, puisqu'il t'a prise à moi, ne t'a pas permis de me connaître, ni même de savoir que j'existe. Oh! mon Dieu, tu m'en veux de te parler ainsi! C'est naturel, mon pauvre trésor. Pardonne-moi et n'aie pas peur, je ne

te disputerai pas à lui. Je ne le pourrais pas d'abord, ni ne le voudrais. Tout, plutôt que d'être un obstacle sur ta route! Déjà j'ai
fait une folie, et je m'en rends compte. On avait bien raison de
m'empêcher de venir! Mais aussi la tentation était trop forte. Je
n'espérais pas te rencontrer; je voulais seulement revoir la maison,
les fenêtres de la chambre où tu dormais, et j'ai obtenu de William
qu'il me conduisît. Il n'a pas eu le courage de me refuser. Je suis
restée trop longtemps. Si ton père ou cette institutrice te cherchait...? Tiens, embrasse-moi encore, je m'en vais, je ne reviendrai
plus, je te le promets. Je ne te demande qu'une chose : ne dis pas
que je suis venue! Tu peux bien faire cela pour moi, tu le feras
par pitié. Tu ne sais pas ce que je risque. Ne me dénonce pas à
ton père, ne me livre pas à lui, je t'en conjure encore! J'ai peur!
j'ai trop peur!... »

En proie à cette crainte folle, sans entendre sa fille, s'arrachant
à son étreinte, la pauvre femme se leva chancelante, faisant un pas
avec un grand geste égaré.

« Je veux m'en aller. De quel côté est la barrière? William
devait me ramener. Où est-il? Je n'ose pas l'appeler... Si on m'entendait! Oh! est-ce qu'on ne vient pas?... Non, c'est mon pauvre
Fido. Ici, tais-toi! »

Marcienne oublia la voix stridente de tout à l'heure, la lutte
commencée en elle entre le respect, l'amour ancien et cette
affection à peine née.

Elle ne vit plus que la faiblesse, l'affolement, la souffrance de
cette pauvre créature qui l'implorait, qui avait besoin d'elle, droit
à toutes ses sollicitudes par conséquent; et, ne trouvant pas d'autre
moyen de calmer cette crise de terreur, elle passa sous le sien le
bras qui tremblait.

« Si vous le voulez absolument, chère mère, je vais vous
reconduire à la barrière.

— Oui,... je le veux. »

Elles marchèrent un moment en silence. Peu à peu Mme Lapeyrède s'apaisait, tandis que sa fille se remettait d'une légère déception.

Réalité et rêve se séparaient. Après la scène de la reconnaissance, ce n'était plus ce retour triomphal, cette réunion définitive, dénouement du roman de Marcienne, et, un peu désorientée, elle attendit la suite.

Au bout de l'allée, Mme Lapeyrède s'arrêta, prise cette fois d'un accès de désespoir.

« Maintenant je n'ai plus le courage de repartir! Penser que je ne te reverrai plus, mon Dieu, plus jamais!

— Ne plus nous revoir! protesta Marcienne indignée.

— Et comment veux-tu, ma chérie, que nous nous revoyions sans que ton père s'en aperçoive?

— Eh bien! qu'il s'en aperçoive, qu'il sache... Cela vaudra mieux, » dit Marcienne, hardie.

Mais sa mère n'était pas de la même trempe, et elle se remettait à frissonner.

« Non, plutôt que de recommencer ces horribles luttes et de t'y exposer, j'aime mieux mourir! Nous ne sommes pas de force. Deux malheureuses comme nous ne peuvent que se soumettre. »

Elle sanglotait, et Marcienne crut avoir pour la rassurer une inspiration géniale.

« Mais, maman, si je ne suis pas un appui suffisant, nous trouverons bien quelqu'un pour nous soutenir. »

Les pleurs de Mme Lapeyrède s'arrêtèrent, et, prompte à l'espérance :

« Quelqu'un! murmura-t-elle. Ah! oui, si nous avions quelqu'un!

— Eh bien, proposa Marcienne, voulez-vous que je parle à Philippe? »

Pourquoi tout de suite ainsi avoir pensé à Philippe, et en pensant à lui trouver déjà un répit?

Le répit fut court.

« Philippe! » répéta Mme Lapeyrède.

L'accent était le même que lorsqu'elle avait dit : « Léonce, » et, avec la même amertume, elle se récriait :

« Mais Philippe et ton père ne font qu'un! Je n'ai pas de pires ennemis, et, des deux, Philippe est le plus redoutable. Pauvre enfant, tu ne le connais pas! Dieu te garde de te confier à lui! »

Dans l'âme de Marcienne un froid passa, la première sensation pénible troublant sa joie.

Qu'entre ses parents les rancunes fussent tenaces, il fallait s'y attendre, et elle n'avait ni à juger, ni à prendre parti; mais que Philippe eût joué dans le passé un rôle néfaste, qu'elle dût désormais le tenir en suspicion, c'était une douloureuse surprise. Sacrifier Philippe, même à sa mère, lui parut si dur, qu'elle hésita à s'y résoudre et resta silencieuse.

La lune s'était voilée. Il devait être bien tard.

« Voici la barrière, murmura Mme Lapeyrède. Ce bon William doit m'attendre. »

Marcienne eut encore une hésitation. Pour tant que les Caussade eussent acquis de droits à sa sympathie, elle ne s'habituait pas encore à les mêler aux plus intimes émotions de sa vie, et elle se raidit involontairement en voyant de la barrière une ombre noire se détacher.

C'était bien William qui s'avançait, drapé dans un grand manteau à l'espagnole et chantonnant *sotto voce* :

> Quand on conspire, il faut avoir
> Perruque blonde et collet noir.

Puis, quand il fut tout près :

« Là, demanda-t-il jovial, ai-je bien tenu ma promesse, mademoiselle Marcienne? Décidément, suis-je gentil ou non? »

Elle ne répondit rien. William avait achevé de rompre le charme, de dissiper l'éblouissement. Son bonheur lui demeurait, mais ne lui cachait plus les difficultés de la situation.

« Quand vous reverrai-je, maman? » soupira-t-elle.

Mme Lapeyrède eut un gémissement désespéré.

« Mais tu ne peux pas me revoir,... tu vas demain à Cauterets...

— Je n'irai pas!

— C'est cela. Mlle Marcienne inventera une blague pour rester, émit William conciliant. Mais je vous en supplie, madame, rentrons. Quelque ivrogne attardé peut nous rencontrer ici; ça fera un potin du diable, et tout le monde à la maison me tombera dessus... »

Une dernière fois la mère et la fille s'étreignirent.

« Mais quand, mais où nous revoir? » répéta Marcienne.

Mme Lapeyrède se trouvant hors d'état de rien décider, William intervint de nouveau.

« Eh! à la maison, parbleu! Une fois M. Lapeyrède occupé à se gargariser à Cauterets, rien à craindre. D'ailleurs, Noémi est là; elle a le pompon pour les combinaisons.

— C'est vrai, dit la pauvre mère avec une expansion joyeuse. Comme vous êtes bons tous! Que je vous dois de reconnaissance! »

William voulut par un dernier effort emporter aussi la gratitude de Marcienne, plus lente à s'exprimer.

« Tout de même, fit-il remarquer, l'embêtant, dans ces escapades de nuit, c'est qu'on ne se voit pas, et il y a des personnes qu'on aimerait à voir. Tenez, j'ai été prévoyant. »

Il se retourna, prêta l'oreille; et assuré qu'aucun passant ne se trouvait à portée :

« Attention! » fit-il.

Inopinément il frottait une allumette. Une lueur jaillit dans l'obscurité, éclairant subitement les visages.

Pour la première fois Marcienne vit sa mère.

L'allumette s'éteignait.

« Et de deux, » dit William en faisant partir une seconde.

L'apparition fut plus nette encore, et Marcienne, moins surprise, put mieux se rendre compte.

Sa mère était-elle jolie?

Marcienne le crut d'abord, puis se ravisa, et, à détailler les traits, changea encore d'avis.

Grande, blonde, mince, Mme Lapeyrède pouvait donner de loin une complète illusion de jeunesse, paraître quinze ans de moins que son âge.

De près, elle paraissait quinze ans de plus, le teint absolument flétri, le masque accentué et creusé de rides, les prunelles incolores.

Ce masque n'en gardait pas moins une régularité parfaite : les yeux étaient superbes de dessin et de dimension. Quelque chose de plus que les années, la douleur sans doute, avait ravagé d'une façon anormale la beauté de Mme Lapeyrède ; mais cette beauté laissait des traces indéniables, maintenant presque apitoyantes.

Marcienne ne se représentait pas sa mère ainsi. Toutefois l'attendrissement domina la déception.

« A bientôt! » dit-elle avec un dernier baiser.

Il lui fallut un petit effort pour tendre à William sa main, qu'il secoua en camarade.

« A bientôt! » répéta-t-il, prenant pour lui la moitié du souhait.

Il avait rouvert la barrière, qui glissa sans bruit, comme si on eût huilé les gonds, et Marcienne se demanda aussi où le jeune homme avait pu trouver la clef du cadenas servant de fermeture.

Il s'était éloigné avec Mme Lapeyrède, suivie toujours de Fido, et elle cessa de penser à lui.

Hâtant le pas, elle regagnait la maison.

La lune s'était couchée, la lampe de Mademoiselle s'était éteinte. Tout dormait.

Marcienne rentra à tâtons par une des portes du perron heureusement restée ouverte, et monta sur la pointe des pieds. Pour la première fois de sa vie, elle se trouvait astreinte à ces précautions, et cela l'amusa.

Enfermée dans sa chambre, elle alluma les flambeaux de sa cheminée. Son premier soin, assez baroque, fut de se regarder à la glace, comme si, en elle, un changement extérieur eût dû se produire.

Non. Rien d'appréciable, pas même un air de fatigue.

Rarement on se sent fatigué quand on est heureux, et le bonheur de Marcienne se refaisait entier, sans nuages, depuis que William disparaissait de l'horizon.

Alors elle se rappela la règle qu'avait voulu lui imposer le naïf curé de Lannemajou : « Tout droit, tout simple ! » et elle en sourit de pitié. Que n'eût-elle pas perdu à s'y conformer !

Revenant vers la cheminée, elle s'aperçut que la pendule marquait trois heures du matin. Presque toute une nuit d'émotion et de liberté !

Et, reprise d'enfantillage, un sentiment de fierté puérile se mêlant à toutes ses autres joies :

« Quelle aventure ! » se dit-elle en vraie petite cadette de Gascogne.

X

Le sénateur était un homme trop sérieux pour ne pas un peu dédaigner les femmes. Son dédain se traduisait en indulgence, la meilleure forme encore à donner au dédain. Aussi ne se livra-t-il à aucune des protestations qui eussent pu échapper à un père de moins haute volée quand Marcienne, quelques heures avant le départ pour Cauterets, vint lui communiquer son désir tout nouveau de rester à la maison avec Mademoiselle.

« Souvent femme varie, » dit-il après François Ier et beaucoup d'autres.

Et, pour son propre compte :

« Si vraiment tu te sens mal en train, que le voyage puisse t'incommoder et le bruit et le mouvement de là-bas ajouter à ta tristesse, je te laisse libre d'agir à ta guise, » conclut-il sans plus insister.

Au fond, il ne trouvait pas déplaisante la perspective de déjeuner et de dîner en tête à tête avec son journal, sur sa petite table d'hôtel, au milieu de beaucoup d'autres messieurs à petites tables et à journaux ; d'aller lentement aux Thermes boire son demi-verre d'eau et accomplir les autres rites imposés au parfait baigneur ; de revenir plus lentement encore en dissertant avec de graves compagnons sur l'hygiène, la médecine, la politique, la philosophie ; puis de rester, le soir, assis devant un café à écouter la musique, sans avoir le souci de rejoindre, de promener, de présenter une grande fille, de surveiller autour d'elle les allures des dames et le flirtage des messieurs.

Le changement de programme plut moins à Mademoiselle. Devant se présenter en octobre pour la licence, elle aspirait à vivre dans le recueillement jusqu'à cette date solennelle, comme une fiancée qui se prépare à la cérémonie nuptiale ou une novice à la profession. Rester seule à Lannemajou lui eût donc beaucoup mieux convenu que de se voir attribuer la garde de Marcienne.

« Pourrai-je continuer à aller prendre mes répétitions à Mont-de-Marsan deux fois par semaine ? » demanda-t-elle avec résignation au sénateur.

Ce désir était trop louable pour qu'il n'y acquiesçât pas pleinement. Là-dessus, il prit congé de Mademoiselle avec un salut, de Marcienne avec un baiser, du personnel avec un signe de la main, et s'en alla faire ses vingt et un jours, absolument tranquille sur sa maisonnée.

Il n'avait pas encore tourné le coin de l'avenue, que déjà Marcienne grimpait chez les Caussade.

.   .   .   .

Mademoiselle, en pleine période de distraction, n'avait pas imposé son chaperonnage. D'un commun accord, tous les obstacles semblaient disparaître, et, dans la cour d'honneur du château, Noémi se présentait avec cette bonne nouvelle :

« Papa est absent pour toute la journée. Voulez-vous entrer au salon ? »

Elle n'ajouta rien ; mais son sourire disait qu'elle savait tout, et Marcienne lui sut gré de cette réserve.

On la laissait entrer seule, et personne de la famille ne se montrait. Avant de pousser la porte du salon, elle eut un battement de cœur plus fort que la veille, prévoyant sûrement cette fois ce qui l'attendait.

Puis elle s'avança.

Quoique la pièce fût au nord et que le soleil eût déjà beaucoup perdu de son ardeur, les persiennes restaient fermées, et, dans ce demi-jour, la forme de Mme Lapeyrède, alanguie sur une chaise longue, se détachait svelte et gracieuse.

A l'entrée de sa fille, elle se redressa avec une exclamation. Déjà Marcienne était à genoux près d'elle, dans les bras qu'elle lui tendait, et, quelques minutes encore, toutes deux demeurèrent silencieusement enlacées, n'échangeant que des larmes plus éloquentes que les paroles.

Ensuite Marcienne s'assit sur le bord de la chaise longue et se mit à parler tout bas.

Pourquoi dit-on tout bas les mots tendres? Au lieu de frapper les oreilles, vont-ils ainsi plus sûrement au cœur? Elle en trouvait à l'infini, comprenant et connaissant déjà cette pauvre mère, douce, faible, souffrante, qui s'abandonnait dans ses bras sans volonté, sans autre désir que de l'entendre et de la voir.

Ses yeux, maintenant accoutumés à la pénombre, se familiarisaient aussi avec ce visage, et Mme Lapeyrède depuis la veille lui paraissait rajeunie, par le bonheur évidemment, ses rides effacées, son teint coloré, l'ancienne beauté presque revenue. Dans sa mise, dans ses attitudes, elle gardait aussi cette souveraine élégance des femmes qui ont été assez brillantes et assez admirées pour prendre la peine de mettre leurs charmes en valeur. Un froufrou soyeux et un parfum léger l'enveloppaient; ses fins poignets, ses doigts fuselés resplendissaient de bijoux; tout en elle avait une grâce, jusqu'à ce geste inconscient pour lisser les poils de Fido pelotonné en boule sur ses genoux; et Marcienne eut la notion d'avoir affaire à une femme toute différente d'elle-même, se trouva, en comparaison, gauche, rustique à en avoir honte.

La conversation ne pouvait guère être en substance que la

répétition et le développement de celle de la veille. Comme Mme Lapeyrède reparlait de l'Amérique, de ses années d'exil, Marcienne vint à demander :

« Ne viviez-vous donc pas dans votre famille ?

— Oui. J'avais des frères et des sœurs, mais il ne me reste plus personne. Les uns sont dispersés, les autres sont morts.

— Quoi ! toutes ces jolies petites tantes du portrait sont mortes ?

— Quel portrait ? »

Mme Lapeyrède s'exprimait avec une soudaine vivacité, et Marcienne craignit de lui avoir rappelé des souvenirs trop tristes.

« Le portrait au pastel fait à Boston, expliqua-t-elle, qui est resté chez papa. Je l'aimais tant ! Je l'ai toujours eu près de mon lit.

— Ah !... et tu dois trouver qu'il ne me ressemble plus guère ? »

La question était brève et comme inquiète. Cette beauté disparue devait laisser un regret à la pauvre femme, et Marcienne lui fit évidemment plaisir en répondant :

« Mais si, il vous ressemble encore.

— C'est que j'ai tant vieilli depuis ! j'ai été si malade !

— Vous serez vite guérie, maman, à présent que je vous soignerai et que j'aurai besoin de vous. »

La tête blonde retomba avec lassitude sur le coussin.

« Besoin de moi, ma pauvre enfant ! Et à quoi donc puis-je servir, dans l'affreuse position où l'on m'a mise, sinon à te créer des embarras ?

— A m'aimer, dit Marcienne, et c'était de cela que j'avais besoin, de cela seulement. »

De nouveau elle se blottit dans les bras maternels, et ce fut Mme Lapeyrède qui, doucement, dut la repousser.

« Nous nous oublions, ma chérie, nous devenons égoïstes. Je ne peux te garder trop longtemps sans éveiller des soupçons, et il faut faire une petite part aux chers et excellents amis auxquels nous devons notre bonheur. »

Marcienne se reprocha d'avoir oublié sa dette de gratitude ; puis il lui sembla que sa mère, elle aussi, commettait un oubli plus impardonnable encore, et, avant de s'éloigner :

« Maman, dit-elle, savez-vous ce que je voudrais ? que vous me fassiez faire ma prière, comme vous l'auriez fait quand j'étais petite, si vous aviez été là. Nous n'avons pas encore prié le bon Dieu ensemble, maman.

— Ah ! oui,... le bon Dieu. »

On eût dit que Mme Lapeyrède trouvait la fantaisie assez singulière, tout en s'y prêtant de bonne grâce. Et, pendant que Marcienne agenouillée répétait avec la foi de son enfance la douce prière des tout petits, il lui sembla que l'âme de sa mère ne vibrait pas à l'unisson de la sienne.

Déjà Mme Lapeyrède se remettait à parler des Caussade.

« Mais enfin, maman, demanda Marcienne, comment donc vous êtes-vous liée avec eux ? »

Plus l'élégance et la distinction de sa mère lui apparaissaient, plus elle s'étonnait de cette intimité.

« Mme Caussade est mon amie de pension, » répliqua Mme Lapeyrède.

Marcienne voulut éclaircir un autre point jusqu'alors resté obscur.

« Mme Caussade est Américaine ?

— Non.

— Anglaise alors, ou Française ?

— Non plus. Son père était Autrichien, sa mère Polonaise.

— Ah ! fit Marcienne, trouvant la généalogie compliquée.

— Tous deux de très bonne famille, se hâta d'ajouter Mme Lapeyrède, d'excellente famille, venus en Amérique pour tenter de réparer des revers de fortune. Ils n'y ont pas réussi, et, par dévouement, leur fille a épousé ce brave Caussade, très infé-

rieur à elle comme condition, mais immensément riche et d'une
honorabilité, d'une bonté qui font vite oublier ses petits défauts
de forme.

— Ah! fit une seconde fois Marcienne, tâchant de classer dans

« Nous n'avons pas
encore prié le bon Dieu ensemble,
maman ? »

sa tête les renseignements obtenus et de voir désormais en
Mme Caussade la grande dame ruinée qui se sacrifie; en M. Caus-
sade, le vertueux financier qui répare les désastres; en Noémi et
William, les produits semi-aristocratiques d'une race mélangée.

— Les enfants ont été admirablement élevés, et ils auront
chacun trois ou quatre millions, ce qui ne gâte rien, acheva négli-

gemment Mᵐᵉ Lapeyrède. Ma pauvre amie a donc bien fait de ne pas tenir trop de compte des différences sociales. Tiens, chérie, va appeler Noémi, qui, j'en suis sûre, brûle de t'embrasser ! »

Marcienne embrassa Noémi, qui reparut avec sa mère et son frère. M. Caussade n'étant pas là avec sa mine gênée de trouble-fête, on fut plus à l'aise et plus expansif qu'à l'ordinaire. Mᵐᵉ Caussade blâma tendrement l'escapade de son fils, puis l'excusa :

« Cet enfant-là ne peut pas voir quelqu'un souffrir, mademoiselle Marcienne, et vous moins encore que tout autre. »

Puis on se livra à des combinaisons pour l'avenir, et Noémi, silencieuse quand on parlait sentiment, prit alors la parole avec autorité. Un esprit fin et dominateur résidait dans ce corps chétif, et Marcienne se rappela la méchante comparaison de Philippe entre Noémi et le chimpanzé.

« Seulement, rectifia-t-elle, Noémi ne se sert de son intelligence que pour faire le bien, pour me venir en aide. »

Brièvement, Noémi résumait la situation et traçait les rôles. On avait jeté la mère et la fille dans les bras l'une de l'autre. L'imprudence commise, au moins fallait-il les laisser jouir des jours de liberté que la Providence octroyait à Marcienne, ce qui n'aggraverait pas beaucoup les risques. Les visites de la jeune fille, pas plus que le séjour au château d'une amie américaine, ne pouvaient paraître suspectes. Pour rapprocher les circonstances et soupçonner la vérité, il eût fallu connaître le passé, oublié ou ignoré de tous. M. Caussade même ne se doutait de rien.

« Mais il sait bien qui vous êtes ! » dit Marcienne étonnée à sa mère.

Celle-ci secoua mélancoliquement la tête, et Mᵐᵉ Caussade, avec sa volubilité ordinaire, expliqua le fait, au premier abord assez étrange.

« Comme je vous l'ai déjà dit, chère enfant, mon excellent mari est très nerveux ; de plus, il était là-bas en Amérique absorbé par ses préoccupations, qui souvent nous séparaient. Forcément, nous devions avoir chacun nos relations et notre vie à part. Ma pauvre amie ne m'avait pas autorisée à lui transmettre des confidences qui n'eussent pu que le contrister, et il la connaît sous le nom que nous lui donnions là-bas pour éviter les réminiscences douloureuses du public, son nom de jeune fille : Mme Cornhil. »

Ce changement de nom causa à Marcienne une impression désagréable, qui s'effaça sous d'autres impressions désagréables.

« Votre père est à Cauterets ; Mademoiselle est encore plus loin,... dans les nuages ! continuait Noémi de son ton ironique sans gaieté. Il ne reste donc guère autour de nous que deux personnes qui pourraient être gênantes : M. de Capléon, d'abord... »

Les yeux ternes de Mme Lapeyrède se rallumèrent. Ce n'était pas son énervement de l'autre soir qui l'excitait contre Philippe. A froid, sa rancune ne s'exprimait qu'avec plus de force.

« Oh ! oui, il faut le craindre, dit-elle, les lèvres serrées. Il m'a suffi de le revoir hier pour le retrouver le même qu'autrefois ; toujours tranquille, entêté, de ces hommes sur lesquels rien n'agit ; toujours jeune ! »

Sa voix eut encore un de ces éclats stridents, comme si cette jeunesse persistante de Philippe l'eût irritée davantage, peut-être en lui faisant faire un retour sur elle-même.

Noémi l'interrompit, et achevant son exposé :

« Mais, pour que M. de Capléon vous reconnût, il faudrait qu'il vous rencontrât. Or vous ne sortez pas d'ici, et nous ne risquons pas, je crois, de le voir trop souvent ! »

L'intonation plus voilée de Noémi n'exprimait guère plus de bienveillance. Comment donc ce pauvre Philippe avait-il pu se la mettre ainsi à dos ?

« Et après M. de Capléon, achevait-elle, il y a encore ce vieux curé, qui doit avoir bonne mémoire.

— Excellent homme, reprit Mme Caussade avec sa façon verbeuse d'envelopper et d'adoucir les choses, mais maladroit et mal informé, je le crains. Ce sera à Marcienne à se tenir sur ses gardes avec lui aussi. »

A cette recommandation, William crut devoir ajouter une remarque spirituelle autant qu'élégante :

« Les curés d'abord, c'est connu, ça porte la guigne. Ce que j'ai vite fait de me défiler, moi, quand j'en vois un ! »

.   .   .   .

Comme Marcienne descendait le coteau, une soutane parut au loin, filant sur la route poudreuse, et refrénant son premier mouvement, qui eût été de héler son vieil ami :

« Me voilà qui me défile comme William ! se dit-elle avec un demi-sourire. C'est ennuyeux pourtant de se méfier de tout le monde ! »

XI

Trois semaines s'étaient écoulées sans que rien ne troublât le traitement du sénateur, les études de Mademoiselle ni les escapades de Marcienne. Selon les prévisions de Noémi, personne n'avait conçu de soupçon, peut-être parce que personne n'était là pour en concevoir, et les courses au château, en perdant de leur danger, perdaient assurément de leur pittoresque.

En revanche, Marcienne prenait doucement l'habitude de ce bonheur nouveau; et, dépouillée de son mystérieux prestige, moins parfaite peut-être qu'elle ne l'eût imaginée, sa mère lui paraissait attachante, même par ses petits défauts, qui la faisaient plus réelle et plus proche. Elle ne lui ressemblait pas, ne ressemblait pas à grand'mère, dépourvue qu'elle était des traditions et des principes austères de la vieille France, aimant dans la vie l'éclat et la facilité, mais facile et brillante elle aussi, rachetant la faiblesse par la douceur, la futilité par la grâce; une pauvre femme aimable et inoffensive, née pour la tendresse et l'indulgence; un oiseau de paradis fait pour voltiger, et dont le sénateur avait vite brisé les petites ailes sous ses serres d'aigle. En donnant à leur séparation le motif consacré : « incompatibilité d'humeur, » les juges et le monde après eux avaient dit la vérité. Peut-être, les années venues, la commune affection pour leur fille l'emportant sur les autres sentiments, parviendraient-ils à se tolérer, sinon à se réconcilier.

Mais encore, pour en arriver là, faudrait-il trouver moyen de fléchir d'une part l'obstination paternelle, d'apaiser de l'autre cette crainte passée chez Mme Lapeyrède presque à l'état de folie. Aussi, malgré son aplomb ordinaire, Marcienne ne vit-elle pas sans une certaine appréhension se lever ce matin-là, le matin du jour qui devait ramener le sénateur dans ses foyers.

« Nous irons au-devant de lui à la gare, n'est-ce pas ? » dit Mademoiselle, ayant par hasard une minute de liberté d'esprit.

Après une séparation, la démarche s'imposait, quoique de pure forme. M. Lapeyrède n'éprouvait pas de ces tendres impatiences qui font haleter dans l'attente de l'être chéri. Ces jolis enfantillages, une mère seule les a, et Marcienne, quittant la sienne tout en larmes, deux heures plus tôt qu'à l'ordinaire, eut conscience de commettre une injustice.

Le sénateur descendit frais et prospère de son wagon, où il laissait, non sans regret, un conseiller d'État belge, plus massif, plus patriarcal, plus imposant que lui-même, rencontré à la buvette de Cauterets, et avec lequel une sympathie de ressemblance l'avait aussitôt lié. Durant le trajet de retour, il ne parla que de son conseiller d'État, et ce ne fut qu'en approchant de Lannemajou qu'il songea à demander :

« Quoi de nouveau ? Philippe est-il venu chez nous ou à la cure ? »

Comme à toutes les grosses planètes, un satellite lui était indispensable, et, le conseiller d'État disparu de son orbite, il revenait à ses anciennes préférences.

Marcienne n'avait pas vu Philippe et n'avait pu avoir de ses nouvelles par M. le curé, attendu qu'elle n'avait pas vu M. le curé non plus.

« Mais alors, vous avez vécu en véritables recluses! dit le

sénateur d'un air approbatif, car il n'aimait pas le monde pour les autres.

— Marcienne a profité de votre autorisation pour aller souvent chez Mlle Caussade, exposa consciencieusement l'institutrice. Cette jeune fille est aimable et intelligente ; nous avons projeté pour l'année prochaine quelques études en commun. »

Le projet avait séduit Mademoiselle, et, sur ce bienveillant rapport, le sénateur ne trouva pas d'observations à faire. Il n'y avait du reste plus à se préoccuper des Caussade, pour ces vacances du moins.

« Vous devez hâter vos préparatifs de départ, mesdames, annonça-t-il. Une convocation, émanant du président de notre groupe, m'oblige à être à Paris jeudi, d'aujourd'hui en huit. »

Plus que huit jours !

Impossible, en ce bref délai, de tenter une réconciliation ; et obtenir de rester de l'arrière ne serait pas facile cette fois. Une fille, gênante à l'hôtel, est utile à la maison, et le sénateur, tolérant tant qu'on ne le dérangeait pas, devenait de fer pour défendre ses idées et ses habitudes.

Inquiète, Marcienne le considéra, majestueux au fond de la voiture qui traversait le village, rendant de la main les saluts reçus de droite et de gauche avec la grâce digne d'un souverain faisant son entrée dans sa bonne ville.

Pour faire contraste à cette dignité paisible, une agitation insolite se manifestait sur son passage. Bien que l'heure où l'on rentre des champs ne fût pas encore venue, on voyait déboucher dans l'unique rue du village des groupes d'ouvriers ayant quitté leur travail en même temps, allant tous dans la même direction, du même pas pressé, très différent de leur allure ordinaire.

« Qu'est-ce qui peut déterminer cette effervescence ? » remarqua le sénateur, peu éloigné de se croire la cause de ce mouvement populaire.

Mais on ne se précipitait pas à sa rencontre. Devant lui il voyait les bandes, grossies à chaque porte, enfiler un chemin de traverse qui contournait le coteau.

Là-bas, du presbytère, une grande forme noire bondit qui se mit à courir bientôt en tête des groupes, et le sénateur crut devoir sortir de son indifférence digne :

« Serait-il arrivé quelque accident? » demanda-t-il en donnant ordre au cocher de s'arrêter.

Des estivandiers qui passaient en bande, leurs outils sur l'épaule, le renseignèrent. Oui, il arrivait un malheur, encore un de ces maudits incendies. La piñada de Flourac venait de prendre feu. Ça brûlait, ça brûlait, paraît-il! Avec ce vent d'ouest, ça allait gagner. Les piñadas de Saint-Hélix y passeraient pour sûr, et ensuite celles de Lannemajou…

Si le Gascon n'avait eu hâte de reprendre sa course, la Gascogne entière y passait; mais, quoi qu'il fallût rabattre de l'exagération nationale, le désastre était trop commun pour qu'on le mît complètement en doute.

« Portons-nous de ce côté, décida le sénateur, si toutefois vous ne croyez pas que les chevaux puissent s'effrayer. »

Attestant l'héroïsme de ses chevaux aussi pompeusement qu'il eût répondu du sien, le cocher tourna bride avec cet empressement à voir de près les catastrophes qui caractérise les organisations rudimentaires.

Un sentiment différent poussait en avant Marcienne. C'était, dans ce spectacle grandiose et terrifiant, le grandiose qui l'attirait, et aussi l'espoir vague de pouvoir être utile par un acte ou par une idée peut-être, par une bonne parole au moins, et elle s'enquit tout de suite :

« Ces bois de pins appartiennent à de pauvres gens?

— Non. Les Caussade en sont propriétaires, et une assurance doit les couvrir. »

Cette réponse du sénateur aurait dû la tranquilliser. Il n'en fut rien. Le nom des Caussade accolé à ces mots d'in-

Philippe montra la forêt embrasée.

cendie, de désastre, éveilla chez elle des inquiétudes irraison-
nées.

« Pourvu que maman n'ait pas eu trop peur ! » se dit-elle,
faisant connaissance avec cette torture de ne pouvoir soi-même
veiller sur les êtres chers.

Et tout haut :

« Dans ces incendies, demanda-t-elle, peut-il arriver des
accidents de personne ?

— Il s'en produit quelques-uns, expliqua le sénateur, mais
rarement et par suite de malechances exceptionnelles. Des ivrognes
surpris pendant leur sommeil, des enfants ou des femmes qui
s'évanouiraient de peur pourraient être atteints par la flamme ou
suffoqués par la fumée. De mon temps, ces incendies n'ont jamais
fait que deux victimes : un vieillard impotent et sa petite-fille qui
n'a pas voulu l'abandonner. »

Sur ce bel exemple de piété filiale, le sénateur se tut, laissant
Marcienne à ses méditations, qui ne purent être de longue durée.

« Oh ! mon Dieu, mais c'est terrible ! » s'exclamait Mademoiselle elle-même, comme à un tournant, brusquement, le lieu du
sinistre apparaissait.

Le ciel n'était plus bleu, il était pourpre, d'un pourpre vif sur
lequel couraient des nuages de fumée épaisse et noire. Cette fumée
retombait sur la terre, formant comme un écran derrière lequel
rougeoyaient des lueurs de bûcher, et ces émanations âcres, ces
flocons dispersés aux quatre vents, chargeaient toute l'atmosphère
opaque et nauséabonde.

A des centaines de mètres alentour, on ne voyait plus, on ne
respirait plus, on ne pouvait avancer même pour mesurer le
désastre.

« La flamme qui dévore la résine est particulièrement fuligi-
neuse, » expliquait le sénateur descendant de voiture avec sa fille.

Au premier mot il dut interrompre son discours, puis s'essuyer
les yeux et tousser dans son mouchoir.

Autour de lui, on allait et venait avec la familiarité des jours de catastrophe. On s'éparpillait dans les champs labourés.

Au premier rang toujours, dans la fumée, Marcienne revit la soutane noire, et, à côté, une autre silhouette qu'elle reconnut aussitôt.

« Philippe ! »

Elle fit un mouvement, arrêté par le sénateur, qui ne se souciait pas d'avaler plus de fumée.

« A quoi bon s'avancer davantage ? fit-il observer assez raisonnablement. Ce n'est pas de front qu'on peut combattre le fléau. Il faut faire la part du feu, c'est le cas de le dire, et se borner à des mesures préventives. On y avise... »

Un détachement d'hommes, la hache sur l'épaule, quittait le lieu du sinistre et, contournant le coteau, allait évidemment rejoindre, à l'autre bout encore intact de la piñada, les travailleurs déjà employés à l'abatage. Il ne s'agissait que de gagner le feu de vitesse, de détruire avant lui, de façon que, devant l'espace dénudé, il s'arrêtât faute d'aliment.

Ces travaux de défense, trop souvent nécessaires, s'exécutent avec la promptitude et le calme de l'habitude. A quelques hectares près, on suppute la perte, et M. Caussade lui-même, arrivant enfin, contempla son désastre avec la philosophie d'un homme qui a en poche un bon contrat d'assurance.

« N'empêche que c'est ennuyeux, répliqua-t-il aux condoléances dont M. Lapeyrède l'honora. On vous paye les arbres, soit ; mais on ne les fait pas repousser, et ça faisait bien dans le paysage, ce bois. Puis c'était à proximité de la maison, au beau milieu de nos terres. On s'y promenait sans rencontrer personne, et ça me plaisait, à moi qui suis sauvage. Nous y allions assez souvent après déjeuner ; Noémi y avait même son hamac. On s'asseyait ; je fumais ma pipe. C'était très gentil. »

Ces détails de vie intime ne pouvaient intéresser le sénateur. Il dépêcha à la recherche de Philippe M. Caussade, qui, devant avoir l'habitude du four, risquait moins que les autres, et il se mit à causer avec le maire et le premier adjoint.

Mademoiselle, épeurée, était remontée en voiture. Marcienne continuait à regarder le grand bûcher qui flambait avec des craquements sinistres, les jets de flamme et les panaches de fumée qui s'élevaient soudain, dessinant sur le ciel d'étranges zigzags, et cette odeur de résine emplissant ses narines, cette chaleur de fournaise l'enveloppant, achevaient d'occuper tous ses sens, de l'absorber dans une rêverie extatique.

Le bruit d'une course précipitée derrière elle l'en arracha, et, se retournant, elle vit Mme Caussade et Noémi qui arrivaient à leur tour.

Ni l'une ni l'autre ne montraient le calme raisonné du père Caussade : Noémi, sans chapeau, ébouriffée, laissant traîner sa robe dans la poussière, abdiquait les soins sagement donnés d'ordinaire à son triste extérieur et à sa santé débile ; Mme Caussade, trop pesante pour courir si vite, ne parvenait pas à retrouver sa respiration, et toutes deux approchaient avec une exclamation plaintive de Marcienne, fort surprise de les trouver si nerveuses.

Aussi se hâta-t-elle de leur transmettre l'opinion rassurante des personnes compétentes.

« C'est la bruyère et le thuya qui ont pris feu. Quelques arbres y passeront; mais l'incendie s'arrêtera à la tranchée déjà faite, peut-être même avant, car voici que les rafales cessent... »

Comme pour la démentir, juste à cette minute, le vent, un moment apaisé, s'éleva avec un renouveau de violence. Un tourbillon de feu monta dans le ciel, et Mme Caussade jeta les bras en l'air, poussant un grand cri :

« Mon Dieu ! mon Dieu ! »

Cet effet dramatique était si disproportionné avec la circonstance, que Marcienne resta interloquée.

« Ce ne sont que quelques arbres qui brûlent, » répéta-t-elle, domptant une vague inquiétude.

Mme Caussade, ayant enfin repris haleine, lui coupa la parole.

« Il s'agit bien des arbres. Qu'ils brûlent, que la propriété, que la maison, que le pays brûlent, cela m'est égal ; mais qu'on me dise où est mon fils.

— Votre fils !... »

Plus lucide, même dans son agitation, Noémi se rapprochait de Marcienne, et tandis que sa mère se remettait à courir deci et delà, interrogeant les passants, elle expliqua :

« Nous craignons que William ne soit dans la piñada. Il était sorti après déjeuner... »

Sa voix demeura suspendue, comme si elle craignait d'achever.

« Il était sorti, répéta encore Marcienne avec la notion d'un pire malheur, seul... ?

— Non,... avec votre mère. Mais rassurez-vous, se hâta d'ajouter Noémi ; quoi qu'il en soit, ils ont eu certainement le temps de s'échapper. »

Marcienne ne répondit pas. Elle songeait aux femmes s'évanouissant de frayeur, aux accidents presque impossibles, chefs-d'œuvre de la fatalité ingénieuse.

Et voilà qu'elle aussi avait peur pour la première fois de sa vie ; elle faisait connaissance avec cette lâcheté permise aux plus braves.

Mépriser sa propre existence est le premier degré de l'héroïsme, aisément franchi. Mais qui donc va jusqu'à rester impassible quand ce qu'il aime est en danger ?

« Qu'est-ce que vous faites donc ? » s'écria Noémi.

Sans un mot, sans une réflexion, poussée par cet instinct de partager le péril qu'on ne peut conjurer, Marcienne s'élançait en avant, à travers la fumée, vers l'immense brasier crépitant et flambant sous la poussée du vent d'ouest.

. . . .

« Où allez-vous, Marcienne ? Quelle folie faites-vous encore ? »

Elle n'essaya pas de fuir Philippe, qui la retenait au passage.

Elle fut même heureuse de le rencontrer et de trouver en lui un recours, puisque à présent elle était impuissante et craintive comme une femme ordinaire.

« Oh ! Philippe, on croit qu'il y a là dedans quelqu'un qui n'a pu s'échapper. Il faut aller à son secours.

— Quelqu'un ? Qui ? Comment le savez-vous ? »

Elle se tut, retrouvant soudain, au travers de l'angoisse présente, la notion d'autres dangers, l'obligation de se défier de Philippe, les promesses faites...

« De quoi s'agit-il ? » redemandait l'abbé Cazauran, bondissant au premier mot.

Autour de Marcienne, un groupe se formait. C'eût été éveiller les soupçons que de ne pas donner un nom.

« M. William Caussade..., » murmura Marcienne, aussitôt interrompue par Noémi, qui la rejoignait en s'exclamant :

« Chut ! que mon pauvre père ne sache rien, ne puisse se douter de rien ! Il ne résisterait pas à une inquiétude pareille. »

Philippe regarda un instant les deux jeunes filles l'une à côté de l'autre.

Soit que le petit visage simiesque de Noémi se prêtât moins que celui de Marcienne à refléter les émotions, soit pour tout autre motif, il constata non sans surprise que, des deux, la sœur n'était pas la plus troublée, et ce fut sans doute ce qui le détermina à s'adresser à elle exclusivement :

« Qu'est-ce qui vous porte à croire, mademoiselle, que monsieur votre frère puisse s'être laissé surprendre ?

— Je ne le crois pas, grâce à Dieu, monsieur. Mais William, sorti pour aller faire sa promenade ordinaire, n'est pas rentré ; c'en est assez pour que nous nous inquiétions...

— Il était seul ?

— Non. Une dame de nos amies se promenait avec lui. »

L'impatience de Marcienne ne put tolérer une plus longue délibération.

« Qu'attendez-vous? s'écria-t-elle. Ils seront brûlés vifs avant que vous n'ayez fait ce qu'il faut !

— Et que faut-il faire? » demanda Philippe, opposant à cet emportement un calme presque ironique.

Les hommes réunis là étaient évidemment à ses ordres. Il se trouvait en visite au presbytère quand l'incendie avait éclaté, et, très entendu à toutes choses, l'inspiration prompte, sachant commander, très aimé d'ailleurs dans le pays, il avait dès le début suppléé à l'insuffisance du père Caussade en prenant la direction des bonnes volontés incohérentes.

Sa question éveilla chez Marcienne une colère indignée :

« N'est-ce pas à vous de savoir les mesures à prendre?

— Mais, ma chère Marcienne, c'est qu'il n'y a rien à faire. Je juge, quant à moi, un accident impossible et, à toute éventualité, un secours plus impossible encore. »

Philippe montra la forêt embrasée, et ce geste posé, ce ton froid, achevèrent d'exaspérer Marcienne. Qu'il ne sût pas deviner son tourment et y porter remède lui parut monstrueux, et, se retournant, folle d'anxiété et de fureur, les yeux étincelants, la voix coupante :

« Alors, dit-elle, vous resterez là sans un effort pendant que d'autres meurent peut-être? Vous êtes assez lâche pour cela?... »

Elle s'arrêta. La main de Philippe s'abattait sur son poignet, et avec une figure, un accent qu'elle ne lui connaissait pas :

« Personne ne s'est permis de dire ce que vous dites. Mais qu'importe? Vous n'avez plus votre bon sens; moi j'ai le mien, et je vous pardonne. Seulement, pour vous, j'ai honte... »

Sa voix, toujours plus basse, prenait des intonations de plus en plus singulières. En dépit de son affirmation, on aurait pu le croire atteint, lui aussi, d'une passagère démence, et il serrait avec une rudesse inconsciente le poignet de la jeune fille.

« Laissez-moi tranquille! s'écria Marcienne hors d'elle. J'irai, moi, je saurai... »

Il la retint, et plus bas toujours :

« Non, vous ne vous donnerez pas davantage en spectacle. Certaines divagations peuvent être touchantes chez une mère ou chez une sœur; chez vous, elles ne sont que ridicules. Tenez, jusqu'à ce petit chimpanzé qui se moque de vous. »

Suivant involontairement le regard de Philippe, Marcienne vit en face d'eux Noémi qui souriait.

Le sourire de ces lèvres plates et blanches, coupées en feston sur des dents jaunes, manquait habituellement de charme. En ce moment, il faisait l'effet d'une grimace sardonique et furieuse, et l'abbé Cazauran, dont l'œil vif avait rapidement analysé les trois visages, hocha la tête d'un air préoccupé.

Pour une âme héroïque, rien de plus difficile à endurer que la moquerie, et Marcienne allait riposter, quand Mme Caussade, accourant vers sa fille, mit fin à la scène :

« Ils sont retrouvés! annonçait-elle dans un cri de joie. Ils sont remontés au château par l'autre chemin, sains et saufs! Ils étaient bien dans le bois, et notre amie a pensé mourir de peur. William a dû la porter. Remercions le Seigneur. Viens, Noémi; allons les embrasser. Pas un mot à ton père surtout; l'émotion, même rétrospective, serait trop forte! »

Sans que rien eût troublé la quiétude du bonhomme, toujours occupé à chiffrer sur un carnet le montant probable de son indemnité d'assurance, la mère et la fille repartaient plus vite encore qu'elles n'étaient venues, moins vite cependant que Marcienne, déjà à moitié chemin du coteau.

. . . .

Les pins abandonnés au feu achevaient de se consumer; la broussaille noire fumait, fumerait longtemps encore. Toutes les mesures de préservation et de surveillance assurées, les paysans se retiraient les uns après les autres.

M. Caussade, terminant ses calculs, s'en allait consolé. Ayant enfin pu placer son discours, M. Lapeyrède remonta dans son landau et offrit à Philippe et au curé de les reconduire.

Tous deux refusèrent. Le curé s'en allait au hameau, et Philippe retournait directement chez lui.

« Mais vous viendrez nous voir avant votre départ? » demanda le sénateur, qui commençait à trouver son cousin fort peu empressé.

Philippe acheva de gâter ses affaires en alléguant :

« Je crains que cela ne soit difficile, je suis obligé de m'absenter ces jours-ci...

— Voilà qui est intempestif, remarqua le sénateur, trop digne pour insister. Vous avez alors fait, je suppose, vos adieux à Marcienne?

— Oui, oui, je les lui ai faits... »

. . . .

Le sénateur était parti. A l'occident pâlissant, le soleil achevait de disparaître, et le vent se taisait, remplacé par une bise aigre. Il faisait froid, et l'immense brasier même semblait diminuer d'ardeur.

Philippe serra les coudes, se raidit, transi tout à coup, et, marchant droit devant lui sans tourner la tête :

« Comme la nuit vient vite après le jour, et l'hiver après l'été, monsieur le curé! dit-il à son compagnon, qui marchait, lui, d'un air allègre, à la façon des gens réchauffés intérieurement par un constant exercice.

— Et la vieillesse après la jeunesse, dit le curé, achevant sans mélancolie la comparaison. Je parle pour moi; car vous êtes, vous, encore un jeune homme.

— Moi! »

Philippe, qui n'avait pas été bien gai jusqu'alors, éclata de rire :

« Un jeune homme! à quarante ans passés! Si vous voulez parler de la vraie jeunesse, de celle qui à elle seule est un mérite, un charme, un agrément, je dirai plus, qui tient lieu de tout cela, dissimule je ne sais comment, à certains yeux, les défauts et les laideurs les plus antipathiques, parlons du bel âge, vingt à vingt-cinq ans, l'âge du petit Caussade! »

XII

Rarement M. Lapeyrède se montrait de mauvaise humeur.

Dépouiller son sourire, son amabilité, sa sérénité habituels, laisser voir ou deviner les petites défectuosités de son caractère ou de son existence, c'est se déshabiller moralement, et le sénateur y répugnait autant qu'il eût répugné à ôter sa redingote en public.

Pendant cette dernière journée, au moment de quitter Lannemajou, il ne put cependant cacher tout à fait un mécontentement sourd. Si peu accessible qu'il fût aux coups d'épingles, trop de petites atteintes avaient été récemment portées à sa volonté puissante et à ses désirs impérieux. Les caprices de Marcienne d'abord, réduisant encore à néant un superbe plan matrimonial auquel un neveu du conseiller d'État belge lui-même servait de pivot ; ensuite la défection de Philippe et, pour terminer, une remarque malsonnante échappée la veille à Mme de Maubrun au cours de la visite d'adieux :

« Votre charmante fille voit beaucoup Mlle Caussade, avait fait observer l'ancienne diplomate, se targuant de tout savoir, de tout pénétrer et d'avoir sur toutes choses des vues neuves, plus profondes que celles des intéressés eux-mêmes. Une personne de mérite, Mlle Caussade ; la mère également. Mais voilà,... ce sont les

hommes de la famille qui laissent à désirer. Le père, impossible ;
le fils, embarrassant. J'ai voulu le pousser un peu dans la société.
Aucun tact, aucun sentiment des nuances ! Parce que vous l'invi-
tiez à une partie de tennis ou à une tasse de thé, se croyant permis
de tutoyer votre fils et de faire la cour à votre fille ! C'est très désagréable, surtout dans une petite ville où les potins les plus invraisemblables courent les rues. Aussi je me tiens sur mes gardes avec
ces braves gens. »

Le sénateur s'avoua *in petto* qu'il ne s'était pas suffisamment
tenu sur ses gardes. L'erreur ne pouvant toutefois lui être imputée,
il chercha à qui s'en prendre ; et, ce matin du départ, Marcienne
arrivant à déjeuner l'omelette déjà servie :

« Comment t'es-tu mise ainsi en retard ? demanda-t-il d'un
air courroucé, moitié parce qu'il aimait les procédés corrects,
moitié parce qu'il n'aimait pas les omelettes baveuses.

— Je suis allée dire adieu à Noémi Caussade. »

Quand il jugeait convenable de se mettre en colère, M. Lapeyrède donnait à ces rares manifestations la gravité voulue.

Au coup qu'il frappa sur la table, Mademoiselle, tombant
brusquement des nuages, poussa un « ah ! » de douleur, et Marcienne, sentant venir l'attaque, eut un frémissement belliqueux.

« Je ne veux pas de cette intimité, prononça-t-il avec force.
Je t'ai défendu de te commettre avec ces malotrus. »

Il avait fait cette défense longtemps auparavant, et il semblait
l'avoir abrogée depuis, en changeant lui-même d'attitude vis-à-vis
des voisins.

« Mais, papa,... » commença Marcienne.

Il haïssait la contradiction, surtout quand le contradicteur pouvait invoquer des arguments sérieux ; et, dans toute la majesté
d'un patriarche qu'on outrage :

« Pas un mot de plus ! dit-il en étendant le bras. Inutile d'ailleurs de revenir sur ce sujet. Nous partons. C'en est fini de ces
incartades répréhensibles. Il était temps ! »

Marcienne baissa pensivement sa petite tête.

C'en était fini !

De l'admonition paternelle, ces mots seuls lui restaient qu'elle se répétait avec mélancolie. Cette mère tant désirée, tant cherchée, retrouvée enfin, miraculeusement ressuscitée, elle la reperdait déjà. Tout à l'heure, pendant les adieux, la pauvre femme n'avait eu que des larmes, sans un espoir, sans une idée, et Marcienne elle-même était restée à court de consolations.

Comment se revoir ? Dans l'état actuel de la société, une jeune fille est à peu près une prisonnière ; mais la tendresse maternelle lui servant ordinairement de chaîne, elle n'en sent guère le poids et ne songe pas à regretter une liberté qui lui serait inutile, puisque, en dehors de son cercle, elle n'a ni plaisirs ni devoirs.

A Marcienne elle-même, malgré ses belles audaces, le joug de grand'mère n'avait jamais pesé, et, pour la première fois, une révolte sérieuse bouillonna en elle.

« Comment ! je ne pourrai pas même recevoir une lettre de maman ! »

Non, elle ne le pourrait pas, quand même l'adresse serait de la main de Noémi ou de Mme Caussade. Le courrier était remis à M. Lapeyrède, qui, par distraction ou par sans-gêne, pourrait bien ouvrir sa correspondance. Ainsi, ce serait non seulement l'absence, mais la privation totale de nouvelles, cette même séparation absolue d'autrefois presque équivalente à la mort.

« Ah ! si j'étais seulement un garçon ! » pensa rageusement Marcienne.

Pendant le trajet de la gare, elle considéra d'un air sombre le chemin, les maisons. Elle ne reviendrait pas avant dix grands mois, et qui sait ce qui se passerait d'ici là !

On arriva en avance, et on se promenait le long du quai en attendant le train, quand le sénateur rompit d'un ton adouci le silence maussade :

« Tiens, voilà Philippe ! »

Marcienne ne l'avait pas vu venir. De la voie, comme partout,
on apercevait la colline et le château des Caussade. C'était de ce
côté qu'elle regardait et qu'elle continua à regarder, tandis qu'avec

« Merci, dit Marcienne, prenant le bouquet. C'est très aimable. »

Philippe on reprenait la marche interrompue. Quand on fit volte-
face seulement, elle dut s'occuper un peu de lui. Tout de même il
était venu leur dire adieu, pris sans doute de remords, ne voulant
pas rester sous les mots un peu vifs échangés l'autre jour.

A tout bien considérer, n'aurait-ce pas été à elle plutôt de se
repentir et de réparer? Car enfin, le malentendu dont Philippe
souffrait n'était que de son fait. Faute d'explications impossibles

à fournir, une bonne parole, un joli sourire arrangeraient tout ;
mais, de nouveau, son attention se trouva détournée de Philippe.

Quelqu'un encore paraissait sur le quai comme Philippe avait
paru, s'avançait comme Philippe s'était avancé, et le sénateur
disait, renfrogné cette fois :

« Encore ce jeune Caussade !... »

Le cœur de Marcienne battit.

William venait d'auprès de sa mère ; William en ce moment
lui représentait sa mère, et elle aurait voulu que la représentation
fût plus flatteuse. Elle remarqua avec peine son déshabillé préten-
tieux, — chemise mauve et veston à carreaux — et la vulgarité
outrecuidante avec laquelle il se présentait, un superbe bouquet
d'une main, de l'autre soulevant légèrement sa casquette américaine.

« Je viens apporter encore nos souhaits de bon voyage et de
prompt retour, » récita-t-il d'après Noémi.

De son propre cru, il ajouta :

« Nous avons fait la râfle dans les serres de papa. Regardez-y
un peu de près. Des fleurs rares toutes... Oh ! vous pouvez mettre
le nez dessus. »

Il n'était pas dans la nature de Marcienne de renier ses amis,
et, si peu agréable que lui fût l'attention :

« Merci, dit-elle, prenant le bouquet. C'est très aimable.

— Trop aimable, beaucoup trop ! » grommela le sénateur.

Le train venait d'entrer en gare. On criait : « Deux minutes
d'arrêt, en voiture ! » M. Lapeyrède poussa sa fille dans le com-
partiment, y monta après elle et reparut seul à la portière, qu'emplissait son buste puissant. Sa large main se tendit encore vers
Philippe, puis dessina sur la tête du jeune Caussade un signe protecteur. Le train s'ébranlait.

Il retomba pesamment en arrière, juste sur les malheureuses
fleurs, qui ne se remirent pas du coup ; et Marcienne, se levant à
son tour, put apercevoir encore Philippe et le jeune Caussade.

Sitôt le train parti, ils s'étaient séparés. On eût dit qu'ils se tournaient le dos. Le jeune Caussade s'en allait, se dandinant, sa canne sous le bras, sans paraître nullement affecté des rebuffades du sénateur. Philippe, au contraire, marchait lentement, triste ou fatigué, et Marcienne éprouva de nouveau ce regret de le laisser sous une mauvaise impression que d'ici longtemps elle ne pourrait dissiper.

Est-ce qu'au fond tout n'était pas regret? On passa devant le château ; là-bas, dans le belvédère, il y avait quelqu'un, un bras invisible agitant un mouchoir blanc.

« Ferme donc cette glace. Baisse le store. Assieds-toi, » commanda M. Lapeyrède, hargneux.

Et, après une pause :

« Je suis bien aise de m'en aller d'ici; oui, bien aise ! »

Cette provocation tombait mal à propos sur l'esprit de Marcienne.

« Et moi, j'en suis désolée; oui, désolée ! » affirma-t-elle, regardant le sénateur en face avec une hardiesse dont le membre le plus avancé de la gauche socialiste n'eût peut-être pas été capable, si bien que Mademoiselle leva les yeux de dessus son livre avec la sensation vague qu'une menace d'orage venait de passer sur sa tête paisible.

. . . .

L'orage n'éclata pas, mais le temps resta gris.

En revenant à Paris, Marcienne s'y retrouva aussi triste qu'après la mort de grand'mère. L'invraisemblable espoir venait pourtant de s'accomplir, le rêve fou de devenir une réalité; au lieu de joie, c'était une anxiété nouvelle qui l'envahissait, et, surprise de ce phénomène :

« Tant que je croyais ma mère morte, je me résignais à vivre seule, s'expliquait-elle. A présent que je la sais vivante, que je la connais, il me la faut. »

Pour tromper l'absence, elle écrivit. Cela au moins lui restait facile. Mademoiselle considérait la plume comme un instrument sacré, exclusivement voué au développement de la science, et l'idée sacrilège qu'on pût en faire un autre emploi ne traversa même pas son cerveau, tout occupé, du reste, de l'examen qui approchait.

Presque chaque jour, en sortant, Marcienne glissait dans une boîte, sous le couvert de Noémi, une de ces longues lettres où elle avait mis le meilleur d'elle-même. Elle n'attendait pas de réponse, sachant sa mère trop craintive et Noémi trop prudente pour rien hasarder. Mais, pour se borner à un monologue, cette correspondance ne l'exaltait peut-être que davantage.

Nul champ plus vaste que celui du silence et de l'invisible. L'imagination de Marcienne parla pour Mme Lapeyrède, lui prêta une âme, comme jadis elle lui avait créé une image, et, sans froissement désormais, sans déception possible, la vie de la jeune fille s'écoulait dans l'intimité de cet être mystérieux.

De cette façon, les Caussade ne faisaient plus obstacle. C'était leur présence sans doute qui, à Lannemajou, gênait les effusions. Quand donc les choses se retrouveraient-elles enfin dans l'ordre, la famille reconstituée, la vie heureuse reprise au grand jour ?

Sans les promesses qu'on lui avait arrachées, Marcienne fût allée déjà droit au but, suivant le mouvement impétueux de sa nature, et l'effort pour se contraindre lui parut si grand, qu'elle n'hésita pas à le qualifier d'héroïque.

Positivement, elle tournait à l'héroïne, avec ces mystères qui l'entouraient, ce secret à garder, cette responsabilité pesant sur elle seule, et, comme il y avait toujours en elle de la petite d'Artagnan, son importance la grisa un peu :

« Je suis grande, je suis majeure, libre de mes actes, et je saurai bien m'arranger pour rendre maman heureuse, se promettait-elle. Oui, je vais faire un coup de ma façon, un de ces jours. »

Comme en même temps qu'une petite Gasconne elle était la fille respectueuse d'un père autoritaire, le jour ne vint pas aussi vite qu'elle l'aurait désiré, et elle dut remettre : « à la première occasion. »

L'hiver commençait; Mademoiselle fut reçue à son examen brillamment, mais avec tant d'émotion que sa santé en souffrit. Il lui fallut se reposer sur ses lauriers, ou plutôt sur ses palmes, et elle alla passer un congé de trois jours chez une de ses sœurs, directrice d'une école normale, sûre de se retremper dans ce bon air académique.

Pendant ce temps, Marcienne, qui ne pouvait rester cloîtrée, fut autorisée à sortir avec des amies, deux petites Anglaises, connaissances de fraîche date, dont les allures indépendantes la séduisaient.

« Voulez-vous que nous allions cette après-midi au Louvre? » proposèrent Minnie et Dorry, venant la prendre un jour après déjeuner.

Le temps était affreux, et, avec leur sens pratique, les deux jeunes insulaires avaient jugé avantageux de se promener à couvert dans les galeries en se faisant piloter par leur amie française.

Marcienne accepta l'arrangement.

Une discussion importante commençait au sénat, et son père était déjà parti, une serviette bourrée de documents sous le bras et un discours filandreux au bout de la langue.

A son tour elle quitta la maison, flanquée à droite et à gauche de deux petites formes raides ensachées dans des caoutchoucs étroits que surmontaient des chapeaux de toile cirée; chapeaux et caoutchoucs qui avaient affronté les brouillards de Londres, les pluies de Hollande, la neige de Norvège et les ouragans de New-York sans trop s'en ressentir, solides, pratiques, sans beauté ni élégance, mais ayant un chic de convention, articles anglais en un mot.

On aurait pu formuler à peu près la même appréciation sur Minnie et sur Dorry : vingt à trente ans, point belles, pas laides, grandes, minces, plates, irréprochables de tenue, un peu dédaigneuses parce qu'elles appartenaient à l'aristocratie, l'esprit sérieux et terne, le cœur tranquille, le sens utilitaire dominant tout.

Leur entretien se composait principalement de questions et de comparaisons. Venues en France, elles voulaient approfondir les idées et les mœurs françaises, et, en échange de ce qu'on leur apprenait, faisaient équitablement part de leur propre stock d'observations.

« Pourquoi, à Paris, les jeunes filles ne sortent-elles pas seules? demanda Minnie à Marcienne, tandis qu'elles tournaient le coin de la rue de Babylone où demeurait le sénateur.

— Parce que ce n'est pas l'usage, répondit un peu superficiellement Marcienne.

— Pourquoi n'est-ce pas l'usage?

— Parce que... les jeunes filles françaises s'ennuient quand elles sont seules.

— Oh! elles ont donc la tête bien vide, que leurs pensées ne suffisent pas à les occuper? »

Marcienne ne voulut pas laisser ses compatriotes en butte à ce soupçon.

« Et puis, on pourrait faire des rencontres désagréables.

— Oh! les jeunes filles françaises ne savent donc pas se défendre! Ma sœur et moi, nous avons été sur les bateaux, dans les chemins de fer, en Italie, en Suisse, en Allemagne. Jamais personne ne nous a dit un mot déplacé. On ne dit jamais un mot déplacé aux Anglaises.

— Ni aux Françaises non plus, affirma fièrement Marcienne.

— Alors pourquoi leur faut-il une escorte, comme aux Turques et aux Chinoises?

— Du moment que cela ne nous gêne pas, » allégua Marcienne, à court de logique.

Mais Dorry aimait à aller au fond des choses.

« Ma chère, ce qui est inutile ne doit pas être maintenu dans une société bien ordonnée. Du moins, nous pensons ainsi en Angleterre. »

Marcienne aurait pu rétorquer qu'avec ce raisonnement on en

viendrait à supprimer les oiseaux, les fleurs, tout ce qui est le charme et l'ornement de la vie ; qu'en troquant son insouciance heureuse contre une précoce expérience, la jeune fille perd plus qu'elle ne gagne ; que les mœurs de chaque pays ont d'ailleurs leur

raison d'être dans le tempérament, les aspirations et les conditions sociales de ses habitants, et qu'il n'y a nul motif de substituer l'idéal anglais au nôtre, au contraire.

Elle aima mieux renoncer à la discussion qui l'ennuyait, et conclut :

« Vous parlerez de ça à papa. Ces questions rentrent dans sa spécialité.

— Oh ! nous serons charmées d'avoir l'opinion d'un spécialiste ! » dirent ensemble les deux sœurs avec une ardeur sourde.

« Tous ces tableaux sont mes amis d'enfance. »

On marchait en causant, sans faire attention au chemin parcouru, aux passants, ni même à l'averse qui redoublait.

On entra au musée, et Marcienne eut le plaisir de reprendre sa supériorité un peu ébranlée durant la joute philosophique.

« Pas besoin de catalogue ! s'écria-t-elle. Tous ces tableaux sont mes amis d'enfance, et je les ai entendu apprécier par des connaisseurs, par mon cousin de Capléon et d'autres. »

Elle sourit à ce nom de Philippe et au souvenir de ces stations faites avec lui dans ces mêmes galeries, quand il se plaisait à l'initier, toute petite fille, à ces choses de l'esprit qui touchent de si près aux choses du cœur ; et c'était bon d'être instruite par Philippe, presque aussi bon que d'être élevée par grand'mère. Il avait la même patience, la même abnégation personnelle, avec, en plus, cette fermeté du jugement et cette lumière d'intelligence qui s'imposent. Si bavarde qu'elle fût, Marcienne se taisait volontiers pour l'écouter, et, devant chacune de ces toiles, elle crut entendre encore ses explications, le revoir en même temps que ces figures dont, le premier, il lui avait fait comprendre l'archaïsme et la beauté.

« Voyez ! la *Cène* de Véronèse, dit-elle, s'arrêtant frappée d'une émotion subite. Est-ce beau ! Quel coloris ! quelle vie ! une vie double pour ainsi dire, réaliste et mystique. Le bouffon qui joue avec son chien, le joueur de luth en robe verte, et puis là-bas la tête auréolée du Christ, et ce ciel, ces palais dans le lointain, une vague idée de paradis, n'est-ce pas ? »

On avançait à travers les galeries. Elle s'égaya.

« Ici, la suite des tableaux de Rubens, la vie de Marie de Médicis avec des allégories à la mode du temps : Cupidon, présentant le portrait de la princesse à Henri IV, qui, frappé du coup de foudre, la main sur son cœur... Tout de même, en dessous, il rit un peu ; le Gascon se retrouve, même dans les peintures allégoriques. Là, le voyage, l'entrée à Paris, la conque chargée de fruits, de fleurs, de cornes d'abondance, et les nymphes, les amours, toute la séquelle mythologique. Mais quelle ampleur de conception et quel luxe de détails ! Dans cette multitude de personnages, pas une tête, pas un corps qui ne soit un chef-d'œuvre. Et les étoffes, et le décor ! Comme, là-devant, on se sent petit, malingre, piètre, pauvre, laid à faire peur, habillé à faire pitié ! »

Un peu égarées, un peu étourdies sous ce flot de paroles, Minnie et Dorry s'appliquaient néanmoins à pêcher quelques renseignements utiles et prenaient des notes sur leurs carnets.

Toutes deux professaient pour les arts cette passion malheureuse dont leurs compatriotes sont tourmentés. Consciencieusement, elles avaient parcouru l'Europe pour voir les musées et pour prendre des leçons, passant le meilleur de leur temps à brosser des croûtes informes, sans la plus lointaine compréhension du dessin ni de la peinture, un peu à la façon de ces dévotes qui stationnent dans les églises, marmottant des prières interminables, et auxquelles Dieu et l'Évangile restent lettre morte.

Tout à coup elles consultèrent leur montre.

« Trois heures! nous devons aller au cours! »

Instantanément, hors le cours, rien ne les intéressa plus. Elles baissèrent leurs voiles, pivotèrent sur leurs talons et filèrent vers la sortie, suivies à distance par Marcienne, qui jetait de tous côtés des regards d'adieu et de regret.

En repassant devant la *Cène,* elle ne put s'empêcher de s'arrêter encore.

« Vous nous ferez manquer le cours, » dit la voix sèche de Minnie, l'arrachant à sa contemplation.

L'éblouissement de ce qu'elle venait de contempler demeurait dans ses yeux, et le monde lui parut bête; le jour, un jour d'hiver, lugubre; les formes éparpillées dans les salles lui firent l'effet de mouches noires.

Soudain, ses yeux se fixèrent; là-bas, dans le salon carré, deux dames assises se levaient, s'avançaient, trop éloignées encore pour qu'on pût distinguer leurs traits, mais dont l'allure rappelait du déjà vu.

Non, ce ne pouvait être elles! Comment seraient-elles à Paris?

C'étaient elles cependant.

Elles se rapprochaient.

Marcienne reconnut d'abord les robes : soie noire et affiquets jaunes, et drap rouge coupé de blanc, puis les figures : la face empâtée de Mme Caussade et le profil aigu de Noémi.

. . . .

On l'avait reconnue aussi. On lui faisait signe. D'un mouvement simultané on l'aborda.

« Quelle bonne fortune de vous trouver ici, ma chère enfant! modula Mme Caussade.

— Nous vous cherchions bien un peu, » avoua Noémi.

Ennuyées de ce contretemps, les Anglaises reculaient, et Marcienne put articuler la question anxieuse, venue aussitôt à ses lèvres :

« Tout le monde va bien? »

Mme Caussade eut un sourire onctueux, déjà rassurant, appuyant sur les mots :

« J'ai le plaisir de vous donner de bonnes nouvelles de toutes les santés. »

Marcienne respira, puis fut reprise d'inquiétude.

« C'est le reste qui ne va pas! continuait Noémi; oh! mais pas du tout. »

Les Anglaises, le dos tourné, causaient entre elles.

Baissant le ton, Noémi acheva :

« Voilà le motif de notre présence ici : depuis votre départ, votre mère se tourmente, s'agite, se désole du matin au soir. Nous avons même redouté d'elle quelque folie... Alors...

— Alors? répéta Marcienne.

— Alors, nous nous sommes décidées à l'accompagner ici. »

Marcienne eut peine à modérer son exclamation.

« Maman est à Paris?

— Oui, chut! Nous sommes tous arrivés hier au Continental, pas loin d'ici. Seulement, nous ne savions comment vous avertir. Nous n'osions pas trop aller chez vous, car il est inutile que votre père nous sache ici. Cela pourrait l'étonner et lui donner l'éveil. Heureusement, par le plus grand des hasards, William vous a vue dans la rue et a pu vous suivre jusqu'ici. »

Elle s'interrompit.

Ayant terminé leur conciliabule, Dorry et Minnie se rapprochaient :

« Ma chère, déclara Minnie, nous devons aller au cours, et il nous faut auparavant vous reconduire.

— A moins que vous ne restiez avec ces dames, proposa insidieusement Dorry. Alors nous irions directement au cours.

— Ce sera le plus simple, » prononça Marcienne, trouvant d'emblée le joint pour s'esquiver avec les Caussade.

Par une singulière contradiction, elle ne fut pas pressée d'en profiter et suggéra :

« A nous cette fois de vous reconduire. »

On escorta les Anglaises jusqu'à la rue Saint-Honoré, où se trouvait l'atelier, et tandis que Mme Caussade et Noémi s'escrimaient à lier conversation avec Dorry, sa sœur, restée en arrière avec Marcienne, reprit tout à coup son questionnaire :

« Vos amies sont-elles Françaises ? »

Marcienne ne tint pas à revendiquer les Caussade pour compatriotes.

« Pas tout à fait. Elles ont longtemps habité l'Amérique.

— Je le pensais, dit Minnie triomphante. Je connais les Américaines, et à première vue je peux les classer.

— Eh bien?

— Je vous réponds que celles-là ne sont pas des ladies, » affirma-t-elle avec toute la force de son dédain britannique, répondant à peine d'un coup de tête aux effusions de Mme Caussade, comme on se séparait devant la maison du professeur.

Plus avisée que sa mère, Noémi était restée sur la réserve; mais son regard furtif avait analysé Dorry et Minnie des pieds à la tête, observé tout ce qui l'entourait, tandis que son cerveau actif mûrissait des combinaisons, et, sitôt les Anglaises disparues :

« Plus de temps à perdre, dit-elle brièvement. A quelle heure votre père a-t-il l'habitude de rentrer, Marcienne?

11

— Pas avant dîner.

— Bon. Dépêchons-nous. Votre mère nous attend. Prenons un
fiacre. »

La volonté impérieuse de cette petite personne semblait gou-
verner même les circonstances. A point nommé, un fiacre passa.
En quelques tours de roue on fut à l'hôtel, et cette hâte sans
doute étouffa l'émotion et la joie de Marcienne, ne laissant place
qu'à une certaine surprise de se retrouver tout à coup en compagnie des Caussade sur le pavé de Paris.

« Montons dans l'ascenseur. C'est un peu haut. Là, descendons.
Ici, » dit Noémi, qui s'effaçait discrètement pour laisser Marcienne
entrer seule.

Dans cette banale chambre d'hôtel, la présence de Mme Lapeyrède se faisait déjà ressentir. Elle semblait avoir apporté de Lannemajou cette demi-obscurité et ces parfums lourds qui formaient
comme une atmosphère particulière, et, sur le canapé, sa silhouette
allongée se détachait en clair.

« Marcienne, ma chérie ! »

Marcienne se jetait dans ses bras. Oui, maintenant elle était
contente, elle devait l'être. Le vide affreux allait se combler.

« Oh ! maman, que vous êtes bonne d'être venue à moi ! que
vous êtes bonne ! répéta-t-elle.

— Puisque tu ne pouvais venir toi-même ! puisque tu étais
encore plus faible, plus opprimée que moi, pauvre petite ! »

Marcienne se redressa fièrement.

« Non ! non ! J'aurais trouvé moyen de vous rejoindre. Mais
enfin, puisque vous avez été plus expéditive que moi... »

La faisant asseoir, Mme Lapeyrède reprit anxieusement :

« Tu n'as pas trop souffert, on ne t'a pas trop tourmentée ?

— J'ai souffert de votre absence, c'était bien assez déjà.

— Oui, j'oublie que tu es habituée à la vie que tu mènes, au
père que tu as ! » soupira Mme Lapeyrède avec un imperceptible
dépit.

Il fallait lui pardonner cette petite jalousie maternelle, presque inévitable en pareille circonstance, et Marcienne se pencha :

« Vous avez droit à ma tendresse autant que papa, affirma-t-elle, et même à quelque chose en plus, parce que vous êtes plus malheureuse.

— Malheureuse, tu peux le dire, et plus malheureuse encore que tu ne crois, de toutes les façons. »

A cette douce voix plaintive, Marcienne sentit enfin son cœur s'échauffer. Le baiser qu'elle donna à sa mère fut spontané.

« ... Si malheureuse, continuait Mme Lapeyrède, que je ne sais ce que je serais devenue sans mes amis, sans cette chère famille, ma providence.

— Bah! bah! madame, ne parlons pas de ça. »

A ces mots, prononcés par un organe masculin, Marcienne se releva brusquement.

Elle ne s'était pas doutée que quelqu'un fût en tiers dans cette scène intime et, avec une vive contrariété, voyait surgir William jusqu'alors enfoncé dans un grand fauteuil à contre-jour.

Mme Lapeyrède ne remarqua pas ce mouvement hostile.

« Et c'est lui qui a été encore mon meilleur soutien, acheva-t-elle, la main sur l'épaule du grand garçon, maintenant installé sans façon à la place laissée vide par Marcienne; lui qui trouvait toujours une consolation ou un espoir à me donner! »

Marcienne n'eût pas supposé le cœur et l'esprit de William aussi féconds. Elle ne put faire moins que de le remercier de ses bons offices, et il accepta les remerciements avec la fatuité gauche qui le distinguait.

« Quand on est en meilleure posture que les autres, il faut bien les aider. Je ne connais que ça, mademoiselle, et je ne m'en tiendrai pas là. J'ai déjà amené votre maman ici, et je vous ai dénichée : assez roublard, hein! Nous arrangerons le reste; Noémi est là pour un coup. »

Justement Noémi reparaissait avec Mme Caussade. L'amitié réclamait sa part, et, tout en reconnaissant qu'il était juste de la lui faire, Marcienne trouva l'obligation plutôt importune.

Le crépuscule d'hiver était venu. Assez loin pour que les yeux fatigués de Mme Lapeyrède ne pussent en être offensés, on alluma une petite lampe, éclairant la table à thé toute préparée. Noémi remplit les tasses, et on se mit à causer.

C'était l'intimité, presque la famille. Chacun déploya ses charmes : Mme Caussade, partageant entre Marcienne et sa mère une sollicitude expansive; Noémi, donnant des conseils brefs et pratiques; William, s'efforçant d'égayer la situation par de grosses plaisanteries, tout en s'empiffrant de gâteaux.

Et, sans savoir pourquoi, Marcienne se prit à penser à une autre réunion : à Capléon, à la table couverte de roses, à Philippe! Qu'aurait-il dit, Philippe, un peu collet monté, à la voir en pareille compagnie, dans un hôtel de Paris, à l'insu de son père?

Machinalement, elle se leva.

« Il faut que je rentre. Il est tard.

— Voilà, voilà, on va vous ramener au bercail, dit William avec un galant empressement, essuyant sa moustache pleine de crème.

— Et quand nous reverrons-nous? Comment? » soupira Mme Lapeyrède.

D'instinct on se tournait vers Noémi, qui eut aussitôt une inspiration.

« Vous sortez demain avec vos amies anglaises? demanda-t-elle à Marcienne.

— Oui, demain encore. Nous devons visiter la Sainte-Chapelle.

— Vers deux heures, toujours?

— Oui.

— Très bien. Nous allons réfléchir, et nous ferons en sorte de vous communiquer le résultat de nos réflexions discrètement, car le principal est de ne donner l'éveil à personne. Et ce soir, ne vous mettez pas davantage en retard. William, ton chapeau? »

Noémi avait déjà coiffé un grand feutre blanc et, par bonheur, noué autour un voile de dentelle épaisse.

Elle passa son petit bras maigre et dur sous celui de Marcienne, qui demanda avec un peu de malaise :

« Mais, où donc est M. Caussade?

— Oh! nous l'avons expédié. Papa ne s'entend pas aux combinaisons, vous savez, et mon frère suffit bien pour nous servir de porte-respect.

— Surtout avec ce camarade-là, » affirma William, faisant sortir de son manteau à l'espagnole le manche d'un énorme gourdin.

Marcienne se serait bien passée de cette double protection. Dans la rue, le manteau à l'espagnole ne faisait pas trop bon effet.

Mais William ayant eu le tact inattendu de rester de quelques pas en arrière, le trajet s'effectua sans trop de désagrément.

Au fond, c'est amusant de faire une escapade, d'avoir à redouter des rencontres, à risquer quelque chose, surtout lorsqu'on s'en tire indemne.

Quand Marcienne arriva à la maison, le sénateur n'était pas encore rentré; au retour, il ne songea nullement à lui demander l'emploi de son temps, et sa tâche finit par lui paraître presque trop facile.

« Les difficultés seront pour demain! » se dit-elle en guise de consolation.

XIII

Le lendemain, il plut encore. A l'heure réglementaire, les canotiers de toile cirée et les caoutchoucs de Minnie et de Dorry refirent leur apparition, et on se dirigea vers la Sainte-Chapelle pour rendre à l'architecture, comme la veille à la peinture, un hommage aussi respectueux que stérile.

Marcienne elle-même n'était pas en disposition de piété artistique. Devant les ciselures de pierre, l'étincellement des vitraux, cette incomparable merveille de joaillerie architecturale, où l'art, la royauté et la sainteté semblent avoir fait œuvre commune, elle eut de terribles distractions.

« Que représentent cet homme blanc et cette femme noire? » demandèrent à deux ou trois reprises Minnie et Dorry en extase devant un chapiteau.

Marcienne avait tourné la tête en entendant des pas.

Ce n'était qu'un cicerone conduisant d'autres visiteurs.

Elle revint au chapiteau et répondit :

« Ne pouvez-vous deviner?

— Non.

— L'homme blanc, le jour.

— Ah!

— Et la femme noire, la nuit.

— Ah !... Et cet oiseau qui sort de la bouche d'un moine ? »

Mais, de nouveau, Marcienne tournait la tête. Quelqu'un entrait encore...

Cette fois, c'était William Caussade.

Le choix du messager fut loin de la satisfaire. Elle était cependant si impatiente d'avoir des nouvelles, qu'elle lui fit bon accueil tandis qu'il jouait lourdement son rôle d'étonné :

« Tiens ! mademoiselle Lapeyrède... Quelle bonne surprise ! Tous mes respects, mesdames. »

Ses saluts à la ronde n'eurent pas plus de succès que les avances de sa mère, la veille. Les Anglaises se hâtèrent d'aller regarder un vitrail à l'autre bout de la chapelle, et il en profita pour s'acquitter de sa commission.

« Voilà : Noémi n'a pas voulu écrire. Elle est diablement prudente, ma sœur, et finaude ! Nous avons eu ensemble une idée que je peux qualifier de supercocantielle. Pas le temps de l'expliquer. On m'a seulement chargé de vous demander si vous pourriez suivre le cours de dessin où vont les English, rue du Bac ?

— Si je pourrais ? dit Marcienne un peu ahurie. Mais oui. Je n'ai qu'à demander à papa de m'y envoyer.

— Eh bien, demandez tout de suite. Ça rentre dans la machination, un truc aux pommes, vous verrez ; je n'ai pas le temps de m'étendre. On trouverait drôle que je reste. Ces misses là-bas me font déjà la tête... C'est cocasse, mais on me fait toujours la tête ; et pourtant, je suis aussi gentil que je peux avec tout le monde. Pas de veine ! »

Marcienne s'efforça de compenser cette malechance par un shakehand qui, en même temps, servait de congé. William battit en retraite, et alors seulement les Anglaises se rapprochèrent.

Marcienne sentit le besoin d'une explication.

« Ce jeune homme est le frère d'une de mes amies, commença-t-elle; un bon garçon, malgré son apparence qui est un peu abrupte, n'est-ce pas?

— Je n'en sais rien, dit Minnie, remuant à peine les lèvres. Nous ne l'avons pas regardé. Ce n'est pas un gentleman! »

William Caussade ainsi balayé de leur esprit comme un grain de vile poussière, on parla d'autre chose; mais cette appréciation désintéressée d'une indifférente avait fait à Marcienne un effet particulier.

« Comment des gens si vulgaires peuvent-ils avoir conquis à ce point l'affection et la confiance de ma mère? se demanda-t-elle. Par leur bonté, sans doute. Vraiment, ils lui montrent un dévouement admirable. Que combinent-ils encore? N'importe... J'aime mieux mon idée. »

Moins inspirée que Noémi, elle n'avait eu qu'une idée, la même toujours : arriver à la réconciliation de ses parents, et depuis la veille le désir lui venait, plus vif, de brusquer ce dénouement.

Oui, les remettre en face l'un de l'autre, et, si cela ne suffisait pas, se mettre entre eux; essayer de raviver cette affection qui les avait unis jadis, et, faute d'y réussir, faire appel à cet amour, bien vivant celui-là, du père et de la mère pour leur enfant. Le succès ainsi ne pouvait être douteux, et il ne restait qu'à déterminer Mme Lapeyrède à la tentative.

« J'y parviendrai, se promit Marcienne avec son bel aplomb; j'y parviendrai vite. »

Pour y parvenir, il fallait d'abord se prêter aux intentions de sa mère, même avant de les comprendre, et la dissimulation l'effraya d'autant moins que la durée devait en être plus courte.

Dès le soir à table, elle parla à son père du cours de peinture et exprima le désir d'y aller, comme ses amies.

« Est-ce que tu ne vas pas déjà à un autre cours? remarqua indifféremment M. Lapeyrède.

— On n'y enseigne pas les mêmes choses, allégua-t-elle.

Le choix du messager fut loin de la satisfaire.

— Mais ces nouvelles études n'absorberont-elles pas trop de ton temps ? »

Le sénateur déployait une sollicitude inattendue, et laissant son journal, s'adossant à la cheminée, comme lorsqu'il se disposait à parler longuement :

« Le monde aussi, ma chère petite, réclame sa part ; et, pour être accomplie, une femme doit savoir dispenser à toutes les exigences légitimes la satisfaction proportionnelle qui leur est due. Or le temps me semble venu de reprendre les relations interrompues par notre grand deuil, et qui empruntent une importance particulière à la période de l'existence que tu traverses actuellement... »

Marcienne ouvrit de grands yeux.

Un geste d'orateur que fit M. Lapeyrède acheva de l'inquiéter.

« Si superficielles que paraissent à première vue les visites et les réunions, poursuivit-il, les usages sociaux en font cependant un *sine qua non* pour les familles désireuses de nouer des rapports utiles à l'avenir de leurs enfants. Je considère donc comme un devoir auquel je ne faillirai pas de te produire dans des milieux choisis, où tu pourras peut-être rencontrer quelque jour...

— Un mari ! s'écria Marcienne, abrégeant ces circonlocutions laborieuses. Comment ! vous en êtes toujours là-dessus ! »

Elle considéra la physionomie énigmatique de son père, et, à un léger mouvement de sa bouche encore pleine de révélations solennelles :

« Ah ! mon Dieu ! s'exclama-t-elle avec détresse, je parie que vous en avez un dans votre poche. »

Elle avait deviné juste, et M. Lapeyrède aima autant se débarrasser tout de suite de l'objet encombrant.

« Parlons sérieusement des choses sérieuses, prononça-t-il. J'ai, en effet, à te soumettre une proposition ayant, j'espère, quelque chance d'obtenir tes suffrages. Il s'agit d'une personne que tu connais.

— Ah !...

— Et cette union satisferait ton désir, souvent exprimé, de t'établir dans ton pays natal.

— Ah!... »

Subitement, Marcienne était devenue aussi grave que son père aurait pu le souhaiter. Une légère agitation faisait battre son cœur et rougir ses joues.

M. Lapeyrède reprit :

« L'idée émane de notre excellente amie Mme de Maubrun, chez laquelle tu as rencontré cet été un jeune homme accompli lui aussi sous tous les rapports, exceptionnel même au point de vue des principes, de la conduite, des vertus filiales, le jeune d'Orpignon.

— Bébé d'Orpignon!... »

Revenue brusquement à son naturel, Marcienne éclatait de rire en face de son père scandalisé.

« Bébé d'Orpignon!... Il a peut-être mon âge, et on lui donnerait quinze ans. Un gros poupard qui ne veut pas quitter ses lisières! Il ne sort qu'entre papa et maman, et sa vieille bonne lui met encore ses chaussettes. Et que faire, mon Dieu, de ce marmouset!

— Veuille seulement remarquer, ma chère enfant, que tu manques de logique ou de constance dans tes goûts. Les trente-deux ans de M. Duponcellier t'ont effrayée.

— Oui, avoua franchement Marcienne.

— J'abaisse la limite d'âge, et tu trouves alors le candidat trop jeune.

— Oui, reconnut-elle encore.

— Il faut cependant choisir. Un homme ne peut être à la fois jeune et vieux !

— Il y a des hommes qui le sont, » murmura Marcienne.

Par hasard, une figure s'évoquait, familière et chère à son enfance; une figure d'homme aux yeux lumineux et au fin sourire, où, sous l'empreinte des fatigues et des peines inévitables de la vie, transparaissait le rayonnement de l'éternelle jeunesse du cœur ardent et de l'âme honnête.

Mais, à M. Lapeyrède, cette figure n'apparut pas.

« Son idéal serait un homme très jeune et pourvu de beaucoup d'expérience, conclut-il à part lui. Bien difficile à rencontrer ! »

Puisqu'il ne fallait pas compter établir Marcienne de sitôt, mieux valait encore, en attendant, l'occuper ; et tout haut, avant de regagner ses appartements :

« Je ne vois aucun inconvénient à ce que tu ailles à ce cours, décréta-t-il ; aucun, en vérité ! »

XIV

L'atelier qui reçut Marcienne dès le lundi suivant ne ressemblait en rien à ces géhennes fécondes où, dans le labeur, le tremblement et le rêve, de jeunes talents se développent sous la férule fantasque d'un maître de génie.

Ici, le professeur était une femme ingénieuse, patiente et souriante, dont l'industrie consistait à procurer aux élèves un passe-temps innocent, et à leurs familles de petites satisfactions vaniteuses.

Dans la salle, ou plutôt le salon, tapissé de gracieuses aquarelles, d'aimables tableautins, d'écrans et d'éventails, une trentaine de jeunes filles élégantes travaillaient devant de petites tables garnies d'accessoires coquets; les unes à grand renfort de papier à décalquer, transportant un dessin sur une soie, une toile ou une porcelaine; d'autres, coloriant une page de missel imprimée, les plus habiles s'aventurant jusqu'à essayer de reproduire une rose de Nice alanguie dans un cornet de cristal.

On babillait gentiment, avec de petits éclats de rire pas très naturels; et ce joli troupeau féminin donnait un peu la sensation des moutons enrubannés de Florian, paissant une herbe trop fleurie sous un ciel trop bleu.

Du premier coup, Marcienne détonna. Outre des études assez sérieuses, elle avait le goût étonnamment formé, et, en plus, sa belle audace de Gasconne. Péremptoirement, elle se refusa à copier sur un petit panneau le plus joli modèle du cours : un rouge-gorge sur une branche d'aubépine, et ne proposa rien moins que d'entreprendre le portrait de Minnie, si immobile par tempérament, qu'il ne lui en coûterait guère de poser.

« Avant d'aborder la tête d'après nature, essayez-vous d'après la bosse, » dit la maîtresse un peu pincée, la campant devant le Romain le plus rébarbatif qu'elle pût dénicher parmi ses plâtres.

Marcienne réprima à temps son envie de discuter. A quoi bon, puisqu'elle ne venait pas au cours pour apprendre !

Au fait, pourquoi y venait-elle ?

Impossible encore de le savoir.

Mademoiselle revenue et réintégrée dans son rôle de chaperon, il n'avait plus fallu penser aux visites à l'hôtel. De leur côté, les Caussade s'étaient abstenus de toute nouvelle démarche, se réservant sans doute ; et, tant que dura le cours, Marcienne s'attendit vainement à un incident quelconque. En sortant la dernière, d'assez mauvaise humeur après le tête-à-tête prolongé avec son Romain, elle regarda encore sous la porte cochère, puis dans la rue. Rien d'anormal, sinon une petite voiture à bras qui arrivait chargée de bagages : quelque nouveau locataire s'installant dans un des nombreux appartements du vaste immeuble de rapport. Quatre jours avant, quand elle avait reconduit les Anglaises avec Noémi et Mᵐᵉ Caussade, des écriteaux pendaient au balcon, elle s'en souvint par hasard.

En bas elle retrouva Mademoiselle qui venait la reprendre, et il n'y eut plus qu'à regagner le logis. Mais, avec sa déception, Marcienne y rapportait une curiosité déjà renaissante. Le plan mystérieux de Noémi finirait bien par se dévoiler, sans doute à la seconde séance.

Le cours avait lieu trois fois par semaine. Jusqu'au surlendemain elle vécut dans une fièvre d'expectative, et, ce jour-là, elle fut de bonne heure rue Saint-Honoré. Aucune élève ne faisait

encore son apparition quand Mademoiselle la déposa au bas de
l'escalier, suivant la coutume adoptée par les mères et institutrices
qu'effrayaient les trois étages un peu raides. La maison était décem-

Ici, le professeur
était une dame ingénieuse,
patiente et souriante.

ment habitée, et, en
montant, Marcienne
s'amusa à regarder
les plaques et les
cartes de visite sur
les portes, ce qui ne
lui apprit rien d'in-
téressant.

Arrivée au troisième, elle s'apprêta à sonner chez son professeur.
Mais, au moment de toucher le bouton, sa main retomba.
Vivement elle leva la tête.
Dans l'escalier, au-dessus d'elle, un bruit léger mais anormal,
comme le glissement d'un chat...
Et, en même temps, son nom chuchoté :
« Marcienne... »

Elle hésita encore une seconde. Mais, au-dessus de la rampe, un chapeau à plumes blanches se penchait.

Il n'y avait plus de doute.

Gravissant les marches d'un bond, Marcienne rejoignait déjà sa mystérieuse interlocutrice.

« Noémi!...

— Chut! chut!... »

Des doigts décharnés et volontaires agrippèrent le bras de Marcienne, qui se laissa entraîner.

Sur le palier du quatrième, une porte entre-bâillée s'ouvrit. Un petit chien aboya, et prestement Marcienne se trouva introduite dans une pièce dont les stores baissés ne laissaient filtrer qu'un demi-jour discret.

Elle reconnut cet éclairage; elle reconnut l'odeur d'héliotrope et, avec un petit tressaillement, reconnut aussi le gros rire de William Caussade, faisant écho au ricanement bref de sa sœur.

« Le tour est joué, mademoiselle Marcienne. Quand je vous disais que nous avions un bon truc! »

Mais une autre voix s'élevait aussi, une voix douce et chère:

« Mon enfant bien-aimée, il a fallu user du seul moyen qui m'était laissé de te revoir. Je ne peux plus vivre sans toi! »

.   .   .   .

Selon l'usage, ce fut Noémi qui se chargea des explications:

« Non, votre mère ne peut vivre sans vous; nous en avons fait l'expérience. Elle vous aime trop, et vous l'aimez trop aussi, n'est-ce pas, pour la laisser mourir de chagrin? D'autre part, vos relations doivent rester secrètes; or, comme il vous est également impossible de sortir seule ni de mettre qui que ce soit dans vos confidences, les choses paraissaient inarrangeables, quand, par hasard, une idée m'est venue l'autre jour, en voyant ici des appartements à louer...

— Dis plutôt une inspiration du ciel! » suggéra Mme Caussade, qui avait surgi à son tour.

Le petit ricanement de Noémi indiqua que le ciel lui semblait intervenir mal à propos, et poursuivant :

« Nous avons donc imaginé ceci : votre mère prend l'appartement vacant juste au-dessus du professeur chez lequel vous venez trois fois par semaine. On vous dépose en bas, mais vous montez

« Ma fille, je ne peux plus vivre sans toi ! »

seule, et la maîtresse de dessin ne songe pas plus à contrôler le moment de votre arrivée que la personne qui vous a accompagnée celui de votre entrée au cours. Là donc peut se placer la tricherie. Vous grimpez un étage de plus; vous passez un moment avec votre mère, pour redescendre ensuite au cours comme si de rien n'était, et les autres n'y voient que du bleu. Je ne crois pas qu'on puisse trouver plus facile ni plus sûr.

Trop facile, trop sûr. Il eût fallu un peu de courage ou d'intelligence déployé pour voiler ce fond de fourberie répugnant à la nature loyale de Marcienne ; il eût fallu un peu de peine, de danger, d'héroïsme pour l'enivrer.

« Vous ne nous félicitez pas plus que ça ! s'exclama le jeune Caussade, déçu par son mutisme.

— Si…, si…, j'ai beaucoup à vous remercier tous…

— Mais nous vous sommes entièrement dévoués, chère petite, » modula doucement Mme Caussade, appuyant cette protestation d'un baiser maternel.

Noémi l'embrassa aussi. William lui serra la main, et, sentant bien qu'elle ne répondait pas comme il eût fallu à ces témoignages, cherchant une preuve d'amabilité à donner :

« Mais où est donc M. Caussade ? répéta-t-elle, faute de trouver mieux. Où est-il donc ? »

Mme Caussade prit pour répondre un air sentimental :

« Mon cher mari est resté à l'hôtel. Nous nous faisons un devoir, vous le savez, de le tenir en dehors de toutes ces émotions si contraires à son état de santé, et je dois vous recommander de ne rien laisser échapper de nos petits secrets devant lui, au cas où vous nous feriez le plaisir de venir nous voir.

— Vous restez à Paris ? dit Marcienne avec moins d'enthousiasme qu'il n'eût été de mise.

— Nous n'aurons qu'un pied-à-terre, seulement pour être à portée de votre chère mère, que nous ne pouvons abandonner. William s'est constitué son chevalier servant.

— Un chevalier des anciens temps, soupira Mme Lapeyrède, le défenseur du faible et de l'opprimé. »

Pour Marcienne, l'illusion de la reconnaissance n'arrivait pas encore à transformer William en preux du moyen âge. Une fois de plus, elle admira la bienveillance de sa mère, s'étonnant seulement que cette bienveillance ne s'étendît pas plus loin.

Au nom de son père, qu'elle venait de lui murmurer à l'oreille, Mme Lapeyrède se rejetait en arrière avec une sourde irritation, et, d'un accent tout changé :

« Non, ne me parle jamais de lui ! ne songe jamais à un rapprochement entre nous ! Songe plutôt à m'adoucir un peu mon horrible existence. »

Un déluge de larmes noya toute discussion. Peu à peu, à force de douce insistance, Mme Lapeyrède finirait cependant bien par se laisser gagner. En attendant, Marcienne dut redescendre pour donner quelques coups de crayon à son Romain.

Comme Noémi l'avait prévu, personne ne songea à remarquer son retard, et les choses se passèrent de même à la leçon suivante, quoiqu'elle arrivât plus tard encore, retenue plus longtemps par sa mère, qu'elle eut cette fois la satisfaction de trouver seule.

L'absence des Caussade ne suffit cependant pas à dissiper entre elles cette gêne indéfinissable. Quelque chose arrêtait les élans de Marcienne : un défaut d'harmonie pressenti plutôt qu'accusé, la crainte de ne pas se comprendre, de se froisser en se rapprochant, et elle s'aperçut que la tendresse même ne suffit pas à créer l'intimité. Sa mère était très différente d'elle par la nature, par l'éducation, par les habitudes, une vraie Américaine se ressentant de son atavisme, fascinée par le brillant des choses mondaines, comme le sont les sauvages par les verroteries et les dorures; ne s'animant qu'au souvenir des élégances ou des plaisirs passés, ne prenant encore d'intérêt qu'aux vétilles, aux modes, aux racontars, aux nouveautés, telle qu'un petit oiseau de paradis un peu déplumé, mais voletant et gazouillant toujours avec le même entrain.

Sans trop de peine, Marcienne aurait renoncé à avoir pour mère une femme forte ; mais, dans la faiblesse, il y a des degrés. Rien de commun entre celle de Mme Lapeyrède et celle de grand'mère, cet adoucissement progressif d'une âme tendre si imprégnée d'amour et de bonté, que peu à peu ses forces de résistance se perdaient.

Mais, trop indulgente pour dompter le caractère de sa petite-fille, la grand'mère avait su former son cœur, et il arriva à Marcienne de se demander si Mme Lapeyrède en eût fait autant. Elle s'étonna de n'avoir encore recueilli de sa bouche ni un conseil sûr, ni une inspiration élevée, et, jusque dans ses caresses, crut sentir cette futilité qui la glaçait.

« Maman en use avec moi un peu comme avec Fido, » se dit-elle parfois.

Et tout aussitôt, prise de remords :

« Pauvre maman ! elle est restée enfant. De là ce besoin de protection et l'influence des Caussade. »

Plus discrète, cette influence restait aussi active. Une fois sur deux, Marcienne rencontrait chez sa mère Mme Caussade, Noémi ou William, et non seulement elle ne s'habituait pas à ceux-là, mais ils déroutaient de plus en plus son analyse, une sorte d'incompréhension native subsistant entre eux, comme entre gens de races différentes.

Jusqu'à l'appartement, où elle ne prenait pas ses aises parmi ces fanfreluches, ces objets luxueux d'un goût exotique s'amassant dans les pièces étroites, surchauffées, demi-obscures.

A certains moments, une nostalgie lui venait. Alors, souvent elle songeait à Capléon, revoyant les plafonds à poutrelles, les antiques boiseries, les bons vieux meubles se prélassant dans les grandes chambres, où entraient à pleines croisées le soleil et l'odeur des roses...

Mais pour rien au monde elle n'eût parlé de Capléon, encore moins de Philippe. Où qu'elle fût, chez sa mère ou chez son père, elle devait toujours taire une partie de sa pensée, et peu à peu l'habitude du silence lui venait. Mademoiselle en augura bien : point de science sans méditation ! et le sénateur reconnut là l'effet de ses sages conseils. Marcienne prenait enfin du sérieux ; tout doucement elle mûrissait pour le mariage !

Le premier cri d'alarme fut poussé du dehors.

On était en février, et les pèlerinages annuels des provinciaux à Paris commençaient. Pour les Landais, déjeuner chez leur séna-teur faisait partie du programme. Donc, un matin de carême, le chignon démodé et la mine affairée de Mme de Maubrun firent leur apparition rue de Babylone, et, entre la barbue et le macaroni :

« Marcienne a beaucoup changé depuis cet automne ! fit observer l'ancienne diplomate avec un regard scrutateur sous lequel
toute jeune fille du nord, voire du centre, se fût crue tenue de rougir.

— En bien ou en mal ? » demanda Marcienne sans plus se
troubler.

Faisant mine de ne pas entendre, Mme de Maubrun poursuivit
ses remarques :

« La voilà tout à fait grande personne. Un air posé ! Plus rien
de la pétulance d'autrefois, ni des allures garçonnières. Quelle jolie
toilette ! Et une coiffure à la dernière mode, ou à la prochaine ? »

Marcienne arborait sa première robe violette. Elle allait au
cours cet après-midi-là, et sa mère avait témoigné un vif désir de
la voir enfin habillée autrement qu'avec ces affreux chiffons de deuil.
Quant à la coiffure, elle avait copié celle de sa mère, qui à elle
probablement ne seyait pas, car M. Lapeyrède et Mademoiselle,
leur attention soudain éveillée, firent en même temps une grimace
désapprobative, et le sénateur dit péremptoirement :

« Tu me feras le plaisir de ne plus arranger tes cheveux de
cette façon !

— Autres temps, autres mœurs, » constata Mme de Maubrun
en portant la main à sa résille.

Son tact mondain lui interdit de s'appesantir sur le sujet ; mais,
après une variante, son souci de la morale la ramena à ce thème
riche en développements : la perversion progressive des idées et
des habitudes dans la société moderne.

« Ou, pour mieux dire, conclut-elle, si cela continue, il n'y
aura bientôt plus de société. Déjà tout se mêle, tout se confond.
Les uns s'abaissent aussi facilement que les autres s'élèvent. La
fortune ! voilà d'après quoi on vous classe aujourd'hui. De là, les
fréquentations les plus inattendues. Et si ce n'était encore que cela !
Mais on arrive à des choses renversantes. Les mariages, par
exemple ! Nos familles autrefois recherchaient les alliances assor-
ties ; on s'estimait heureux de rencontrer dans sa province son

équivalent sous le rapport de la naissance, de la position, de l'éducation... Les jeunes gens d'à présent se soucient bien de pareille affaire ! Il leur faut des millions de dot, — d'où qu'ils viennent, par exemple, — et, sans les disculper, je dois ajouter que les jeunes filles, du reste, ne tiennent guère plus de compte des avantages sérieux ! »

L'insuccès de Bébé d'Orpignon pesait sur le cœur de Mme de Maubrun, qui évidemment songea encore à Marcienne en achevant son tableau :

« L'argent ou le clinquant, ces demoiselles ne s'attachent pas à autre chose. Qu'on les amuse, qu'on les flatte, qu'on les éblouisse, elles n'en demandent pas plus long, et elles ne savent même pas faire la différence d'un homme comme il faut d'avec un goujat.

— Ces perturbations présagent le bouleversement social vers lequel nous nous acheminons, » déclara M. Lapeyrède, trouvant enfin l'exorde d'un speech.

Ce ne fut qu'au dessert que Mme de Maubrun parvint à lui reprendre la parole.

« Je ne vous ai pas encore donné de nouvelles du pays. »

Elle en donna, abondante en informations autant que sagace dans ses commentaires, et pour finir :

« Quant à Philippe, il tourne mal, aussi mal du moins qu'il peut tourner : au misanthrope. Plus de musique. A peine ses vieux amis parviennent-ils à l'attirer de loin en loin. Son père l'a trop longtemps tenu séparé du monde. Voilà bien un homme dont la vie aura été gâchée par les autres. »

Un silence se fit où semblait flotter un sous-entendu.

« Et un si gentil garçon ! reprit Mme de Maubrun avec regret. Toujours le même, si bien qu'il a encore fait une conquête !

— Racontez-nous ça ! » s'écria Marcienne tout à coup réveillée.

On sortait de table. Mme de Maubrun entama le récit réservé pour la bonne bouche.

« Conquête médiocrement flatteuse ! Jamais vous ne devineriez de qui il s'agit... De cette affreuse petite Caussade! Quand je vous dénonçais l'ambition effrénée de ces gens-là! Après avoir acheté nos vieux châteaux, s'allier à nos vieilles familles? Excusez du peu! Et ils avaient jeté leur dévolu sur Philippe. Ç'a été un siège en règle; d'abord toutes les ruses pour pénétrer chez lui ou le faire venir chez eux : des renseignements à demander, une vache ou un cheval à acheter ou à vendre; et des visites, et des invitations! Puis, rien ne prenant, la poursuite, oh! sans se gêner, à l'américaine! Sitôt qu'il sortait, l'automobile sur ses talons, et, partout où il allait, Noémi en bleu ou en rose qui lui faisait les yeux doux, tandis que la mère Caussade confiait à tout le monde le chiffre de la dot, sachant sans doute que le vieux Capléon a laissé des affaires assez embrouillées et spéculant là-dessus. Et des intrigues, des tripotages! N'ont-elles pas essayé même d'intéresser à leur cause votre brave curé de Lannemajou? Mais, avec lui, ç'a été vite fini. « Si la sympathie n'y est pas, je ne peux l'y mettre, » a-t-il répondu, et je crois que c'est en se voyant battues sur toute la ligne qu'elles ont eu besoin d'aller cuver leur dépit ailleurs. Toute la famille est partie un beau matin en grand mystère. Moi-même je ne savais pas par où, quand hier, en tramway, voilà que je tombe juste sur le père Caussade, qui me raconte sans malice toutes ses petites histoires. Ils sont ici depuis un mois, le bonhomme ne m'a pas trop l'air de savoir pour quel motif. Ils ne sont pas venus vous voir?

— Et bien ils ont fait, » prononça le sénateur, dont l'indignation s'était lentement formée.

Mᵐᵉ de Maubrun en resta là, et Marcienne ne fut pas fâchée de la voir partir. Un moment après elle partit elle-même pour le cours.

Mais son allure était moins pressée qu'à l'ordinaire. Chemin faisant, elle réfléchissait à ce qu'elle venait d'entendre, et, avec une singulière irritation :

« Ce n'est pas possible que Noémi ait vraiment pu songer à se faire épouser par Philippe. Encore une invention de Mᵐᵉ de Maubrun, » se dit-elle, gardant un peu de rancune à l'une et à l'autre.

Jusque chez sa mère, cette mauvaise humeur la suivit, accentuant plus que jamais le vague malaise trop souvent éprouvé.

C'était peut-être l'influence de la journée grise, mouillée, au ciel lourd de nuages, car Mme Lapeyrède aussi paraissait plus abattue encore qu'à l'ordinaire.

Dès le début l'entretien fut pénible, comme si chacune des deux interlocutrices luttait contre des préoccupations secrètes, et soudain Marcienne se laissa aller à ces préoccupations, pensa tout haut :

« Maman, qu'est-ce qui est donc arrivé à Philippe quand il était jeune?

— Pourquoi me demandes-tu cela? »

Si languissante tout à l'heure, Mme Lapeyrède se redressait, une vibration métallique dans la voix, une lueur d'acier dans les yeux, et cette transformation déjà une ou deux fois observée provoqua chez Marcienne la même surprise désagréable.

Mais une curiosité s'y mêlait qui l'emporta sur tout le reste.

« Vous avez connu Philippe autrefois, reprit-elle; vous avez dû savoir par mon père ce qui le concernait.

— Par ton père?... En effet, j'ai su cette ridicule histoire. »

Mme Lapeyrède avait repris son attitude ordinaire. Ses paupières flétries se rabaissaient; mais, sous les cils blonds, Marcienne s'imagina surprendre encore le même regard dur, glissant sur elle à présent, plus gênant que celui de Mme de Maubrun, tandis que la voix, ramenée au diapason normal, gardait une âpreté :

« Philippe n'a jamais été qu'un nigaud, incapable d'arriver à rien, rempli en même temps de suffisance et de présomption, comme ces petits hobereaux habitués à se reposer sur les lauriers de leurs ancêtres. Tout blanc-bec, il a été se mettre dans la tête d'épouser une jeune fille qui n'a pas voulu de lui, naturellement. Alors il s'est drapé dans sa dignité. Il a joué au cœur brisé, à l'inconsolable, achevant ainsi de perdre le peu de chances qui lui restaient de se pousser dans le monde; et, arrivé maintenant à l'âge

où toutes les portes se ferment devant lui, il sauvegarde encore
son orgueil en jouant au philosophe. Grand bien lui fasse!

— Êtes-vous sûre, maman, que ce ne soit que par orgueil;
qu'il ne souffre pas en réalité, qu'il n'aime plus... cette personne?

— Qu'est-ce que cela te fait?

— Cela me fait de la peine. J'aime beaucoup Philippe. »

La peine fut si vive, qu'inopinément Marcienne se sentit les
larmes aux yeux, et il lui fut difficile de les refouler, comme de
réprimer le sentiment de révolte qui lui vint à cette réplique sèche :

« Tu as bien tort!

— Mais, maman, Philippe a toujours été très bon pour moi...

— Et tu comptes pour rien le mal qu'il m'a fait! Oui, cela
devait être ainsi. On t'a séparée de moi trop longtemps. Quand je
suis venue, ma place était prise. Mes efforts pour la reconquérir sont
inutiles. Inutile tout ce que j'ai souffert, tout ce que j'ai risqué! »

Une crise de sanglots secoua à le briser le corps frêle de
Mme Lapeyrède, et, d'autant plus impressionnée par ces défail-
lances que son propre tempérament l'y rendait moins sujette,
Marcienne la prit dans ses bras, l'apaisa à force de caresses.

A la voir ainsi, faible et déraisonnable, abandonnée à sa protection, son enfant plutôt que sa mère, tous ses élans généreux se
ranimaient. Rien ne demeura du froissement passager.

Elles se retrouvaient plus que jamais en tendresse et en confiance quand Mme Lapeyrède, calmée, reprit :

« Pardonne-moi. Ces allusions au passé me font mal, et mes
pauvres nerfs achèvent de s'user par des soucis que je ne peux te dire.

— Dites-les-moi donc, au contraire, chère maman; si je pouvais vous aider?

— Non, non, tu ne le peux pas, et le pourrais-tu, que je ne le
voudrais pas. »

Mais il n'était plus temps pour Mme Lapeyrède de reprendre
ses paroles imprudentes. Marcienne n'eut pas de cesse avant de
lui avoir arraché ses confidences, et, entre la ténacité de l'une et

la faiblesse de l'autre, le succès de la lutte ne pouvait être incertain.

« Eh bien, finit par avouer tout bas Mme Lapeyrède, ne t'es-tu jamais demandé quelle était ma situation matérielle? »

Marcienne se reprocha amèrement de ne se l'être pas demandé.

« Des malheurs comme les miens ont sur toutes choses leur contre-coup, poursuivit Mme Lapeyrède avec sa résignation navrante. Puisqu'en quittant ton père je n'ai pu réclamer mon enfant, encore moins ai-je songé à réclamer la pension à laquelle j'aurais eu droit. Jusqu'à ces dernières années, j'ai vécu sans m'occuper de rien, dans ma famille qui était riche; mais en Amérique les fortunes se font et se défont avec une étonnante facilité, et il paraît que celle de mes parents a disparu en grande partie avec eux. En venant te rejoindre, j'étais trop heureuse pour me préoccuper de quoi que ce fût. Et puis, je n'ai jamais compris les affaires. Je croyais que l'argent durait toujours, et je viens seulement de m'apercevoir... que je n'en ai plus. »

Elle s'arrêta confuse sur cet aveu; puis avec un geste de détresse enfantine, montrant ce qui l'entourait :

« J'aimais les jolies choses,... j'y étais habituée. Il paraît que j'ai fait de grosses folies. Nos bons amis m'ont grondée. Et encore, je n'ai pas osé leur dire où j'en étais. Ils voudraient m'aider, et... »

Une obligation matérielle envers les Caussade parut insupportable à Marcienne, et précipitamment :

« Mais c'est à moi qu'il fallait le dire, chère maman; c'est mon droit de vous aider. Est-ce que tout ce que j'ai n'est pas à vous d'abord? Demain je vous apporterai ma bourse. Malheureusement, elle n'est pas grosse, sept ou huit cents francs. Ce n'est pas assez. »

La consternation de Mme Lapeyrède parut s'accroître, et Marcienne se hâta de reprendre :

« Et je vais demander de l'argent à papa, le plus d'argent possible.

— Il est si avare!

— Pas pour moi, je vous assure. Il me donne beaucoup plus qu'il ne me faut. Il voulait même me donner trois cent mille francs que grand'mère m'a laissés. J'ai refusé. Ah! si j'avais su! Comment faire à présent? »

Toute à ses combinaisons financières, elle ne vit pas, à ce chiffre de trois cent mille francs, la lueur d'acier passer de nouveau sous les cils pâles, et il fallut pour la ramener à un autre calcul le tintement de la pendule, un petit bijou de porcelaine de Saxe avec des marquises en robes de dentelles dansant la gavotte.

« Quatre heures, et le cours qui ferme à cinq! »

Elle se précipita dans l'escalier pour se trouver à la porte du professeur, juste au moment où Dorry et Minnie sortaient, un carton sous le bras.

Les deux Anglaises restèrent pétrifiées, le sens pratique complètement en déroute.

« Vous arrivez à présent,... quand on n'y voit plus!

— J'ai été retenue, » bredouilla Marcienne.

Mais elle jouait de malheur.

Comme les Anglaises se décidaient à descendre, une forme masculine coiffée d'un sombrero et drapée à l'espagnole les croisa dans l'escalier.

Minnie se retourna, et, lorgnant le *tra los montes* qui grimpait à l'étage supérieur :

« Ce monsieur ressemble beaucoup au frère de votre amie, » remarqua-t-elle, tandis que Marcienne maudissait de bon cœur la stupidité de William, choisissant cette heure pour ses visites à M\ᵐᵉ Lapeyrède, et pouvant se figurer que, hors des savanes, une individualité aussi grotesque que la sienne pût passer inaperçue.

Avec sa chance habituelle, ce fut sur le jeune Caussade que retombèrent toutes les contrariétés, toutes les inquiétudes accumulées en cette journée.

« Et penser encore que ces gens se sont attaqués à ce pauvre Philippe! » constata Marcienne en dernier lieu, avant de se livrer à un repos que troublèrent pour la première fois les embarras pécuniaires et le souci du lendemain.

XV

Que servirait-il d'être du pays de Cyrano, si on ne savait sauter à pieds joints par-dessus les embarras, d'un tour de main balayer les soucis !

A bien réfléchir, Marcienne se convainquit que son intervention suffirait à tout arranger.

Du premier coup, avec sa jeune énergie, elle trancherait les difficultés contre lesquelles sa pauvre mère restait impuissante. Encore fallait-il obtenir de Mme Lapeyrède les précisions nécessaires. Avec ses réticences timides, son esprit embrouillé, l'opération fut longue et laborieuse. Quant au résultat, il fut stupéfiant !

Sans jamais s'être occupée de choses d'argent, Marcienne avait toujours vécu dans une maison bien réglée, où la générosité se doublait d'ordre et de prudence, où l'on accordait ce qu'on devait aux exigences de son rang et de la charité sans jamais sacrifier à l'inutile.

Mme Lapeyrède avait suivi le système diamétralement opposé, si tant est que la pauvre femme fût capable de suivre un système.

Une irrégulière, une fantaisiste, inapte au raisonnement et au calcul ; une enfant, il n'y avait pas d'autre mot, et une enfant gâtée. Voilà ce qu'elle était, ce qu'elle resterait toujours.

Elle venait d'en fournir une nouvelle preuve.

Élevée dans le luxe, habituée à se passer ses caprices, avec ou sans argent, elle avait continué son train de vie, n'ayant pas le plus lointain souci de ce quart d'heure de Rabelais qui venait de sonner.

Le carillon était complet. Appartement, meubles, domestiques, jusqu'à ses vêtements qui représentaient autant de dettes devenues tout d'un coup criardes et qui l'étourdissaient, la harcelaient, la jetaient dans un effarement égal à son insouciance précédente.

« Jamais rien ne m'avait manqué. Je ne m'étais jamais occupée de rien, je croyais que l'argent arrivait tout seul, confessait-elle avec une détresse pitoyable. Et il en arrivera, j'en suis sûre, quand on aura vendu ma maison de Boston. Mais ces fournisseurs ne veulent rien entendre. Ils ne veulent pas croire que je les payerai. Parce que je suis étrangère, ils me prennent pour une aventurière, et ils viennent me faire des scènes. Ils menacent de saisir mes meubles. Mon Dieu! mon Dieu! que vais-je devenir! »

Les petites épargnes de Marcienne firent l'effet d'une goutte d'eau tombant dans un lac desséché. Elle quêta son père, qui crut se montrer magnifique en lui octroyant un billet de mille francs. Là elle se trouva au bout de ses ressources et aussi de son expérience. Or, en pareil cas, l'expérience est presque aussi indispensable que l'argent ; elle dut se l'avouer et reprendre d'elle-même la proposition d'abord rejetée avec fougue :

« Consultons les Caussade. »

Ce fut sa mère qui hésita.

« C'est que...

— Quoi donc?

— Je leur dois, murmura la pauvre femme, cachant son visage dans ses mains et défaillant presque de confusion à cet aveu, je leur dois une grosse somme. Oh! j'ai été trop folle vraiment. J'aimerais mieux être morte, comme les pauvres gens qui s'asphyxient. On voit ça tous les matins dans le journal. »

Il fallut encore la consoler, l'encourager, lui promettre que tout s'arrangerait, et faute de mieux :

« Consultons les Caussade, répéta Marcienne. Sûrement ils s'entendent aux affaires, puisqu'ils y ont fait fortune. Peut-être nous donneront-ils une bonne idée. »

Le conseil s'assembla dès le lendemain. Noémi présidait, puisqu'il s'agissait d'avoir des idées.

Marcienne ne l'avait pas revue depuis l'anecdote racontée par Mme de Maubrun, et, en y songeant, elle la trouva plus laide que jamais. Dire que cet horrible magot avait voulu épouser Philippe! Était-ce assez ridicule!... Philippe en avait ri certainement,... à moins qu'il n'en eût été offensé, si cela lui avait rappelé l'histoire d'autrefois, l'histoire de cette jeune fille qu'il avait aimée, qu'il aimait toujours, puisqu'il ne s'était pas marié.

Celle-là était jolie, sans doute, et voilà que Marcienne lui en voulut aussi d'être jolie, comme à Noémi Caussade d'être laide!

Quelle absurdité! et pourquoi penser à cela quand il s'agissait de choses si différentes et bien autrement graves?

Les Caussade se montrèrent parfaits de convenance et de délicatesse, damant le pion à Marcienne. Pas un blâme de leur part, ni même une marque d'étonnement trop prononcée. Rien que le souci de consoler leur pauvre amie et de lui venir en aide.

« Pourquoi ne pas vous être adressée à nous plus tôt? » dit Mme Caussade avec un tendre reproche, tandis que Noémi, pratique, supputant la valeur de l'immeuble de Boston, — plusieurs centaines de mille francs, — démontrait, clair comme le jour, que payer ces bagatelles ne ferait rien, absolument rien, et concluait :

« Il ne nous faut qu'un peu de temps. L'ennuyeux, c'est qu'on ne veut pas nous le donner. Comment le gagnerons-nous?

— Si on pouvait encore taper papa de quelques billets de mille? suggéra William.

— Hélas! gémit Mme Caussade. Dans son état, comment lui parler d'affaires! La moindre chose l'agite. Ainsi, l'autre jour, rien que pour un petit déficit dans ma caisse...

— Dont j'étais cause, reprit Mme Lapeyrède. Mon Dieu!... mon Dieu! »

Noémi coupa court à ces vaines lamentations; ses réflexions étaient venues à maturité, et elle prononça :

« Eh bien! il n'y a qu'à prendre en banque la somme nécessaire. La banque, elle, donnera des délais : deux ou trois mois. Bien avant l'échéance, l'immeuble de Boston sera vendu et Mme Lapeyrède en mesure de s'acquitter. »

Un rugissement triomphal de William l'interrompit.

« Est-ce simple! Fallait-il être crétin pour ne pas piquer droit là-dessus! »

C'était si simple, que Mme Lapeyrède même comprit, et dans un transport de joie :

« Vous me sauvez, proclama-t-elle, comme toujours. J'avais bien raison de vous appeler ma Providence. »

Marcienne fut assez ingrate pour éprouver un peu d'agacement, même pour chercher une ombre au tableau.

« Mais une banque voudra-t-elle prêter?

— Voilà le *hic,* avoua Noémi. Enfin, nous chercherons. »

On se sépara là-dessus.

En regagnant la maison, après quelques coups de crayon hâtifs à la Grecque qui avait succédé au Romain, Marcienne accorda une attention toute nouvelle aux établissements de crédit se rencontrant sur son chemin. Il y en avait tant, avec tant de millions sur leurs prospectus, que l'on devait y trouver aisément ce qu'on y cherchait, comme les autres denrées dans les autres magasins.

Les illusions, en matière financière, sont encore plus vite brisées que les autres, et, dès les premiers pas, les négociations obligeamment entreprises par les Caussade se heurtèrent à des obstacles qu'on n'avait pas songé à prévoir : la qualité d'étrangère de Mme Lapeyrède, sa situation, le mystère surtout dont on devait continuer à s'entourer.

Il fallut recourir aux usuriers, et avec eux encore on se buta aux mêmes difficultés. Pendant ce temps les affaires empiraient, et, dans les transes où vivait Mme Lapeyrède, sa fragile santé achevait de s'user.

A l'une de ses visites, Marcienne la trouva alitée et apprit de Mme Caussade et de Noémi, accourues à son chevet, que, la nuit, une crise terrible avait failli l'emporter.

« Mon ancienne maladie de cœur, articula faiblement la pauvre femme, défaillant sur ses oreillers. Après tout, ne serait-ce pas la meilleure solution que je m'en aille tout à fait, puisque je ne suis qu'un embarras pour ceux que j'aime?

— Pouvez-vous parler ainsi devant vos amis, devant votre fille? protesta Mme Caussade. Il ne s'agit que d'un malaise nerveux dont vous connaissez bien l'origine.

— Mourir de chagrin ou d'autre chose, cela ne revient-il pas au même? » murmura la malade, sans se laisser convaincre par les affirmations de Mme Caussade.

Celle-ci, du reste, ne s'était pas convaincue elle-même, et sortant de la chambre avec Marcienne :

« C'est que votre mère dit vrai, reconnut-elle d'un ton peiné. Je l'ai toujours vue souffrante, minée depuis longtemps; un roseau un souffle. Au moindre choc, patatras!... vous pouvez la voir se briser comme verre.

— Mais il faut absolument la mettre à l'abri! cria Marcienne énergique. Il faut en finir avec ces malheureuses affaires. »

Noémi rabattit son entrain.

« Plus facile à dire qu'à faire. Je commence à craindre que nous ne trouvions pas l'argent. On ne se contente pas de la signature de mon frère. A qui en demander une autre, même de complaisance?... où se tourner?... C'est à désespérer vraiment.

— Et moi qui ai trois cent mille francs! maugréa Marcienne.

— Belle avance, si vous ne pouvez y toucher!

— Du moment que vous ne voulez pas que je les réclame à papa...

— Lequel vous en demanderait aussitôt l'emploi, et, de fil en aiguille, découvrirait vite le pot-aux-roses. Vous voyez la suite. Si vous voulez tuer votre mère, ma chère, vous ne trouverez pas mieux.

— La tuer ou la laisser mourir, voici l'alternative! » dit Marcienne, réduite au désespoir.

Mais elle était de ceux qu'un beau désespoir secourt, selon l'antique formule, et Mademoiselle éprouva une légère surprise, — les impressions de la vie privée ne faisant jamais que l'effleurer, — quand son élève l'interrogea sur les affaires de banque.

« On n'enseigne guère ces choses-là aux jeunes filles, observat-elle distraitement.

— On a tort. Cela peut servir à tout le monde, » déclara Marcienne, prenant la mine et le ton de Dorry.

Ces études pratiques portèrent leur fruit, et le surlendemain elle remontait allègrement le quatrième de la rue Saint-Honoré.

Il était grand temps qu'elle arrivât. Les huissiers étaient venus la veille, et cette émotion avait provoqué chez Mme Lapeyrède une seconde crise, plus forte que la première.

. . . .

« Ne la réveillez pas, conseilla Mlle Caussade, gardant comme un chien fidèle la porte de la malade. Il est trop heureux qu'elle puisse enfin reposer...

— D'autant mieux que nous n'avons pas de bonnes nouvelles à lui apprendre au réveil, ajouta Noémi avec un ricanement découragé. Ce directeur du Crédit universel, notre dernière planche de salut, se dérobe comme les autres, alléguant que William, si riche qu'il doive être, n'a pas encore sa part; que, pour le bon ordre, il lui faut la garantie d'une personne absolument solvable, c'est-à-dire ayant en propre une fortune qu'on puisse évaluer. Frime que tout cela, puisque votre mère remboursera bien avant l'échéance! N'empêche qu'en attendant...

— Nous sommes frits, quoi! » constata lugubrement William, aplati dans un fauteuil.

Au milieu de l'abattement général, Marcienne se sentit haussée d'un cran. Ce ne seraient pas les Caussade, cette fois, qui sauveraient sa mère, qui joueraient ce rôle de Providence, importun à la longue.

« L'affaire est très simple, » prononça-t-elle à son tour.

Un silence étonné se faisait.

« Je suis solvable, moi, puisque j'ai trois cent mille francs de grand'mère, poursuivit-elle non sans un peu de gloriole, et on acceptera ma garantie. Qu'est-ce qu'il faut signer ? »

Déjà elle ôtait son gant, tandis que les Caussade restaient encore bouche bée de cette solution inattendue.

William, le premier, en apprécia l'ingéniosité.

« C'est qu'elle a ma foi raison ! s'écria-t-il admiratif, en se tapant un grand coup sur la cuisse. Elle est maligne aussi, plus maligne que toi, cette fois, Noémi ! Hein ? pourquoi as-tu encore l'air de chercher des poils dans les œufs ?...

— Mme Lapeyrède n'acceptera pas, déclara Noémi tranchante. Des poursuites, le scandale, la mort même, je crois ; elle aimera mieux tout que d'exposer sa fille au moindre risque.

— Mais puisqu'il n'y en a aucun ! clama William, puisqu'on écrit encore ce matin que la maison de Boston a trouvé acquéreur !

— N'importe ! reprit Mme Caussade, tapotant tendrement l'épaule de son fils. Ah ! tu ne comprends pas les mères.

— Ma foi, non ! grommela-t-il. Se laisser écorcher vif par plaisir quand votre fille peut vous tirer d'affaire sans qu'il lui en coûte plus que de cracher en l'air, ça tombe dans l'absurde, ça confine à l'inhumain. Non, là, vrai, ça y confine !

— Heureusement que les filles peuvent agir de leur propre chef ! interrompit Marcienne.

Il lui tardait de mettre un terme aux familiarités des Caussade, presque autant qu'aux tourments de sa mère, et avec autorité :

« Maman n'aura ni à accepter, ni à refuser : nous allons tout régler sans la consulter. Dites que je donne ma garantie, et prenez l'argent. Combien faut-il ? »

Son ton de commandement dut en imposer.

« Mme Lapeyrède a ici plus de vingt mille francs de dettes, répondit seulement Mme Caussade.

— Sans compter à peu près autant d'arriéré, ajouta Noémi.

— Plus ce qu'elle vous doit, compléta Marcienne.

— Oh! ne parlons pas de cela!

— Si. Je tiens absolument à ce qu'on en parle. »

Mme Caussade se soumit encore.

« Alors donc... Ah! ce n'est qu'à cause de mon mari que j'accepte... Eh bien! dix-huit mille francs.

— Où sont les billets? » demanda Marcienne d'un air entendu.

Son expérience pratique n'allait pas toutefois jusqu'à apprécier l'importance des sommes. On lui eût demandé de s'engager pour le double qu'elle n'eût pas bronché davantage, et William Caussade dut même modérer son ardeur.

« Que diable! attendez donc! Il faut d'abord que je voie le vieux grippe-sou. J'y vais de ce pas, et je reviens, tel un zèbre. »

Encore une pause d'incertitude et d'anxiété, mais qui ne fut pas longue.

Le vieux grippe-sou devait demeurer dans le quartier, et Mme Lapeyrède ne s'était pas réveillée que déjà William reparaissait, crâne et bruyant, agitant victorieusement son fameux sombrero.

« Ça y est! Crésus se décide à ouvrir sa sacoche. Nous avons deux mois pour rembourser, jusqu'au 25 avril. L'intérêt est gros, par exemple; tant pis! J'ai tout fait préparer; car, voyez-vous, il faut battre le fer pendant qu'il est chaud. Signez vite ça... »

Il tirait de dessous sa cape trois billets, de vingt mille francs chacun.

Marcienne s'assit devant le petit bureau doublé de satin rose, dont sa mère devait rarement faire usage, trempa dans un encrier boueux une plume délabrée et inscrivit son nom sur chaque billet, à la place que lui indiquait le pouce de William, un pouce énorme, que jamais elle n'avait vu de si près.

« Voilà ! » dit-elle, se levant quand ce fut fini.

Trois paires d'yeux étaient braquées sur elle, qui toutes trois luirent en même temps du même éclat. Mais elle n'y fit pas attention, toute à la surprise désagréable éprouvée en voyant William s'asseoir après elle devant le bureau et reprendre les billets.

« Qu'est-ce que vous faites donc?

— Je mets mon aval. Nous signons ensemble, » répondit-il, bourru comme lorsqu'on s'applique.

Marcienne regarda encore ses mains, — vraies mains de rustre, — et l'écriture qui en sortit, pénible et informe à faire frémir Mademoiselle : une vraie écriture d'illettré.

Voir cette écriture-là à côté de son écriture à elle, ce nom accolé au sien, cela lui fit quelque chose. Cela lui importa plus que les soixante mille francs.

« Pourquoi faut-il que vous signiez? » dit-elle, les sourcils froncés.

Le bon garçon ne comprit pas son sentiment; bien mieux, il crut à une marque de sollicitude, et, haussant les épaules :

« Pour la frime toujours, puisqu'on ne mettra même pas ces billets en circulation! Mais ce serait-il sérieux, que je n'aurais pas renâclé, croyez-le bien. »

Il sortait, et elle l'avait accompagné machinalement dans le vestibule, ou plutôt elle avait suivi ces feuilles de papier qu'il tenait sous son manteau, qu'elle avait vaguement envie de lui reprendre.

Tout d'un coup il devint galant, galant comme un bœuf qui ferait des grâces.

« Non, je n'aurais pas renâclé, mademoiselle. J'aurais des millions, — et j'en aurai après papa, — que je les mettrais à vos pieds. Oui, à vos pieds,... pour sûr... »

Il désigna le paillasson du vestibule d'un geste si comiquement sentimental, que Marcienne oublia les billets, oublia tout, et, reculant un peu, éclata d'un rire soudain, irrésistible, inextinguible.

Elle riait encore, que William avait disparu, penaud.

Mᵐᵉ et Mˡˡᵉ Caussade s'étaient également éclipsées. Elle s'en alla dans la chambre de sa mère, éveillée enfin fort à propos.

Marcienne s'assit devant le petit bureau
et inscrivit
son nom sur chaque billet.

« Maman chérie, vous n'aurez plus d'huissiers, vous n'avez plus de créanciers ; ne vous inquiétez plus de rien que de vous guérir et d'être heureuse ! »

Mais, sur la joie profonde de ce dénouement favorable, sa gaieté l'emporta encore, et, sans laisser à sa mère le loisir de s'étonner, de questionner, ni même de se réjouir, reprise de son fou rire :

« Et M. William Caussade a voulu mettre des millions sur le paillasson du vestibule ! Je regrette trop que vous ne l'ayez pas entendu. On aurait cru qu'il me faisait une déclaration. »

Mme Lapeyrède souleva sur l'oreiller sa tête blonde toujours admirablement frisée, tourna vers Marcienne son visage dont une épaisse couche de poudre rose dissimulait la pâleur, et, trop malade sans doute pour s'égayer :

« Qu'est-ce que cela aurait donc de risible ? » murmura-t-elle.

.　.

Ce jour-là encore, Marcienne ne descendit pas au cours avant quatre heures.

A son entrée, Minnie et Dorry, qui brossaient chacune un petit paysage épinard, levèrent simultanément la tête, puis la détournèrent comme elle s'approchait.

« Vous avez beaucoup travaillé depuis hier, » remarqua-t-elle aimablement.

Toutes deux répondirent par un grognement presque inintelligible en recouvrant leurs toiles.

« Vous partez quand j'arrive ! » reprit Marcienne avec un reproche amical, auquel répondit un second grognement plus rébarbatif que le premier.

Évidemment ses avances tombaient mal. Marcienne, qui connaissait ces humeurs britanniques, variables comme la mer et souvent houleuses, ne s'étonna pas.

« Allons ! vous avez vos *diables bleus !* » dit-elle en gagnant sa place.

Mais, à peine installée, elle vit venir à elle sa maîtresse de dessin.

« Celle-ci ne connaissait pas les « diables bleus ».

Boiteuse et souriante, on l'eût dite toujours prête à faire la révérence et à adresser un compliment.

Cette fois pourtant son sourire s'effaçait, sa boiterie essayait de prendre un air digne, et, au milieu du silence qui se faisait soudain :

« Mademoiselle Lapeyrède, dit-elle à demi-voix, votre institutrice est venue vous chercher il y a une heure, et a été fort étonnée de ne pas vous trouver ici. »

.   .   .   .

Du premier coup Marcienne envisagea les conséquences de l'incident, — un de ces incidents minuscules, si infimes qu'on ne songe pas à les prévoir, — et qui suffisent à renverser la combinaison la mieux établie.

Elle tint bon. Quelque chose dans le ton du professeur lui avait déplu. Elle croyait sentir une corrélation entre son attitude et celle de Minnie et de Dorry. Sa fierté chatouilleuse se redressait aussitôt.

« En effet, dit-elle tranquillement, Mademoiselle a dû être étonnée de ne pas me trouver ici. »

La maîtresse resta debout un instant encore, ayant l'air d'attendre des explications ; puis, rien ne venant :

« Comme on ne savait pas du tout où vous chercher, j'ai promis, si vous veniez chez moi, de vous faire reconduire.

— Merci. »

Marcienne continua à crayonner, sentant de sa dignité de rester là, quelle que fût sa hâte d'aller voir au logis l'effet de son escapade.

Enfin le jour baissa, l'heure s'avança, les autres partirent, et elle put les suivre. Mais, dans le vestibule, la maîtresse l'attendait.

Ce n'était pas pour lui faire une déclaration aussi gracieuse que celle dont tout à l'heure, à l'étage supérieur, William l'avait favorisée.

« Mademoiselle Lapeyrède, commença-t-elle d'un air gêné, je vois avec regret que vous faites peu de progrès dans vos études, que vous y consacrez un temps de plus en plus restreint, et, dans ces conditions, je crains que ce ne soit du temps perdu. Peut-être vaut-il mieux...

— Que je ne revienne pas ? » dit Marcienne, regardant bien en face son interlocutrice et pour la première fois lisant sur un visage la méfiance et le soupçon.

Est-ce que cette barbouilleuse se permettait de juger l'étrangeté de ses démarches? Est-ce que ces petites Anglaises, orgueilleuses de leur indépendance, lui contestaient la sienne? Un flot de sang et de colère lui monta du cœur à la tête. Cela valait de faire un éclat.

Elle se contint à temps.

Faire un éclat, ce serait exposer sa mère. Avant tout, il fallait lui garder le secret juré.

« Je ne compte pas revenir, » se borna-t-elle à répondre avec un beau dédain qui laissa au professeur un nouvel étonnement et quelques remords.

. . . .

Restait à affronter Mademoiselle, violemment arrachée à son indifférence distraite.

Avoir conduit son élève au cours, ne pas l'y retrouver; apprendre que personne ne l'y avait vue; ne savoir où la chercher! Nul cerveau d'institutrice n'eût résisté à cette épreuve. Et, après des courses vagues, la pauvre fille était revenue hagarde à la maison, attendant en tremblant le retour de M. Lapeyrède.

A la vue de Marcienne la détente fut telle, que, pour la première fois de sa vie, elle faillit avoir une crise de nerfs.

« Malheureuse enfant! Où étiez-vous? qu'avez-vous fait? Je suis morte d'inquiétude.

— Ressuscitez, puisque me voici, répliqua Marcienne avec un sourire qui, plus que ses paroles, opéra en guise de calmant sur les nerfs de Mademoiselle.

— Voyons, reprit celle-ci, expliquez-moi... »

Marcienne l'interrompit.

« Mademoiselle, vous avez étudié l'histoire, toutes les histoires : des Assyriens, des Mèdes, des Chinois, des papes, du grand siècle, du Bas-Empire, des républiques italiennes...?

— Si j'ai étudié l'histoire! balbutia Mademoiselle, doucement ramenée à son ordinaire état d'âme par ce refrain de noms familiers.

— Eh bien! aucune histoire, n'est-ce pas, où des points ne demeurent obscurs?...

— Hélas!

— Les historiens, qui sont pourtant bien curieux, se résignent. Résignez-vous aussi à laisser dans l'histoire d'aujourd'hui une toute petite énigme... dont je vous dirai le mot un jour, bientôt, j'espère, à votre entière satisfaction, je vous le garantis. »

Mademoiselle resta un peu interloquée, mais le rayonnement de ces beaux yeux qui la regardaient compensait bien des ombres. Si peu qu'elle connût du monde et de la vie, elle connaissait Marcienne, et se livrant aux conjectures invraisemblables :

« Je ne compte pas revenir, » se borna-t-elle
à répondre.

« Encore quelque tour de votre façon! soupira-t-elle. Une course dans un magasin,... une surprise pour une fête,... une belle inspiration charitable, comme la veille de votre première communion, quand vous vous êtes sauvée pour aller toute seule distribuer des sous aux mendiants, sous prétexte que l'aumône doit être discrète... Et pendant ce temps votre pauvre grand'mère vous croyait perdue, volée, se disposait à vous réclamer au commissariat de police. Allons, avouez-le : votre fugue d'aujourd'hui a eu pour but de secourir quelque pauvre honteux!

— Qui sait?... »

Un nouveau sourire de Marcienne acheva de rassurer Mademoiselle, qui termina par un peu de morale :

« Quand donc, ma pauvre enfant, vous déferez-vous enfin de ces allures de cheval échappé, incompatibles avec le rôle d'une jeune fille, tout de réserve, de modestie et de prudence? Quand donc comprendrez-vous les fâcheuses interprétations auxquelles de pareilles incartades peuvent donner lieu de la part de ceux qui ne vous connaissent pas? Et si vous n'avez pas égard à l'opinion du public, ayez souci au moins des peines que vous me causez. Encore si je pouvais croire que cette folie sera la dernière!

— Je ne retournerai plus au cours, » promit Marcienne.

Mademoiselle, dans sa bonne foi, crut à une concession, et, touchée, promit à son tour :

« Pour cette fois, je ne dirai rien à votre père, qui va rentrer pour dîner. »

A ce mot de dîner, une réminiscence subite la frappa.

« Mais..., avec tout cela, j'ai oublié... Cette terrible enfant me fera perdre la raison! J'allais au cours pour vous avertir que vos cousines de Bordeaux sont arrivées et dînent ici ce soir; et je n'ai prévenu personne, pas même la cuisinière! »

A l'envers de ce qui se passait chez Mme Scarron, on oublia l'histoire pour le rôti. Du coup l'incident fut clos, et Marcienne put se féliciter de l'avoir échappé belle, non toutefois sans quelque horion.

Le regard soupçonneux de la maîtresse de dessin, le regard éploré de Mademoiselle, laissaient deux blessures : l'une à sa fierté, l'autre à son cœur; et, pour en supporter vaillamment la douleur, pour retrouver la gaieté chez nous inséparable du courage, elle eut besoin de se tourner vers le côté comique de la situation, de se représenter encore la grosse main du galant William déposant des millions à ses petits pieds.

Si quelque chose avait pu compenser à Marcienne le chagrin d'être séparée de sa mère, c'eût été le plaisir d'être séparée des Caussade.

Le cours abandonné, et toute relation ainsi rompue avec la maison de la rue Saint-Honoré, ils avaient soudain disparu de l'horizon. Ils cessaient de s'imposer, d'entrer malgré elle dans sa vie. A peine leur action se laissait-elle encore deviner, muette, impersonnelle, purement serviable. Marcienne continuait à écrire à sa mère, et les réponses lui arrivaient cette fois sans le concours de la poste : sous une enveloppe de magasin, dans un petit paquet inoffensif, par dix autres procédés variés et ingénieux dont Mme Lapeyrède, livrée à ses propres ressources, ne se fût pas avisée.

Cette correspondance de prisonnière occupait l'esprit actif de Marcienne, lui apportait des émotions, l'aidait dans ses efforts vertueux pour continuer à se tromper elle-même. A certaines heures pourtant, — ces heures que nous connaissons tous, — elle ne parvenait plus à empêcher ses illusions de pâlir et la vérité de transparaître.

Non, l'absence des Caussade ne suffisait pas. Elle ne pouvait les rendre seuls responsables du désenchantement progressif qui la travaillait depuis longtemps, depuis la première heure, l'heure miraculeuse où le bonheur qu'elle osait à peine rêver s'était transformé en une réalité.

Est-ce donc là l'effet des miracles?

Personnage vague à l'existence incertaine, sa mère lui inspirait une sorte d'adoration. Puis, à la connaître enfin, il ne lui était plus resté qu'une tendresse exaltée, dégénérée encore, maintenant fondue en dévouement et en pitié. Certes, ces sentiments suffisaient à retenir son cœur, mais non plus à le remplir. L'ancien vide s'y creusait, — avait-il jamais été comblé? — Comme après la mort de grand'mère, Marcienne souffrait de ces énergies inutiles, de ces espoirs sans but s'agitant confusément au fond de son âme; et elle en vint à songer :

« Si je suivais le conseil de papa? si je me mariais? »

Par malheur, ces bonnes inspirations s'évanouissaient du plus loin que paraissait un prétendant.

Or il en sortait de tous les buissons. Ce fécond printemps de Paris semblait leur avoir donné l'éveil, comme aux oiseaux, aux papillons, aux moucherons, à tout ce qui dans la nature voltige, gazouille, bourdonne, cherche fortune et bonheur et s'abat de préférence sur le meilleur fruit, sur la fleur la plus odoriférante.

Avec l'esprit de contradiction qui gouverne le monde, les prohibitions matrimoniales du carême leur donnaient un nouvel essor. Durant les dernières semaines de la Quadragésime, trois ou quatre nouveaux venus montèrent à l'assaut. Encore s'il n'y avait eu à se défendre que contre eux! mais à leur remorque venait une légion d'amis respectables et tenaces, de mères entreprenantes, voire de petites sœurs déjà astucieuses, qui, sous le couvert d'une innocente amitié de jeunes filles, ne manquaient pas une occasion d'introduire l'éloge de leur frère, leur frère en personne si possible.

Marcienne finissait par s'amuser de ces pièges partout tendus, de ces attaques sans cesse renaissantes. Chaque épreuve la laissait plus sûre de ses forces, et le fait est qu'à parcourir le grand bazar des jeunes gens à marier, elle constatait que décidément aucun article à sa convenance ne s'y trouvait.

L'industrie moderne apparemment n'en produisait pas. Le modèle avait pourtant dû exister autrefois, elle ne savait ni quand ni où; dans son imagination peut-être, bien capable d'avoir forgé le mari modèle, comme la mère idéale, et de lui préparer ainsi de nouvelles et pires déceptions.

« Alors, je ne me marierai pas! » concluait-elle par un de ces brusques revirements tendant de plus en plus à se substituer chez elle à toute règle de conduite.

M. Lapeyrède, qui avait, lui, toujours une règle de conduite et qui s'y conformait lentement, lourdement, inébranlablement, finit par ne plus rien comprendre à cet état d'âme si différent du sien, et prêta l'oreille aux prédictions alarmistes de Mme de Maubrun.

Celle-ci était encore à Paris, aussi affairée qu'à Mont-de-Marsan, ayant participé aux délibérations de la Société des agriculteurs de France, suivi une retraite, coopéré à la fondation d'un journal, sollicité au ministère pour un bureau de tabac, à la nonciature pour un cas réservé, obtenu une décoration pour un inventeur, une fourniture pour un marchand de volailles, placé un protégé au Conservatoire, un autre chez les sourds-muets, enfin bien mérité de ceux de ses compatriotes qui lui avaient commis leurs intérêts. Pour les affaires de cœur, elle avait moins bien réussi : deux candidats successifs, aussi chaudement patronnés que Bébé d'Orpignon, se virent blackboulés avec le même entrain, et ce fut ce double échec qui jeta la suspicion dans son esprit sagace.

« Retenez bien ce que je vais vous dire, déclara-t-elle au sénateur abasourdi. Ou Marcienne veut rester vieille fille, ou elle a en tête un projet qui ne doit point être de nature à vous satisfaire, puisqu'elle hésite à vous le communiquer.

— Cette supposition me paraît inadmissible, » affirma M. Lapeyrède du haut de sa dignité.

Du haut de la sienne, Mme de Maubrun soutint :

« On ne peut jurer de rien, étant donnée l'indépendance de caractère tolérée par vous chez cette chère petite. Enfin, Dieu veuille que j'aie la berlue et que ce soit vous qui y voyiez clair! En attendant, une nouvelle : Philippe est ici. »

De Paris, Mme de Maubrun gardait un œil ouvert sur sa province, sachant tout ce qui s'y passait, les allées et venues des uns et des autres; et, le départ de Philippe signalé de là-bas, elle avait mis la main sur lui au débarqué.

« Je suis surpris de ne pas l'avoir encore vu, dit le sénateur un peu piqué.

— Je vous ai averti que sa misanthropie faisait de terribles progrès. Relancez-le à son hôtel, sinon il serait bien capable de vous brûler la politesse; d'autant plus qu'il ne vient qu'en courant, pour affaires. Ah! ces affaires! moi aussi j'en suis accablée. Déjà il faut que je me sauve. J'ai rendez-vous avec deux ou trois administrateurs de grands magasins, qui m'ont promis des travaux d'aiguille pour nos pauvres religieuses; puis à la fin de la semaine je boucle mes malles. J'ai hâte de retrouver notre soleil du Midi. Ici, quel temps! »

Mme de Maubrun s'enfuit sous une giboulée d'avril ne le cédant en rien aux giboulées de mars. Le ciel brouillardeux, chargé de neige, touchait les toitures noires des maisons. Dans les rues boueuses circulaient rapidement des parapluies, et Marcienne aussi, en ce moment, songeait avec regret à son soleil du Midi.

Bien à contre-cœur, elle venait de rejeter l'offre faite par M. Lapeyrède d'aller passer à Lannemajou les vacances de Pâques. Les nouvelles de Mme Lapeyrède étaient inquiétantes; sa santé ne se remettait pas des dernières épreuves, et, pour tant que son imprévoyance eût contribué à ces épreuves, c'était bien pour sa fille qu'elle les avait affrontées, qu'elle avait subi les fatigues de ce long voyage, les émotions de ce retour, de ces revoirs furtifs; et Marcienne se serait fait scrupule, déjà séparée d'elle, de ne pas au moins rester à portée, de paraître l'abandonner davantage en quittant Paris.

La semaine sainte commençait, jetant encore son voile de religieuse tristesse sur ce printemps assombri. A pareille époque, l'année dernière, grand'mère s'était doucement éteinte. Chaque jour rappelait un de ses derniers jours; mais bien rares déjà se trouvaient ceux avec lesquels Marcienne pouvait évoquer ces souvenirs, avec sa mère moins qu'avec tout autre.

Au nom de grand'mère, l'œil de Mme Lapeyrède s'allumait comme au nom de son mari et au nom de Philippe. Les anciennes querelles, des malentendus, des froissements réciproques rendaient sans doute excusable cette animosité de belle-fille. Mais la mort aurait dû faire trêve, et plus que jamais à l'approche de cet anniversaire, ce désaccord entre ses plus chères affections, cette lutte sacrilège du présent contre le cher passé, devenait pénible à Marcienne. Aussi, ce soir de lundi saint, avec ce vent qui semblait encore souffler des idées tristes, était-elle toute à la mélancolie quand M. Lapeyrède rentra.

Mouillé, crotté, il restait toujours solennel, étant de ces indomptables qui ne courbent pas le front, même sous l'averse. Une satisfaction intérieure paraissait le réchauffer, et, sitôt introduit dans le petit salon de Marcienne, que sa majestueuse personne suffisait presque à remplir :

« Ma fille, proclama-t-il en souverain qui annonce une grâce octroyée, je t'amènerai demain un invité.

— Encore? Oh! papa, ce n'est pas Mme de Maubrun avec un quatrième Bébé d'Orpignon? »

Et, tandis que le sénateur secouait lentement la tête :

« Ni votre dernier collègue, supposa Marcienne, celui qui à table ne parle que des égouts; ni un de ces misérables collégiens qui s'ennuient presque autant que nous quand nous les faisons sortir?

— Non. »

Et, ne trouvant pas très convenable ce jeu de devinette,
M. Lapeyrède ajouta :

« C'est Philippe.

— Philippe est ici ? »

Marcienne s'était levée par ce mouvement machinal de joie qui
nous met debout comme pour voir et atteindre plus vite l'objet de
notre contentement.

Puis elle se rassit, par un autre mouvement machinal, avec
une petite rougeur aux joues.

Mademoiselle avait posé sa revue scientifique, et, précipitée
des régions supérieures dans le bas-fond du ménage :

« Il ne faudra pas oublier de prévenir la cuisinière, comme
l'autre jour, s'écria-t-elle. Quand je pense au dîner de vos cousines
de Bordeaux !... »

Marcienne ne tenait pas à ce qu'on y pensât.

« Il n'y a pas de danger qu'on oublie Philippe, déclara-t-elle.
N'est-ce pas, papa, qu'on ne l'oublie jamais?

— Peut-être parce qu'on a souvent besoin de lui! laissa
échapper M. Lapeyrède. Tout individu passant à l'état d'utilité
prend, en effet, une prépondérance incontestable et légitime sur les
autres individus, voire sur les collectivités dont l'action se restreint à leurs propres intérêts ou à leur propre plaisir. »

Marcienne traduisit en langue vulgaire :

« Autrement dit, Philippe tient plus de place que tout un
ramassis d'égoïstes. C'est vrai, je l'ai toujours éprouvé ainsi. »

Elle l'éprouvait encore. L'appartement cessait déjà de lui
paraître aussi vide, le temps aussi long.

Le lendemain matin, elle se leva de bonne heure. Pendant la
nuit, l'hiver prêt à plier bagage avait semé à l'improviste les derniers flocons restés au fond de sa hotte. Dans la rue, les balayeurs
en faisaient déjà justice ; mais, du haut des toits, cette neige tar-
dive semblait narguer ces pauvres Parisiens qui avaient pu se
croire au printemps. Marcienne la trouva blanche et jolie. Il lui

sembla qu'une clarté nouvelle illuminait l'horizon. Les feux brillaient dans les cheminées. Elle avait déployé ses talents de maîtresse de maison, et l'on verrait bien si la misanthropie de Philippe

On se retrouvait tel qu'à Capléon.

tiendrait contre cette sensation de *home* dont elle voulait l'entourer.

Quant à la petite pique de l'an dernier, nulle apparence qu'il en demeurât trace, avec la générosité du caractère de Philippe.

Marcienne s'arrêta là. Un froid la traversait.

Le caractère de Philippe... Pourquoi sa mère, qui aurait dû le connaître, en jugeait-elle si différemment?

Encore une réflexion à chasser. Mais le froid persista, et ni l'intérieur chaud, ni les flambées claires, ni même un rayon de soleil irradiant la blancheur de la neige, ne suffirent pour la dissiper. Il fallut le coup de sonnette à la porte, le pas connu dans le vestibule, le visage familier reparaissant enfin.

14

« Philippe ! »

Mais Marciennne ne se jeta pas à son cou, comme l'été dernier. Elle lui tendit la main, avec une hésitation encore, ne se retrouvant à l'aise qu'au son de la voix amicale.

Alors elle se remit tout à fait, si bien qu'au bout d'un moment son étourderie naturelle reprenait le dessus.

« Vous n'êtes plus fâché contre moi, Philippe ? demanda-t-elle.

— De quoi serais-je fâché ? »

Elle se mordit la langue, s'apercevant trop tard de la dangereuse maladresse commise.

Répondre, ce serait revenir aux incidents où le jeune Caussade avait été mêlé. Or, du jeune Caussade, qui sait où iraient les souvenirs et les questions ? Et jouant la naïveté :

« De quoi ? dit-elle. Est-ce que je sais ? »

La physionomie de Philippe se fit plus sévère.

Philippe devait se dire qu'elle n'était pas franche.

Fort à propos, on se mit à table.

« Vous souvenez-vous, Philippe, du déjeuner à Capléon ? »

L'entrain revenait, et l'oubli de toutes choses fâcheuses. On se retrouvait tel qu'à Capléon, et Marcienne était assez ingrate pour jouir de ce retour au passé, comme si elle oubliait qu'à ce passé avait manqué le bonheur du présent ; qu'à Capléon elle se croyait encore orpheline, ne connaissait pas encore sa mère !

Sa gaieté ne fit qu'augmenter au sujet abordé par M. Lapeyrède, qui, une ou deux fois par an, plaisantait au dessert.

« Vous ne vous vantez pas, mon cher Philippe, de vos succès auprès du beau sexe ; mais la renommée nous en a instruits.

— Très bien ! Il ne me manquait plus que d'être ridicule, s'écria Philippe avec ce bon rire qui gardait des résonances enfantines. Non, mais sérieusement, cette sotte histoire des Caussade m'a causé de gros ennuis.

— Et qui ne sont peut-être pas terminés, dit malignement le

sénateur, lancé tout à fait. Vous savez que votre Dulcinée est ici, et si elle vous rencontre...

— Est-ce que vous voyez les Caussade ? demanda Philippe avec un comique mouvement d'alarme.

— Non. »

Le sénateur fit une pause ; puis, la main sur sa barbe, reprenant son sérieux :

« Je fis montre envers les Caussade d'une tolérance plus étendue encore que vous ne le comprîtes ; mais je n'entendais pas qu'ils s'en prévalussent pour outrepasser certaines limites, comme leur fils notamment se permit de faire. Avec ces abus, tout contact devenait périlleux, et j'ai résolu qu'il n'y en aurait plus. Leur éloignement du pays eût même compté parmi les raisons qui m'incitaient à passer les vacances de Pâques à Lannemajou, projet qui, à mon vif regret, n'a pu rallier les suffrages de Marcienne.

— C'est Marcienne qui ne veut pas venir à Lannemajou ! Marcienne n'aime plus son pays !... »

Marcienne était redevenue presque aussi sérieuse que le sénateur. Se débattre contre Philippe lui coûtait. Mieux valait couper court, et elle prit son air entêté.

« Non, je ne veux pas quitter Paris au plus joli moment...

— Hum !... »

Philippe jeta un coup d'œil par la fenêtre.

« Au moment le plus brillant...

— Vous êtes donc devenue mondaine, Marcienne ?

— Vous êtes bien devenu misanthrope, vous, Philippe ! »

Cette diversion ne réussit pas.

« Beaucoup de choses peuvent détacher du monde ceux qui l'ont aimé, dit rêveusement Philippe ; mais je ne vois guère ce qui pourrait y rattacher ceux qui ne l'aiment pas. »

On avait regagné le petit salon de Marcienne. Philippe examina les photographies sur la cheminée, s'arrêta à celle de grand'mère, et Marcienne une fois de plus trouva qu'il lui ressemblait, qu'avec lui quelque chose de grand'mère était revenu.

Une question de Philippe dissipa la douceur de cette sensation :

« Et vous, Marcienne, vous n'avez pas revu les Caussade?... »

Ne s'attendant pas à ce coup droit, elle resta démontée une seconde ; puis :

« Papa vous a déjà dit que les Caussade ne nous faisaient pas de visites, » répliqua-t-elle de mauvaise humeur, s'en prenant à Philippe de la petite fourberie qu'il lui imposait, et dont, pour comble de malheur, il ne parut pas être dupe.

Aussi saisit-elle avec plaisir l'occasion soudain offerte de s'esquiver.

Le valet de chambre, se glissant discrètement dans la pièce, annonçait à demi-voix :

« On demande mademoiselle de la part de la couturière. »

Et, suivant sa maîtresse qui sortait aussitôt :

« La personne attend dans la chambre de mademoiselle, » ajouta-t-il.

La personne en question attendait debout, le dos tourné à la porte ; un dos étroit, modeste, dans une petite jaquette noire.

Quand Marcienne fut entrée, elle se décida à faire volte-face.

Marcienne alors poussa une exclamation stupéfaite :

« Noémi ! »

XVII

« Eh bien, quoi! dit Mlle Caussade avec son ricanement sec. Est-ce que je vous dérange ?

— Non, certes ; mais je ne m'attendais pas à vous voir ici, vous si prudente !

— Connaissant ma prudence, ma chère, vous pourriez deviner que je ne me suis pas risquée sans des motifs graves et impérieux.

— Il est arrivé quelque chose à ma mère ? s'écria Marcienne.

— Là ! pas tant d'agitation. Vous ne vous illusionnez pas, je pense, sur l'état de santé de votre mère, qui s'est aggravé, naturellement, par le chagrin de ne plus vous voir. Nous avons eu ce matin une consultation ; les médecins sont effrayés des progrès de son anémie et lui ordonnent immédiatement le grand air et le calme. Nous l'emmenons ce soir à Lannemajou.

— Sans que je l'aie revue...

— Ah ! ma chère, ceci ne dépend pas de moi. »

Noémi avait relevé l'épaisse voilette qui, avec sa toque noire et son costume sombre, la rendait presque méconnaissable, facile à confondre avec le premier petit trottin venu. Ses yeux perçants et son rictus sarcastique reparaissaient, tandis qu'elle détaillait complaisamment :

« Votre mère est à quelques minutes d'ici ; vous avez bon pied, bon œil, et, je n'en doute pas, bon cœur ; la distance vous reste toutefois aussi infranchissable que si on vous avait tordu les pieds à la chinoise, ou enfermée dans un harem comme une Mauresque, tant sont tenaces les préjugés par lesquels la société civilisée remplace les moyens de coercition trop primitifs. Et le plus joli, c'est que je n'ose vous conseiller de passer outre, dans votre intérêt ni dans celui de votre mère. »

En écoutant Noémi, Marcienne se cabrait comme un cheval fougueux auquel on fait sentir le mors. Le ferment de révolte bouillonnait au fond de son âme, et, d'un geste impétueux, arrêtant la tirade :

« Je sors, déclara-t-elle. Je vais embrasser maman...

— Ainsi, toute seule ? sans prévenir personne ? La belle histoire que cela va faire,... d'autant plus que vous avez du monde aujourd'hui ! »

Marcienne ne vit pas la lueur haineuse des prunelles de Noémi.

Quel effet son acte d'émancipation produirait-il sur Philippe ? Elle n'avait pas encore songé à cela, et, en y songeant, son ardeur se refroidissait.

Avec colère, elle jeta à l'autre bout de la pièce le manteau qu'elle s'apprêtait à mettre sur ses épaules et s'exclama :

« Jusqu'à quand donc serai-je incapable même de remplir mes devoirs !

— Jusqu'à ce que vous soyez vieille. »

Marcienne eut un furieux haussement d'épaules.

La glace en face d'elle reflétait son visage rose, ses cheveux bruns ébouriffés, sa taille svelte... Combien de temps avant qu'elle ne fût vieille ?

« Ou, acheva Noémi, dont le rictus s'atténua et qui eut l'air de parler sérieusement, ou jusqu'à ce que vous soyez mariée.

— Toujours le mariage ! » soupira Marcienne, qui s'assit d'un air dépité.

Le soleil s'était caché.

Par la fenêtre, la neige à demi fondue paraissait grise maintenant, coulait en gouttes épaisses et sales le long des toits dans les
gouttières, formait
sur le trottoir des
flaques bourbeuses.

Marcienne fut
reprise de sa mé-
lancolie. Comme la
veille, avant l'arri-
vée de Philippe, le
présent redevint
terne, l'avenir s'em-
brouillarda.

« Si vous étiez
mariée, continuait
Noémi insinuante,
vous seriez libre,
au moins relative-
ment. Votre mari,
n'ayant nulle rai-
son de partager de
vieilles rancunes
injustes et féroces,
ne vous empêche-
rait pas de voir
votre mère, lui de-

« Vous ne me disiez pas
qui était
votre hôte, mais je m'en doutais. »

viendrait aussi un appui. Ah! par exemple, il ne faudrait pas tomber sur un séide de votre père, faisant d'avance cause commune
avec lui; le malheur de votre pauvre mère serait complet alors. »

Le cœur de Marcienne se serra.

Chose triste à constater toujours que cette influence de la haine,
mal presque inguérissable, mal contagieux, auquel l'amitié même

sert de canal, que l'on communique à ses partisans, qui a prise sur les natures les plus droites, qui peut rendre acharné contre une femme faible et malheureuse un homme honorable comme M. Lapeyrède, même un homme doux et bon comme Philippe.

Les yeux perçants de Noémi n'avaient pas quitté Marcienne, déchiffrant sur ses traits les réflexions qu'on ne lui communiquait pas.

Marcienne se leva, un peu nerveuse.

« En attendant que je me marie, je veux revoir maman. A Lannemajou, ce sera plus facile qu'ici ; je vais aller à Lannemajou. »

L'audience était terminée, et peut-être n'y avait-il pas besoin qu'on la prolongeât. Peut-être le résultat désiré se trouvait-il obtenu.

Mlle Caussade baissa sa voilette :

« J'ai hâte de rapporter à votre mère cette promesse, qui lui rendra la force de vivre. Ne vous préoccupez pas de ma sortie ; j'espère m'en tirer aussi bien qu'en entrant. Je suis passée par l'escalier de service ; je savais que vous n'aviez pas ici les mêmes domestiques qu'à Lannemajou, et on m'a très bien prise pour la couturière ; on m'a introduite ici tout droit. C'est drôle, n'est-ce pas ? »

Noémi se glissait hors de la chambre de son allure de chat, avec cette prudence féline qui n'excluait pas certaines bravades. Devant le portemanteau elle s'arrêta, et, avant que Marcienne eût pu deviner son intention, saisit entre ses petites griffes le chapeau laissé là par Philippe, le retourna, vit au fond les initiales.

« Vous ne me disiez pas qui était votre hôte, mais je m'en doutais, » prononça-t-elle avec un triomphe rageur qui remit en mémoire à Marcienne les racontars de Mme de Maubrun.

Mais ce souvenir ne l'égaya plus.

Encore une hostilité s'agitant autour d'elle ! encore une complication brochant sur la rude trame de sa vie !

A un léger bruit dans une pièce voisine, Noémi s'éclipsait

inaperçue, protégée jusqu'au bout par la fortune propice aux auda-
cieux, et Marcienne rentra pensive dans le petit salon où Philippe,
debout, attendait, pour prendre congé, la péroraison d'un discours
du sénateur.

Le discours fut assez long pour lui donner, à elle, le temps de
réfléchir et de se résoudre. C'était chose faite quand la parole
revint à Philippe ; mais, avant les adieux :

« Votre robe va donc bien mal, Marcienne ? dit-il avec son air
narquois de tout à l'heure.

— Pourquoi ? fit-elle un peu ahurie.

— Cette séance de couturière paraît vous avoir laissé de telles
préoccupations... »

Derechef elle maudit la perspicacité de Philippe ; puis, brusquement, elle se résolut à profiter de l'occasion qui s'offrait.

« Vous n'y êtes pas. Ce qui me préoccupe, c'est le voyage
à Lannemajou. Vous m'avez donné le mal du pays. L'envie me
prend d'aller passer les vacances là-bas.

— A présent ! s'écria Mademoiselle avec une vision inquiétante
de malles faites à la diable, de livres empilés, de papiers perdus,
d'études laissées en suspens.

— Souvent femme varie ! prononça le sénateur, trop habitué
aux caprices de sa fille pour s'en étonner et assez enclin à favoriser
celui-là. Sans adieu donc, mon cher Philippe ; car, en partant ce
soir, vous nous précéderez de peu. »

L'assurance de ce prochain revoir laissa Philippe plutôt froid.
S'inclinant devant Marcienne :

« Vraiment, dit-il avec une nuance d'incrédulité railleuse, est-ce
bien à moi que revient tout l'honneur de ce revirement si complet
et si prompt ? Je ne serai pas assez fat pour le croire. »

XVIII

Chacun célèbre les fêtes à sa manière.

Pour l'abbé Cazauran, les solennités pascales se manifestèrent par une recrudescence de travail.

La sonnette du presbytère y rendit sa dernière vibration. Point n'était besoin, du reste, d'un appel pour arracher le digne homme à son repos, car il n'en goûtait plus ; sans cesse sur la brèche, à l'autel, dans la chaire, dans son confessionnal surtout, procédant à grands coups de balai au nettoyage annuel des consciences.

Formidable besogne, plus formidable que jamais ! Jamais, positivement, on n'avait fait autant de péchés à Lannemajou que cette année-là, avec les mauvais journaux répandus à profusion, les nouveaux cabarets qui s'ouvraient, l'éclaircissement progressif du bataillon sacré des anciens, défenseurs des vieux principes, et que leurs fils ne remplaçaient pas. Jusqu'à la pauvre demoiselle de Lannemajou, si impuissante, si inutile en apparence, qui laissait un vide. A la voir passer, décrépite et minable, toujours digne cependant, avec ses petites manières accortes d'autrefois, trouvant encore dans sa vaillantise de bonnes paroles, voire même un secours à donner, tous recevaient une belle leçon de résignation chrétienne, et l'on n'osait plus geindre sur son propre sort. Les convoitises désarmaient, les haines sociales cherchaient vainement prise.

L'intronisation des Caussade en son lieu et place avait changé la face des choses.

Ceux-ci, mère et enfants s'entend, — car le père Caussade ne

Entre les capes paysannes, une fine silhouette se faufilait.

comptait guère, — n'affichaient point de préjugés. Ils en tenaient pour le renversement de tout ce qui leur était supérieur, pour la suppression de tout ce qui les gênait, en communion d'idées à ce point de vue avec les avancés du pays.

Là, par exemple, s'arrêtaient leur libéralisme et leur libéralité, deux mots se ressemblant par la consonance, mais dont le sens diffère essentiellement. « Chacun pour soi, » ils gardaient la vieille devise, se bornant à retrancher : « et Dieu pour tous. » Muni de ses droits, — des plus vains et des plus dangereux surtout, — le prolétaire n'avait plus rien à réclamer. L'assistance prenant couleur de protection eût préjudicié à son indépendance, blessé son légitime orgueil, et les malheureux trouvèrent bientôt le château pompeusement restauré, moins hospitalier, somme toute, que le manoir délabré de jadis. Le fumet montant des cuisines s'ajouta seul à leur pain noir, et le plaisir de voir Noémi et sa mère rouler en grand équipage ne diminua pas sensiblement leur fatigue.

De ces monceaux d'écus prestigieux, sur lesquels toutes les imaginations gasconnes spéculaient au début, on n'eut guère que le tintement.

Bien mieux, ne faisant la fortune de personne, les Caussade trouvèrent moyen d'accroître la leur, de gruger même ce pays pauvre. Jouant serré avec des petits propriétaires gênés, toujours sous le coup d'une expropriation, ils purent acquérir à vil prix les terres constituant leur nouveau domaine. On sentait en eux comme une main invisible planant au-dessus du bien d'autrui, toujours prête à saisir ce que le hasard lui permettrait de prendre ; et pourtant, par une de ces anomalies fréquentes dans le peuple, en les estimant peu, en les aimant moins encore, on ne laissait pas de subir leur influence. Cette fortune dont ils jouissaient cyniquement excitait l'admiration avec l'envie. On aurait voulu être à leur place, et, faute de pouvoir atteindre aux mêmes résultats, on essayait toujours des mêmes moyens. Les jeunes gens du village copiaient de leur mieux les façons de William Caussade et s'émerveillaient de ses aventures. Les bonnes femmes, voyant la dame du château ne pas se gêner quand ses intérêts étaient en jeu, se faisaient moins de scrupule de vendre les denrées trop cher ou de mettre un peu trop d'eau dans leur lait.

Ce furent donc les Caussade que le pauvre abbé Cazauran confessa par procuration cinq cents fois peut-être en cette terrible semaine sainte. Il en avait l'esprit las et le cœur meurtri, quand vint le samedi soir.

Depuis l'aurore, les pénitentes se succédaient à son guichet : une longue théorie de capes noires, sous lesquelles, en s'approchant, on sentait l'ail. De temps en temps, le défilé s'interrompait ; le sacristain avait frappé un coup à la porte du confessionnal, et le bon curé se précipitait hors de sa boîte vers la sacristie, où un homme demandait son ministère ; un homme moins patient que les femmes, qui, lui, si on le faisait attendre, s'en irait peut-être et ne reviendrait pas.

La petite église se faisait déjà obscure. C'était le dernier délai pour les endurcis, l'heure préférée de ceux que retient une mauvaise honte. Cette ombre du soir symbolisait, rendait en quelque sorte plus sensible cet éternel mystère de la confession où s'ensevelissent les aveux. Deux conseillers municipaux des plus récalcitrants venaient de s'exécuter, et le curé regagnait son confessionnal, quand une nouvelle apparition acheva de le réjouir.

Entre les capes paysannes, une fine silhouette se faufilait.

Sa petite Marcienne était arrivée de Paris, l'enfant qu'il avait baptisée, catéchisée, dont il continuait à diriger l'âme, aussi blanche qu'au jour de la première communion.

A peine quelques grains de poussière à en balayer, de cette poussière du monde qui, hélas ! pénètre partout.

Ce ne serait pas long...

Le tour de Marcienne venait.

« Commencez, mon enfant..., hâtez-vous. »

Le curé prêta une oreille indulgente au refrain connu des péchés tout petits, tout véniels.

Soudain une fausse note le fit tressaillir.

« Et puis, mon Père, j'ai menti... »

La voix de Marcienne hésita à cet aveu redouté, dont le prêtre ne comprit pas d'abord toute l'importance.

« Menti ? reprit-il. En riant, involontairement, pour enjoliver un peu la vérité ? Une habitude de chez nous..., une déplorable habitude.

— Non, exprès, en matière grave, à tout le monde, tous les jours... Et je devrai continuer à mentir encore, même à vous ; je ne puis dire pourquoi, mais c'est pour une bonne cause. »

Devant cet écheveau qu'il n'avait pas le temps de débrouiller, le curé s'arma du double tranchant de la sagesse humaine et de l'inspiration divine.

« Une bonne cause ne peut produire de mauvais effets. On connaît l'arbre à ses fruits. »

Et, refermant la grille :

« Allez en paix, ma fille, et ne mentez plus. »

.   .   .   .

Marcienne médita ces paroles, mais sans pouvoir les appliquer à son cas trop spécial. Les règles communes ne visent pas les héroïnes, et n'était-elle pas une héroïne de l'amour filial ?

Il lui en coûtait assez cher !

Comme, ses prières terminées, elle se disposait à sortir, quelqu'un encore, traversant l'église, passa devant elle qui ne la vit pas, mais qu'elle reconnut.

« Philippe vient aussi se confesser ! »

Il venait parmi ces humbles, humblement comme eux, s'agenouiller devant ce pauvre prêtre de campagne, lui découvrir jusqu'au fond de son âme. Où donc était cette orgueilleuse indépendance, cette morgue qu'on lui reprochait si amèrement ? Cette foi, sincère et touchante, comment s'alliait-elle à la dureté du cœur dont témoignait sa conduite envers Mme Lapeyrède ? Marcienne eut envie de se lever, d'aller à lui, et, devant ce Dieu qu'il invoquait, de lui crier :

« Puisque vous êtes chrétien, rendez justice à ma mère, venez-lui en aide. »

Mais le poids du secret à garder l'accabla encore, la tint à sa place, frémissante du regret d'une occasion manquée. En ce moment, si Philippe eût été logique avec lui-même, il ne serait pas resté sourd à l'obligation de pardon et de miséricorde que

Mme Lapeyrède, elle, ne comprenait pas, car Marcienne le savait bien; trop douce pour la heurter de front, sa mère lui avait laissé voir qu'elle ne partageait point ses croyances; sa mère n'avait pas de religion! Dans son âme, le grand ressort manquait ou était brisé, et voilà pourquoi cette âme s'en allait égarée, à la dérive, sans régulateur et sans soutien.

« Pauvre maman! » se dit la jeune fille, pleine d'une pitié nouvelle.

. . . .

Le jour de Pâques avait lui radieux, vrai jour de résurrection et d'espoir.

En ce commencement d'avril, le printemps précoce du Midi ouvrait déjà les lilas et les roses. A la messe du matin, les autels étaient fleuris comme à la Fête-Dieu, et dans le parc de Lanne-majou les têtes vertes des charmes et des tilleuls, auprès des têtes noires des sapins, se balançaient sur le ciel bleu saphir au souffle de la brise d'Espagne.

Ce n'était cependant pas l'été, ou mieux c'était, en même temps que l'été, le printemps encore, la jeunesse avec l'épanouissement, la grâce avec la beauté. Ce souffle chaud, venu par-dessus les hautes cimes des Pyrénées, à travers les piñadas et les landes couvertes de genêts, gardait une pureté vivifiante; les premières fleurs des plates-bandes montraient une fraîcheur et un éclat particuliers; et Marcienne, en reprenant possession de son domaine, pouvait se croire bien loin de Paris par la distance et aussi par le temps. Est-ce que des semaines, des mois, ne la séparaient pas des jours pluvieux, froids et gris de là-bas, des jours d'incertitude et d'angoisse!

Tandis qu'elle se promenait ainsi, rêveuse, baignée dans ces effluves d'avril, un souvenir ou un rêve germant à chacun de ses pas sur ce sol natal, les cloches se mirent à tinter; les cloches dont son oreille n'aurait confondu le son avec aucun autre, voix familières et berceuses de son enfance.

Mais elle ne devait pas écouter leur appel.

M. Lapeyrède sortit de la maison, enredingoté, avec son chapeau à huit reflets, et s'écria scandalisé :

« Comment ! tu n'es pas prête ? Hâte-toi et rejoins-nous. »

Sans attendre l'adhésion de Marcienne, craignant de manquer son entrée à l'église, il s'achemina entre les marronniers, se retournant bénévolement pour surveiller et rappeler à l'ordre Mademoiselle, qui le suivait avec piété, mais avec distraction.

A distance respectueuse, les domestiques s'échelonnaient, endimanchés pour le plus grand dimanche de l'année, se mêlant aux groupes compacts de paysans affluant vers l'église. Ceux mêmes qui manquaient ordinairement la messe n'auraient pas voulu ce jour-là manquer les vêpres. Plus personne à la maison, presque plus personne au village. Marcienne avait compté là-dessus, et, vite maintenant, elle sortait à son tour, prenant la direction opposée à celle que les autres avaient suivie : la petite traverse rejoignant le petit sentier à pic, par lequel, avec un peu d'agilité, on grimpait en quelques minutes au château de Lannemajou.

. . . .

Arrivée la veille, Marcienne n'avait pu encore voir sa mère.

La trouverait-elle plus malade ? Les dames Caussade, aperçues le matin à l'église, lui avaient fait en sortant un petit signe qu'elle n'avait pas bien compris. Elle aurait voulu leur parler ; mais son père l'avait entraînée, passant auprès des voisines avec un salut sec et remarquant ensuite que rencontrer ces gens-là ici lui causait un sensible mécompte ; ce à quoi elle s'était gardée de répliquer, de peur de compromettre la fugue dont le programme se trouvait déjà arrêté dans sa tête.

Sans que ce programme eût pu être communiqué aux Caussade, on aurait dit qu'ils le connaissaient dans les moindres détails.

Un « hou ! » formidable signala l'apparition de Marcienne sur leur territoire, et de derrière un massif surgit la forme colossale de

William, en même temps que se profilait la chétive silhouette de Noémi dans le large cadre de la porte d'honneur.

Tous deux s'élancèrent, et, prenant l'arrivante entre deux feux :

« Ah ! il était temps ! » clama William, tandis que la sœur silencieuse remettait ses petites griffes sur le bras de Marcienne, et, rien que par l'autoritarisme de cette étreinte, laissait pressentir une conjoncture grave et pressante.

Dans le hall seulement, en tête-à-tête, Noémi consentit à s'expliquer.

« Je ne dois pas vous le cacher, votre mère est très mal. Allons, du calme. N'exagérons rien ; contentez-vous de prendre ce que je vous dis au pied de la lettre. On conserve l'espoir de la sauver, la certitude même ; mais il faut une opération que les médecins croyaient pouvoir éviter jusqu'à ces derniers jours, qui devient à présent indispensable et urgente. »

Douée d'une vigueur exceptionnelle, Marcienne ne se trouvait guère plus experte dans les misères de santé que dans les embarras d'argent, et n'en était que plus impressionnée.

« Une opération ! »

Le hall avec ses draperies de bazar, ses rocking-chair d'hôtel, sa bimbeloterie exotique, parut tourner autour d'elle pendant qu'elle écoutait les précisions techniques, données par Noémi avec un beau sang-froid, et où revenaient complaisamment les mots de suture, d'ablation, de chloroforme et de bistouris.

« Puis-je voir ma pauvre maman ? demanda-t-elle frissonnante, comme au passage de l'acier dans sa chair.

— Certainement. Vous la trouverez bien résignée, bien courageuse. Elle ne se préoccupe que de vous. »

Bouleversée d'émotion, Marcienne pénétra dans la chambre de la malade, s'approcha de sa mère, la regarda.

Le visage flétri sous son masque de poudre ne montrait aucune altération sensible ; mais l'attitude dolente de Mme Lapeyrède sur son fauteuil garni d'oreillers suffit à confirmer les pires inquiétudes de Marcienne.

Avec effort, la pauvre femme se tourna vers sa fille, et, d'une voix qui n'était qu'un souffle :

« Enfin, je te revois avant de mourir, dit-elle. Je n'espérais pas autant.

— Maman ! chère maman ! » s'écria Marcienne, oppressée à ce reproche qui eût percé l'âme de toute enfant dévouée.

Et elle s'en faisait un autre plus rude encore. Non, pas même devant cette souffrance, à ces paroles sinistres, elle ne s'émouvait jusqu'au fond.

Prompte en ses variations, il lui sembla passer du rôle d'héroïne de l'amour filial à celui de fille dénaturée. Elle s'assit, honteuse, la tête basse, cherchant, ne trouvant pas les paroles qui auraient dû jaillir de son cœur, ses remords s'avivant par cette plainte douce qui continuait.

« On va tenter cette opération. Je laisse faire à cause de ces bons amis si dévoués à mon triste sort ; mais je n'en espère qu'à moitié, je n'en souhaite même pas la réussite.

— Oh ! maman...

— Eh, mon enfant, songes-y donc ; à quoi sert ma vie ? Quelle sera cette vie si elle se prolonge ? »

Mme Lapeyrède se soulevait, fiévreuse. Elle repoussa les mains de sa fille tendues vers les siennes.

« Laisse-moi achever ce que j'ai à dire. Si faible et ignorante que je sois, je commence à connaître le malheur, tu me l'accorderas, tous les malheurs ; Et le plus affreux, vois-tu, c'est de se sentir inutile, bien plus, nuisible aux autres : une charge morale pour toi, matérielle pour mon excellente amie ; car, tu sais, mon argent de Boston n'est pas arrivé encore. »

Marcienne depuis longtemps ne songeait plus à l'argent de Boston, y songeait à présent moins que jamais. L'animation subite de sa mère la terrifiait. Quel degré de fièvre exaltait ainsi le tempérament nonchalant de Mme Lapeyrède ?

De nouveau elle voulut lui prendre la main, et fut encore repoussée.

« Alors, poursuivait Mme Lapeyrède, William Caussade va devoir payer les billets qui viennent bientôt à échéance, puis se charger encore de tous les frais de ma maladie. Oh ! il le fait de grand cœur, et il en a le moyen ; mais accepter tout de qui ne vous doit rien, rester éternellement l'hôte d'un foyer ami, si large qu'on vous y fasse la place, c'est dur, tu t'en rends compte. »

Marcienne s'en rendit si bien compte, que ses lèvres se serrèrent de dépit, et brièvement, avec une sourde irritation :

« N'avez-vous donc pas votre place auprès de votre fille ? Pour pouvoir l'occuper, il suffit d'un mot. Permettez-moi seulement de dire que j'ai une mère...

— Me dénoncer à ton père...? toujours la même solution ! la seule que tu aies pu trouver avec ton intelligence et avec ton cœur ! J'avais espéré mieux. »

La fièvre devait augmenter. Mme Lapeyrède rougit sous son fard. Sa voix, tout à l'heure si faible, reprit un accent mordants.

« J'avais espéré de ton dévouemont filial les mêmes inspirations que me suggère ma tendresse maternelle. Et c'est pour toi plus que pour moi, ma pauvre petite, que je souhaitais te voir assurer ton bonheur en même temps que mon repos. Si tu m'avais aimée, Marcienne, tu aurais songé à nous donner à toutes deux un refuge et un protecteur : à te marier. »

Machinalement, Marcienne releva la tête et jeta un coup d'œil autour d'elle.

Est-ce que Noémi n'était pas là ?

Non. Quelque chose d'elle pourtant s'y retrouvait. Noémi déjà avait émis cette idée de mariage qu'aujourd'hui Mme Lapeyrède reprenait pour son compte, sans se douter que pour une fois elle était d'accord avec son mari aussi.

Mais combien ils eussent différé sur l'application ! Et Marcienne envisageait cette divergence en répondant :

« Me marier, ce sera bien difficile.

— Pourquoi ? »

Mme Lapeyrède s'accoudait à son fauteuil. C'était l'amour maternel sans doute qui galvanisait sa faiblesse, qui mettait cette
lueur blanche dans ses prunelles ternes et lui donnait cette nouvelle décision de langage.

« Pourquoi, répéta-t-elle, ne se trouverait-il pas un homme
de cœur capable de t'aimer et de me plaindre, un homme assez
épris pour ne pas considérer les obstacles, assez fort pour les briser ? Es-tu bien sûre qu'il ne se soit pas trouvé déjà ? »

Le cœur de Marcienne battit à se rompre, comme il n'avait
jamais battu, même aux révélations du sénateur. Ce n'est pas aux
pères, c'est aux mères qu'appartient le don d'une divination sur-
naturelle. Sa mère allait-elle prononcer un mot, un nom, jeter
une clarté dans les profondeurs de son âme à elle-même insondables ?

Déjà le regard pénétrant de Mme Lapeyrède surprenait son
angoisse. Les lèvres pâles eurent un sourire en murmurant :

« N'as-tu pas deviné sur ton chemin un dévouement infatigable, une affection si désintéressée qu'elle n'ose même se laisser
voir ? Allons, tu devines de qui je veux parler. De ce pauvre
William.

— Quelle horreur ! »

Marcienne avait sauté sur ses pieds, comme un diablotin dont
on toucherait le ressort.

La malade, l'opération, tout disparaissait pour elle, et, ce qui
était plus singulier encore, pour Mme Lapeyrède redressée elle
aussi, en proie à une violence de déception qui ne le cédait en rien
à celle de sa fille.

« Insensée ! balbutia-t-elle, c'est ainsi que tu envisages notre
seul espoir de salut, la seule manière dont tu puisses me prouver
ton affection ? Où as-tu une raison de mépriser cet être excellent,
sinon dans les stupides préjugés dont tu as été imprégnée dès le
bas âge ? »

« Maman, je vous en supplie, ne parlons plus de cela. »

A temps, Marcienne s'était souvenue du caractère enfantin de sa mère, de son état maladif, de sa terrible situation. Il ne fallait pas lui en vouloir si des influences pressantes et continues triomphaient de sa faiblesse, lui faisaient perdre la notion des choses, même du bien et du mal, quoique, à vrai dire, Marcienne n'eût jamais cru que, lorsqu'il s'agissait de sa fille, une mère pût perdre cela.

« Excusez-moi, maman, reprit-elle avec autant de calme qu'il lui fut possible d'en trouver. Je n'ai voulu humilier personne. M. William Caussade est, je n'en doute pas, fort honorable ; mais il le serait encore plus s'il s'était abstenu d'une prétention un peu trop insolente. »

La colère reparaissait dans l'ironie, martelait dédaigneusement les phrases, donnait à chaque mot la valeur de l'irrévocable.

« Les Caussade, reprit-elle, peuvent être pour nous des amis ; on a des amis dans toutes les classes et dans toutes les opinions. Mais je suppose que jamais vous n'avez sérieusement songé vous-même à faire entrer dans votre famille des gens qui ne sont ni de notre monde, ni de notre pays, ni de notre religion, — car ils n'ont même pas de religion, — M. William moins que les autres.

— Ah ! la religion ! » s'écria Mme Lapeyrède avec un de ces éclats aigus qui avaient souligné jadis le nom de son mari et de Philippe.

Puis, tout aussitôt, mettant la sourdine, retombée sur ses oreillers, lasse et douce :

« Je ne nierai pas les infériorités de mon pauvre William, concéda-t-elle ; mais il a un avantage que tu oublies, le plus enviable pourtant à notre époque : la fortune ! ».

Sous ses paupières demi-closes, ses yeux se rallumèrent.

Et elle répéta :

« Une immense fortune auprès de laquelle la tienne n'est rien, pauvre enfant ! Le père Caussade adore son fils, et, s'il est économe pour le présent, c'est qu'il se réserve pour l'avenir. Le jour

de son mariage, William aura deux millions, le double ou le triple
un jour. Tu vivras comme une reine, avec ton mari pour esclave.
Crois-en mon expérience, va! ne me parle pas de ces hommes à
principes et à caractère, rebelles à nos fantaisies, voulant être les
maîtres et nous réduire au rôle de ménagères et de bonnes d'enfants. Le luxe, la domination, voilà le bonheur pour une femme! »

La mère et la fille n'avaient pas le même idéal. Tandis que les
traits de Mme Lapeyrède s'irradiaient, ceux de Marcienne eurent
une contraction de dégoût.

Dominer un être qu'on méprise, jouir d'un luxe odieux puisqu'il viendrait de lui!...

Et, incapable de se maîtriser davantage :

« Quelle horreur! répéta-t-elle avec une nouvelle fougue,
quelle horreur!... Maman, je vous en supplie, ne parlons plus
de cela.

— Non, n'en parlons plus. D'abord, je ne pourrais pas... »

La tête de Mme Lapeyrède retomba en arrière, et, d'une voix
éteinte :

« J'ai oublié que j'étais une mourante, ma pauvre enfant, et tu
l'as oublié aussi; sinon, tu ne m'aurais pas ôté si rudement mon
dernier espoir.

— Maman...

— Tais-toi. Tout ce que je te demande, c'est de réfléchir jusqu'à ta prochaine visite; car tu reviendras... bientôt, n'est-ce pas?
Ici, personne ne se doute de rien; ce pauvre William lui-même
ignore que j'ai deviné son secret. Cela vaut mieux ainsi!

— Beaucoup mieux! » acquiesça volontiers Marcienne.

. . . .

Cette ignorance générale était-elle aussi complète qu'il plaisait
à Mme Lapeyrède de se le figurer? Les murs du château de Lannemajou n'avaient-ils point d'oreilles?

Lorsqu'en sortant de chez sa mère Marcienne retrouva Noémi,
le petit minois grimaçant de Mlle Caussade lui parut plus désagréable

qu'à l'ordinaire, sa parole plus sèche, toute sa personne empreinte d'une hostilité contenue.

« Eh bien ! dit-elle, vous avez dû réconforter votre mère ? Vous la laissez plus tranquille, mieux préparée aux nouvelles tortures qu'elle va subir ? »

Le même frisson que Marcienne avait eu au premier mot d'opération la reprit, et tout le reste s'effaçant à son tour :

« Ce sera donc bien affreux ? » murmura-t-elle.

Noémi haussa les épaules.

« Je ne sais pas ; ça dépend du chirurgien. Celui de Bordeaux ne m'inspire qu'une demi-confiance.

— Mais, au nom du ciel, qu'est-ce qui empêche d'en faire venir un autre de Paris ? un bon, le meilleur ?

— Ce qui empêche, ma belle enfant, » commença Noémi avec son ricanement.

Elle s'interrompit.

« Chut ! voilà papa. »

En reconduisant Marcienne, elle lui faisait traverser l'enfilade éblouissante des appartements de réception ; et le père Caussade qui sortait de sa serre, surpris au passage, s'effaçait d'un air timide et gauche.

L'obstacle était franchi, Noémi reprit :

« Tel que vous le voyez, il est tenace et serré. C'est lui qui a la bourse, et pas moyen de grappiller grand'chose. Alors, vous comprenez ; un chirurgien de Paris nous demanderait gros.

— Combien ? dit Marcienne brièvement.

— Pas moins de dix mille francs. »

Noémi continuait à l'escorter.

Après un moment de silence :

« C'est à moi de donner ces dix mille francs, reprit Marcienne. Voulez-vous que je signe encore un papier ? »

Noémi eut un geste de mépris.

« Nous aurons déjà assez de peine à payer les premiers billets, car c'est nous qui devrons les payer, puisque l'argent de Boston n'arrive pas. »

Le petit chemin qu'elle prenait pour redescendre parut à Marcienne pavé d'aiguilles et semé d'orties. Quelque dédain qu'elle professât tout à l'heure pour l'argent, elle aurait bien voulu en avoir beaucoup, tout de suite, pour le jeter à ces mains qui le réclamaient. Et son malaise s'augmenta encore lorsqu'elle vit, à quelques pas en arrière, reparaître William Caussade, qui souleva son feutre d'un air sentimental et mélancolique.

Là se bornèrent heureusement ses avances. Édifié sur le succès de ses galants propos et augurant mieux d'une fascination à distance, il se contenta de suivre de loin les jeunes filles.

Tout à coup Marcienne se rapprocha de sa compagne, et, prise d'une subite inspiration :

« Écoutez, Noémi, dit-elle. Si je n'ai pas dix mille francs, j'ai quelque chose qui vaut bien davantage : mes bijoux.

— Peuh ! des bijoux de jeune fille !

— Non, ceux de grand'mère. Cela me ferait bien de la peine de les vendre ; mais puisque c'est pour maman, je ne dois pas hésiter. »

Son esprit, troublé à la pensée de la profanation, se raffermissait.

Noémi lui donna un autre encouragement :

« On pourrait se borner à les engager, si la valeur est suffisante. Je m'y connais un peu ; montrez-les-moi.

— C'est bien facile. Nous voilà tout près de la maison, je vais aller les chercher.

— Il est plus simple encore que j'aille les voir, » déclara Noémi.

Et au mouvement embarrassé de son interlocutrice :

« Quoi donc, ma chère ? se récria-t-elle aigrement. A Paris, mes visites risquaient de donner l'éveil sur nos petits trafics ; mais ici, la reprise de nos habitudes de bon voisinage ne peut étonner personne, ni, je pense, vous être à charge ! »

Divulguer les dispositions peu flatteuses du sénateur était tâche malaisée. Marcienne laissa donc Noémi trottiner à ses côtés dans l'avenue, qui jamais ne lui avait paru aussi longue, s'applaudissant encore de voir William s'arrêter à la grille et y demeurer en planton.

Sans encombre, les deux jeunes filles atteignirent la maison et montèrent chez Marcienne.

« Tiens ! je n'étais jamais venue ici ! » s'exclama Noémi en entrant.

Qu'elle y vînt ne fut nullement agréable à Marcienne.

La chambre de Lannemajou n'était pas, comme celle de Paris, un joli logis de passage, un de ces nids confortables qui se font vite, s'habitent une saison, se quittent sans retour et sans regrets.

C'était son vrai chez elle, toujours connu ; plus qu'une propriété personnelle : un asile familial, presque un sanctuaire, où elle retrouvait la trace des aïeules, où elle laisserait la sienne ; et les regards inquisiteurs de Noémi lui semblaient déflorer ces reliques touchantes ou gracieuses qui ornaient les murs, qui s'accumulaient sur les meubles et sur les étagères ; le Christ devant lequel grand'-mère priait, le bénitier où ses doigts puisaient chaque soir, les blanches statuettes de la Vierge et des saints préférés, la Jeanne d'Arc de bronze. Et les vieilles gravures ! Henri IV et ses enfants, la Marie-Antoinette au Temple, le sacre de l'empereur, tout le passé d'une vieille race identifié aux tristesses et aux grandeurs de la vieille France avec laquelle ces nouveaux venus, étrangers de sang et de cœur, n'avaient rien à voir.

Noémi s'était arrêtée devant le pastel.

« C'est votre mère ! On la reconnaît encore. »

Ses remarques avaient toujours un arrière-goût de raillerie. Sans doute, tandis que ce pli sarcastique se dessinait sur ses lèvres minces, elle faisait le parallèle entre cette image et ce qu'était devenu l'original ; et Marcienne le fit aussi, mais avec un serrement de cœur. Comment si vite, comment jamais le blond visage

éclatant de fraîcheur et de naïve jeunesse avait-il pu faire place
à cet autre visage tourmenté, marqué de rides précoces? Comment
surtout ce regard doux et bleu, posé sur les têtes des petits frères
et petites sœurs, n'avait-il pas gardé au moins son rayonnement
de tendresse maternelle

Pour abréger, elle alla à son secrétaire et en tira une

En un clin d'œil Noémi avait vidé la cassette.

grande cassette en bois des îles qui l'accompagnait partout.

« Voilà les bijoux. »

Elle introduisit une clef mignonne dans la vieille serrure à
secret; puis, l'un après l'autre, elle prit les écrins, les ouvrit, et,
d'une voix un peu saccadée, répéta :

« Voilà! »

Et, ce faisant, elle songea à une autre exhibition, celle des
bijoux de Philippe à Capléon. Mais que c'était différent! Avec
quelles mains respectueuses, quels yeux caressants ils effleuraient
tous deux ces précieuses petites choses d'autrefois, voyant dans
chaque pierre étinceler une pensée, s'enrouler à chaque anneau
un souvenir qu'un attouchement brutal eût mis en fuite! Et Mar-

cienne ne put s'empêcher de tressaillir quand les griffes de Noémi s'abattirent soudain sur l'aigrette, la belle aigrette portée par grand'mère à ce fameux bal des Tuileries, où, la plus jolie des danseuses, elle avait été choisie, en dehors de tout protocole, par le duc d'Orléans pour son premier quadrille.

« Les diamants sont bien petits, opina dédaigneusement Noémi; cependant, comme il n'y en a pas mal, on pourra peut-être en tirer quelque chose. Et puis, vous avez d'autres parures. »

En un clin d'œil elle avait vidé la cassette, tout examiné, tout soupesé, tout flairé; car son nez mince et busqué s'allongeait en même temps que luisaient ses prunelles noires. Puis vivement elle referma les écrins.

« Nous allons voir ce qu'on voudra prêter là-dessus. »

En un clin d'œil encore, tout disparut dans sa poche, dans son corsage, dans les replis mystérieux des vêtements qui capitonnaient son corps décharné, dans le manteau qu'elle portait sur son bras, et, au fond de la cassette, il ne resta plus qu'un petit étincellement vers lequel se tendait encore sa main avide.

« Oh! ceci n'a pas de valeur, » murmura Marcienne.

C'était la chaîne de Philippe, et on eût dit que Noémi le devinait.

« Cela paraît en avoir du moins pour vous, ma chère. Au point de vue du sentiment, sans doute. Ah! ah! toucherais-je juste? Vous vous rebiffez? Bien. Je continue l'épreuve. Si c'est un gage d'amour, vous le réclamerez. »

Marcienne ne réclama pas; mais, en voyant la chaîne s'enrouler au poignet de Noémi, une révolte la secoua, maîtrisée à temps.

Si les façons de Mlle Caussade étaient déplaisantes, ses intentions n'en demeuraient pas moins bonnes.

« Je vais envoyer tout ça à Bordeaux par William, reprit-elle de son ton sérieux, et nous verrons ce qu'on voudra prêter. Ce sera suffisant, j'espère, et nous dégagerons dès que l'argent de

Boston arrivera. Vous ne dites donc qu'au revoir à toutes ces jolies breloques... et à moi aussi. »

Elle descendait, et, entendant en bas des voix :

« Ah! mais, dit-elle, on est rentré! Il faut que je fasse mes salamalecs à votre père. Pour qui me prendrait-on, si je me sauvais comme une voleuse, surtout avec tout ce butin? »

Elle rit de sa plaisanterie et délibérément entra dans le salon.

« Bonjour et bienvenue, notre aimable voisin! »

A cette salutation inattendue et familière, M. Lapeyrède tressauta dans la bergère où il faisait majestueusement vis-à-vis à Mme de Maubrun, venue en visite après les vêpres.

La présence de celle-ci n'intimida pas Noémi davantage.

« Quelle bonne fortune de vous rencontrer, chère madame! »

A Mme de Maubrun, la chance parut moindre. Avec les plus fines nuances de la diplomatie, son accueil marqua, depuis l'an dernier, un refroidissement notable. Les quelques espérances fondées au début sur les Caussade avortaient, et ils ne lui paraissaient plus mériter à présent que le strict nécessaire de la politesse.

Après quelques minutes de conversation froide Noémi partit, et tout aussitôt le sénateur éclata :

« A-t-on jamais vu pareille impudence? et de ta part, Marcienne, pareil défaut de mémoire ou de déférence? A diverses reprises, je te fis notification de mon absolue volonté de mettre fin à des relations que j'eusse dû proscrire à leur naissance. Et c'est toi-même qui te fais l'introductrice de cette jeune personne!

— S'il ne s'agissait encore que de la jeune personne! » soupira Mme de Maubrun avec un signe d'intelligence au sénateur.

Elle lui rappelait probablement l'objet de leur précédent entretien, et M. Lapeyrède fut repris d'une nouvelle indignation.

« Oui, outre tous les inconvénients inhérents à sa société, elle a encore un frère, cette effrontée, un frère qu'elle se permet de laisser de planton à ma grille et dont tu tolères l'ingérence, sans même te préoccuper des réflexions que peut suggérer au public

cette association disparate et continue; réflexions qui, sache-le
à ta honte, ont pu s'aventurer jusqu'à des suppositions matrimoniales! »

Il s'arrêta, suffoqué.

Les joues de Marcienne étaient en feu, et Mme de Maubrun, qui
avait cru la réprimande utile, la jugea suffisante.

« A l'âge de Marcienne, il est permis d'ignorer ce qu'est la
malveillance, et cette ignorance même est un des charmes de ces
chères enfants, » reprit-elle, passant à un sujet agréable par une
de ces habiles transitions dont elle avait le secret.

Et s'attendrissant :

« J'ai toujours aimé de prédilection les jeunes filles. M'occuper
d'elles est un repos, comme un retour à ma propre jeunesse, et,
à l'occasion de Pâques, je me suis souvenue d'un usage allemand
qui m'avait beaucoup plu quand j'étais à Dresde, et qui, je l'espère, amusera mes petites amies. Pour chacune, j'ai décoré un
œuf. Oh! ce n'est pas une œuvre d'art. Le piquant, s'il y en a un,
c'est que sur chaque œuf j'ai peint un oiseau différent, l'oiseau qui
m'a semblé pouvoir servir d'attribut à la destinaire : une colombe
pour la petite d'Orpignon, qui entre au couvent; un rossignol pour
la petite Chevandier, qui chante si bien; un pinson pour cette
gentille petite de Lassèges, qui rit toujours. Je venais apporter à
Marcienne le sien.

— Voyons, mon oiseau, » dit Marcienne flairant une malice.

Mme de Maubrun, avec précaution, tira l'objet de son sac à
main, et, enlevant le papier de soie :

« Un petit coq en colère, dit-elle, qui se dresse sur ses ergots,
qui lève sa crête, qui chante haut...

— Mais qui chante clair! » déclara complaisamment le sénateur, ayant déjà oublié les méfaits de sa fille.

Par prudence, Mme de Maubrun se crut tenue encore à un
rappel, et, comme il la reconduisait à sa voiture :

« Si j'avais peint un œuf pour la petite Caussade, dit-elle avec enjouement, j'aurais aisément trouvé son emblème : j'aurais peint un épervier. Avez-vous remarqué son nez crochu? »

. . . .

L'épervier, qui tenait aussi un peu de la pie voleuse, avait regagné son aire, et les pauvres bijoux de grand'mère, si long-temps endormis sur leur lit de velours fané, passaient à présent de main en main. Mme Lapeyrède les essayait l'un après l'autre; Mme Caussade les flairait comme l'avait fait sa fille, avec le même nez crochu, entre les mêmes prunelles convoiteuses. Noémi avait gardé la chaîne à son poignet, et tout à coup, en la revoyant, elle éclata de son rire sournois.

« Il ne faut pas, pour ces vétilles, oublier les choses impor-tantes. Ah! mon pauvre William, tes affaires ne vont pas toutes seules. Mais bah! ce qu'on ne fait pas par plaisir, on le fait par force. Il s'agit de brusquer le dénouement. Dans trois jours, le grand coup. En attendant, moi qui ai quelque talent de calligraphie, je vais écrire la lettre pour Capléon! »

XIX

Les derniers jours d'un condamné qui ne se saurait pas condamné ressembleraient fort aux jours ordinaires. Ainsi le délai accordé à Marcienne s'écoula on ne peut plus paisiblement. Les Caussade ne donnaient pas signe de vie, ce dont elle ne s'étonna pas, leur système ou la marche des choses ayant toujours comporté, après chaque incident notable, ces périodes de repos.

De son côté, il lui fut impossible d'aller prendre des nouvelles de sa mère. M. Lapeyrède réclamait sa présence avec une insistance inusitée, exempte de toute idée de surveillance; car s'il avait déplu au sénateur de voir l'étourderie de sa fille donner prise à de ridicules commérages, nulle inquiétude sérieuse n'effleurait même son esprit, de contexture solide. Tout était solide, chez lui, aussi bien que lent et lourd, ses sentiments d'affection et de confiance paternelle comme le reste; et, depuis l'arrivée à Lannemajou, ces sentiments semblaient même prendre dans sa vie une place plus grande.

La dernière campagne politique l'avait éprouvé. Ces luttes acharnées où avec la minorité il s'était escrimé d'estoc et de taille pour la bonne cause, toujours vaillant, toujours battu, lui laissaient une tristesse. Pour ne se manifester que par des discours filan-

dreux, son amour du pays n'en était pas moins profond aussi,·
ancré dans son âme de brave homme ennuyeux, et très sincèrement :

« Si je ne me croyais utile, je démissionnerais, car la tâche
devient trop rude, laissa-t-il échapper en parcourant son domaine
avec Marcienne. Je viendrais ici vivre de la vie de famille, la seule
vraie pour qui a approfondi le néant des ambitions! »

Marcienne soupira. Aux aspirations familiales du sénateur, pas
un regret ne se mêlait. Lui non plus n'avait jamais songé à renouer
l'union brisée. Sa femme était si complètement disparue de son
souvenir, qu'à son sujet il ne pouvait avoir même un soupçon. Et
un matin, le matin du troisième jour :

« Sais-tu, toi qui as fréquenté les Caussade, quelle est cette
dame résidant chez eux? demanda-t-il à Marcienne le plus naturellement du monde.

— Une de leurs amies américaines, je crois. »

Il ne poussa pas plus loin ses investigations. Ce fut Marcienne
qui reprit, enhardie par cette négligence :

« Vous vous intéressez à cette dame?

— Simple curiosité de village! reconnut-il avec une touchante
simplicité. Cette recluse serait, dit-on, une malade, et le docteur,
que je vis ce matin, s'étonna de ne pas avoir été mandé à son
chevet. »

« Pourvu que la maladie ne se soit pas aggravée! » songea
Marcienne, si inquiète de sa mère qu'elle omit de demander à son
père pourquoi, lui, il avait fait appeler le médecin.

Après le déjeuner, M. Lapeyrède s'endormit devant son bureau,
ce qui lui arrivait de plus en plus souvent depuis quelque temps,
sans que son prestige en reçût atteinte. Il avait le sommeil digne,
comme certaines jolies femmes l'ont gracieux; et dans son cabinet
olive, sur son fauteuil de travail affectant la forme d'une chaise
curule, il jouait à s'y méprendre l'impassibilité du vieux Romain
attendant et défiant le Barbare.

16

Le temps était beau, trop beau, trop chaud pour la saison. Marcienne sortit avec une arrière-pensée d'escapade ; mais Mademoiselle s'attachait à ses pas. Même dans ce calme organisme de savante, la bouillante sève printanière s'infiltrait. Par moments, Mademoiselle levait les yeux de dessus son inséparable bouquin pour aventurer vers le ciel d'un bleu intense un regard qui retombait ébloui, et, un peu étourdie par les parfums des fleurs, un peu assourdie par les chants d'oiseaux, elle relisait sans comprendre et marmottait de travers l'éternelle leçon.

Enfin elle ferma le livre, le mit dans sa poche, s'accorda un congé entier de cinq minutes en l'honneur de la fête du printemps, si bien à la nature et à la réalité, que ce fut elle qui signala :

« Une voiture ! »

Presque agilement, elle grimpait à la suite de son élève un petit tertre dissimulé par un bosquet d'où on surveillait les abords de la maison. Devant le perron, une jardinière de piètre aspect venait de s'arrêter, d'où descendait un visiteur non moins piètre, demi-monsieur en chapeau mou et complet râpé ; pas même l'allure franche ni la carrure ample d'un campagnard ; quelque voyageur de commerce ou quelque agent électoral de dernier ordre, n'ayant évidemment affaire qu'à M. Lapeyrède.

« Il va occuper papa pendant un certain temps, calcula Marcienne. Si je pouvais en profiter ?... »

Mais Mademoiselle se cramponnait, et Marcienne n'était pas encore parvenue à l'éloigner, que déjà le vilain petit bonhomme râpé ressortait de la maison, remontait dans sa vilaine petite voiture, qui repartait au trot d'un affreux criquet.

A peine l'équipage hors de vue, M. Lapeyrède parut sur le perron. Il se pencha, regarda, puis cria :

« Marcienne ! »

La voix formidable traversa le jardin. Les oiseaux durent en avoir peur, car ils cessèrent de pépier. Ce fut une commotion dans cette nature tranquille. Mademoiselle resta saisie, et Marcienne

elle-même eut conscience de quelque chose d'insolite, de grave,
mais sans pouvoir établir une corrélation avec la visite de cet
inconnu.

« Je suis ici, papa; je viens, » répondit-elle en s'élançant.

Avant qu'elle eût atteint le perron, M. Lapeyrède était rentré,

« Comédienne ! dit-il,
n'as-tu pas
associé toi-même
vos deux
noms là-dessus? »

et, rentrant elle-même, elle le vit se retirer sans l'attendre, mais
laissant les portes ouvertes derrière lui pour indiquer qu'elle devait
le suivre.

Elle le rejoignit dans son cabinet, et le premier coup d'œil con-
firma ses pronostics.

M. Lapeyrède s'était rassis à son bureau, mais il cherchait vainement à reprendre son maintien.

Une commotion subite venait d'ébranler de fond en comble tout son être. S'il jouait encore le sénateur romain, c'était après que le Gaulois lui eut tiré la barbe.

« Papa…, » commença Marcienne.

Il l'interrompit.

« Mademoiselle… »

Sa voix n'était plus formidable comme tout à l'heure, mais affaiblie, hésitante. L'habitude de la tribune lui vint cependant en aide, conservant à ses idées bouleversées leur forme solennelle.

« Mademoiselle, vos intentions me sont subrepticement découvertes; votre dissimulation n'aura fait qu'ajouter aux monstruosités qui s'accomplissent une honte de plus pour vous, une nouvelle offense envers moi. »

Mais ces phrases filandreuses ne traduisirent pas la violence du sentiment.

Tout d'un coup, M. Lapeyrède laissa retomber son poing d'athlète sur le bureau, et, tandis qu'une pile de livres s'écroulait sur l'encrier, qu'un flambeau se renversait, que les papiers volaient :

« Malheureuse enfant! s'écria-t-il, retrouvant la puissance de son organe, je comprends que tu n'aies pas osé m'avouer ce que je n'eusse jamais deviné, ce que je me refusai à croire! Toi, ma fille, descendue à un pareil avilissement! en proie à une semblable aberration! C'est vrai, c'est possible! Voici donc la raison de tes inexplicables refus! Quand je t'offrais de devenir la compagne d'un homme honorable, tu te dérobais, tu n'osais me répondre : « Non! « ni celui-là, ni aucun de ceux qui lui ressemblent. Je veux rompre « avec toutes vos traditions, avec l'honneur, devenir l'opprobre « d'une famille jusqu'alors sans tache!… »

— Moi! se récria Marcienne, moi!

— Silence! Laisse-moi avoir, à ta place, le courage de la vérité, ou plutôt l'audace du cynisme. « Et, eusses-tu dû continuer, « pour parvenir à ces fins, j'ai fait le choix le plus en désaccord « avec les principes et le bon sens. Je suis descendue aussi bas

« que j'ai pu descendre. Celui auquel j'ai donné ma parole, au
« mépris de tout devoir, le fiancé déjà agréé publiquement, c'est
« le jeune Caussade ! »

— Lui ! moi ! »

Marcienne ne ressentait plus l'indignation violente qui, quelques
jours auparavant, à la proposition faite par sa mère, avait pu se
déverser en mouvements et en paroles. Ses pieds se collèrent au
parquet, les mots s'étouffèrent dans sa gorge, les idées dans son
cerveau, comme lorsqu'on se trouve en présence d'un événement
qui sort du possible et du naturel.

Que sa mère, faible, influencée, un peu déséquilibrée, eût un
instant rêvé cette chose extravagante, cela l'avait simplement
révoltée ; mais que son père, sérieux, raisonnable, homme de tête,
pût l'admettre comme vraisemblable, la discuter, y ajouter foi,
c'en était trop.

« Mais c'est faux, faux, archi-faux ! De quel droit supposer...
Qu'ai-je fait pour mériter qu'on me croie capable...? »

Ses phrases s'entrecoupaient. Ce trouble de la surprise, fatal
aux innocents, ne lui permettait même plus de se défendre.

« Et tes visites aux Caussade ! reprit M. Lapeyrède impitoyable.
N'es-tu pas allée chez eux en cachette ici..., à Paris peut-être ? Le
nieras-tu ? »

Il en savait trop pour que Marcienne pût nier.

« Et quand bien même ! protesta-t-elle. Est-ce que mes visites
ne pouvaient avoir d'autre but ?

— Que de t'entendre avec ces gens-là pour l'arrangement difficile d'un pareil mariage ? Non ; d'après les apparences, elles ne
pouvaient en avoir un autre. A toi de leur en attribuer un, si tu
peux. »

Le sénateur fit une pause. Une dernière lueur d'espérance passa
sur ses traits ; ceux de Marcienne s'éclairèrent d'une dernière lueur
de franchise.

Puis tout s'éteignit.

« Je n'ai rien à dire, reprit lentement la jeune fille. Vous me connaissez assez, mon père, pour faire justice d'une telle accusation si quelqu'un osait la porter, et, en tout cas, ma parole vous suffirait.

— Si elle n'était pas contredite d'avance par tes écrits. »

Elle ouvrit de grands yeux ; mais le parfait naturel même de la surprise qu'elle témoignait ralluma chez le sénateur une soudaine exaspération, et, marchant sur sa fille d'un pas raide :

« Comédienne ! dit-il, misérable comédienne ! N'as-tu pas toi-même associé vos deux noms... là... là-dessus...? »

Entre les doigts de son père Marcienne vit un papier, et comprenant enfin :

« Les billets ! dit-elle atterrée.

— Oui, les billets que tu as souscrits avec la garantie du jeune Caussade, et que l'huissier de Mont-de-Marsan vient de présenter avec un protêt. »

Déjà Marcienne s'était reprise.

« Eh bien, oui ! dit-elle. J'ai eu besoin d'argent, j'en ai emprunté, je croyais le rendre plus tôt. Mais quel rapport entre cela et un mariage ?

— Tais-toi. N'essaye pas de payer d'audace. »

Il se rapprocha de sa fille, et, haletant :

« Ainsi tu as eu besoin d'argent, de soixante mille francs, toi, une jeune fille ! Et cet argent, tu n'as pu le demander à moi, à ton père, le recevoir quand je te l'offrais comme ton propre bien ? Il t'a fallu recourir à ce drôle, accepter ses services, te compromettre publiquement avec lui ? Donne-moi une explication convenable d'une pareille conduite. »

Et comme elle restait muette :

« Non, tu ne peux pas en donner. Il n'y en a qu'une, en effet ; tu as préféré la manière d'agir la plus tortueuse, la plus scandaleuse, par plaisir, pour obéir à un besoin de nature que tu viens de trahir et que j'aurais dû soupçonner en toi, me souvenant que si tu étais ma fille, d'autre part tu avais de qui tenir !

— C'est à ma mère que vous faites allusion? cria-t-elle hors
d'elle-même, les yeux en feu, le défi aux lèvres. C'est à ma mère? »

On eût dit que cette colère troublait le sénateur dans la sienne,
qu'il n'osait soutenir son allégation :

« Ta mère! murmura-t-il. Grâce à Dieu, ta mère a toujours
été une honnête femme, et elle aurait été une bonne femme, une
bonne mère, si on ne se fût mis entre nous, si on ne me l'eût
prise comme aujourd'hui on te prend à moi.

— Ne m'aviez-vous donc pas prise à elle aussi? »

Le témoignage rendu par son père venait d'alléger Marcienne
d'un poids, de lui rendre tout entier le sentiment de la justice de
sa cause et son arrogance à la défendre.

Le sénateur la considéra d'un œil sévère, mais de plus en plus
incertain, et avec effort :

« Dieu, en la rappelant à lui, a tranché le différend.

— Ah! elle est morte, vous me l'affirmez, elle est morte? »

Marcienne éclata d'un rire saccadé.

Ce mensonge légitimait le sien, anéantissait ses derniers scrupules. Rien ne devait lui coûter pour soutenir les droits de celle
qu'on prétendait même rayer du nombre des vivants.

Et, dans son exaltation, elle oublia qu'à des droits d'origine
également sacrés, celui qui se tenait là devant elle joignait encore
ceux d'un long dévouement; qu'outre la vie matérielle il lui avait
donné les bons principes, les bons exemples, la vie morale enfin.
Pour une minute tout s'effaça devant l'injustice commise, l'insulte
imméritée.

« Eh bien, non! non! non! s'écria-t-elle, je ne m'abaisserai
pas à me justifier. Ce dont vous m'accusez est trop horrible, trop
ridicule pour que vous-même y puissiez croire! Quant au reste, je
vous le répète, je ne peux pas vous l'expliquer, c'est vrai; mais ce
que j'ai fait est bien. Encore une fois, je vous le jure. »

Ils avaient cessé de se comprendre, et chaque mot désormais
ne pourrait qu'accroître la confusion.

« Laisse les serments, prononça le sénateur, ou plutôt tiens-t'en au seul qui soit de mise, qui puisse encore prouver en ta faveur. Jure-moi de rompre à jamais avec les influences néfastes qui ont égaré ta raison. Point d'autres paroles, point d'autres mensonges ; je ne te permets qu'un mot, un seul. Oui ou non, jures-tu de ne jamais revoir les Caussade, ni aucune personne qui les approche ? Le jures-tu ? »

Un silence de mort se fit où Marcienne sentit se jouer sa destinée.

Ne revoir ni les Caussade, ni personne qui les approchât, elle ne pouvait s'y engager.

« Non, murmura-t-elle ; mais... »

La voix tonnante du sénateur couvrit ses dernières protestations.

« C'en est assez. Tu te dénonces toi-même ; non seulement tu avoues ta folie, mais tu y persévères. Au moins mesures-en l'étendue ! Celui que tu choisis pour époux, tu le connais ! Une brute, un idiot, pire encore, une sorte d'aventurier sans foi ni loi ; et si tout ce qui en lui devrait faire horreur à une fille bien née ne t'a pas arrêtée, toi, à première vue, c'est que la raison et l'honneur sont pour toi lettre morte. Il est inutile d'y faire appel ! Ta vanité sera-t-elle également insensible ? Sache donc ce que je t'ai tu jusqu'à présent, par un excès de délicatesse que je n'eusse pas cru payer si cher. As-tu seulement approfondi l'origine de cette fortune qui t'éblouit probablement, l'origine de cette famille où tes sympathies te poussent à entrer ? Eh bien, ce polisson osant aujourd'hui aspirer à la main de ma fille ne descend même pas d'honnêtes bourgeois, de braves artisans ; non, ce n'est même pas le fils d'un paysan, c'est le fils... »

De pourpre, le sénateur était devenu livide. Sa grande barbe tremblait du tremblement de ses lèvres, maintenant balbutiantes.

Marcienne parvint encore à se faire entendre, et, toute à la colère qui la soulevait :

« Que m'importe tout ceci ! Que m'importe ce qu'est ou n'est pas M. Caussade, puisque... »

Elle non plus ne put achever.

M. Lapeyrède l'avait prise par les deux épaules, dans un paroxysme de fureur dont jamais elle ne l'aurait cru susceptible.

« Va-t'en ! cria-t-il. Je n'attends plus rien de toi. Je n'ai plus de fille. Tu es majeure, tu peux te marier sans mon consentement;

Avec un grand fracas, il s'écroula sur le sol.

mais je ne serai pas témoin de ta folie et de ma honte. Va-t'en, te dis-je ! je ne veux plus te voir !

— Vous me jugez ainsi, sans savoir, sans m'entendre...? »

Marcienne se retrouvait dehors. Violemment, la porte se refermait, et, devant cette porte close, elle resta une minute éperdue, indécise, avec la sensation qu'autour d'elle tout venait de se briser.

Elle eut un élan pour se jeter sur cette serrure, l'ébranler, appeler, crier, pleurer jusqu'à ce qu'on lui ouvrît.

Puis son orgueil la fit se redresser. Elle renfonça les larmes dans ses yeux, le remords dans son cœur.

Son père la jugeait sur un malentendu, soit ; mais l'eût-il jugée avec cette précipitation, avec cette violence, s'il l'eût vraiment aimée ?

Elle ne connaissait guère le cœur des hommes, le cœur des pères, d'autant plus irritable qu'il est plus sensible.

« Ah ! je vais lui prouver son erreur, je vais l'en faire rougir ! » s'écria-t-elle, se détournant, s'enfuyant en courant, sans plus frapper à cette porte, sans se douter de ce qui se passait derrière.

. . . .

Une minute, lui aussi, après l'exécution, M. Lapeyrède était resté debout, la stupeur succédant instantanément à la violence, avec ce même sentiment de catastrophe et d'effondrement.

Il attendit, il prêta l'oreille ; puis, au son des pas précipités de Marcienne qui s'éloignait :

« C'est fini ! » dit-il, se parlant tout haut.

Il recula d'un pas, puis il répéta :

« On me l'a prise, elle aussi ! »

Vaillamment endurée, bien dissimulée sous sa cuirasse de gloriole et de solennité, une vieille blessure se cachait donc ? De nouveau il venait d'être blessé au cœur, plus profondément cette fois.

Et soudain il chancela, il défaillit. Avec un grand fracas il s'écroula sur le sol, tout de son long, tout d'une pièce, comme ces guerriers de fer du moyen âge qui tombaient avec leur armure et ne se relevaient plus.

XX

Sans s'arrêter, sans respirer, Marcienne avait continué sa course, dans la maison, dans le jardin, à travers le parc. Elle allait, inconsciente des obstacles, par la voie la plus directe, avec l'unique souci du temps à gagner, car elle ne pouvait demeurer longtemps ainsi, endurant ce qu'elle endurait, un tel affront sur le cœur, une telle angoisse dans l'âme.

Maintenant elle gravissait le coteau, non plus incertaine ou anxieuse, mais avec l'âpre arrogance des revendications.

Ces gens, là-haut, lui avaient pris un peu de son honneur. Ils devaient le lui rendre. Mᵐᵉ Lapeyrède, en droit d'imposer à sa fille tous les autres sacrifices, n'accepterait pas celui-là. Le dévouement maternel l'emporterait sur ses répugnances, sur ses craintes, et qui sait si cette dernière épreuve ne tournerait pas au bien général, si tout à l'heure, en redescendant, relevée de ses serments, libre de dire la vérité, Marcienne ne rapporterait pas, avec sa justification, la réconciliation et le bonheur tant désirés?

Chemin faisant, les choses s'arrangeaient ainsi dans sa petite tête de vingt ans. Après cette lourde chute dans la douleur, son esprit élastique rebondissait d'emblée aux plus hautes espérances, que son ardente imagination transformait déjà en réalités.

A peine s'arrêta-t-elle dans la cour d'honneur du château, pour reprendre haleine et raffermir l'équilibre de sa coiffure sous son chapeau de jardin. Personne ne l'attendait ; personne n'avait signalé son approche. Aucun des habitants de la maison ne paraissait, et elle s'applaudissait de cette solitude inaccoutumée sur son passage, n'ayant que sa mère à voir et pressée de la joindre.

Comme la plupart des vieilles demeures, le château de Lannemajou avait été construit en plusieurs fois et approprié, selon les époques, à des besoins divers, avec cette naïveté de l'ancien temps où le pittoresque trouvait son compte.

Les Caussade n'avaient pu entièrement le bannir. Des incidents bizarres subsistaient, et surtout ces inégalités de niveau qui défient toute l'habileté des architectes. Ainsi, tandis que les appartements de réception étaient de plain-pied au rez-de-chaussée, la chambre d'honneur, occupée par Mme Lapeyrède et à laquelle on accédait par cinq ou six marches, se trouvait au premier étage, ou, plus exactement, à l'entresol de la tour de gauche.

Ce fut vers cette chambre que Marcienne se dirigea tout droit, contrariée, en approchant, de surprendre un murmure de conversation.

N'ayant pas à craindre de troubler le repos de sa mère, elle crut pouvoir se dispenser de frapper ; mais, en entrant, brusquement elle s'arrêta sur le seuil, reprise tout d'un coup d'une sensation étrange, déjà éprouvée.

Son apparition dans la pièce avait provoqué un « ah ! » étouffé, puis un remue-ménage général et discret, une sorte de bousculade silencieuse, comme lors de la première visite avec son père et Philippe. Une main preste fit retomber les rideaux sur les fenêtres, ouvertes par extraordinaire, et, dans le demi-jour rétabli, Mme Lapeyrède se retrouva étendue sur sa chaise longue, Mme Caussade tricotant dans son fauteuil, William droit sur sa chaise, tandis que Noémi, avec une parfaite aisance, accueillait Marcienne de son ricanement narquois et protecteur :

« Entrez donc, ma chère! nous sommes charmés de vous voir, plus tôt encore que nous ne l'espérions. »

Marcienne fit quelques pas en avant. Sans savoir pourquoi, tout d'un coup, son assurance faiblissait; elle sentait devant elle l'entreprise difficile et le succès moins certain, sous ces yeux curieux qui la fixaient avec leur indiscrétion ordinaire.

Une irritation la domina, faite de toutes ses précédentes souffrances, et, sans répondre à Noémi, elle alla à Mme Lapeyrède.

« Maman, je voudrais vous parler, dit-elle.

— Parle, ma chérie. »

Le geste câlin l'attirant sur le bord de la chaise longue ne l'apaisa pas; il lui fallait de plus sérieuses preuves de la tendresse maternelle, et elle accentua :

« J'ai à vous parler tout de suite, à vous seule. »

Personne ne sembla comprendre le congé donné. Noémi s'assit même à côté de son frère; et, comme si cette attitude eût été à l'avance chose convenue, Mme Lapeyrède en donna les raisons :

« Je serais trop faible pour te conseiller à moi seule, chère petite, et tous, d'ailleurs, nous nous doutons un peu de ce qui t'amène. »

Ainsi ils savaient...

Mais, au fait, la catastrophe, la présentation des billets à M. Lapeyrède, n'était-ce que le résultat d'un malentendu, d'une négligence?

Les Caussade n'avaient-ils pas voulu ce qui arrivait, puisque, sciemment, ils l'avaient laissé arriver?

Au milieu de tant d'émotions, ce raisonnement frappait pour la première fois l'esprit de Marcienne, qui reçut tout aussitôt un autre coup.

Sa mère aussi devait bien savoir... Sa mère non plus n'avait pas empêché...

Alors, elle si brave, elle eut peur. D'un mouvement éperdu de noyée, elle jeta ses bras autour de cette forme alanguie, la serra contre elle, comme si elle cherchait à sentir le battement d'un cœur maternel, et, avec une indicible appréhension, elle interrogea :

« Pourquoi avoir laissé présenter ces billets à mon père, quand vous deviez bien prévoir ce qui en résulterait ? »

Ce fut Noémi qui répliqua :

« Eh ! ma chère, tout bonnement parce qu'il nous en eût coûté soixante mille francs de vous éviter ce petit ennui, et que c'était un peu trop cher pour nous ! »

Mais Marcienne ne l'écoutait pas, toute son attention rivée à Mᵐᵉ Lapeyrède, qui, forcée de répondre, se dégageait de ses bras avec humeur et marmottait :

« Que veux-tu ! mon argent de Boston n'arrive pas ! Je suis une pauvre femme malade, ruinée, abandonnée, qui ne peut plus rien à rien. »

Elle se retourna en gémissant, enfonça sa tête dans les coussins, sans doute pour cacher ses larmes, et Mᵐᵉ Caussade, croyant le moment venu d'essayer son éloquence, quitta son tricot et se glissa, pateline, entre la mère et la fille.

« Voyons, chère enfant, commença-t-elle de cet accent indéfinissable et mielleux plus désagréable encore à l'oreille de Marcienne que le piaillement aigre de Noémi, parlons un peu raison. Et d'abord, n'oubliez pas l'état de votre pauvre mère, et n'allez pas lui reprocher les légères contrariétés qu'elle vous occasionne, lorsque les chagrins que vous lui causez lui coûteront peut-être la vie ! »

A cette incitation, Mᵐᵉ Lapeyrède se remit à gémir :

« C'est vrai, tu es cause de tout, oui, de tout !

— Moi ?

— Évidemment ! »

C'était Noémi qui se remettait à faire sa partie, et avec complaisance elle répéta :

« Évidemment ! La situation où nous nous débattons n'avait

qu'une issue. Vous l'avez fermée, nous sommes pris ; vous êtes
prise là première, et vous n'avez pas le droit de vous plaindre. »

Elle fit un geste de réprobation sur la tête de Marcienne interdite ; puis, continuant à mettre les points sur les *i* :

« Soyons de bon compte, ma chère ! Nous vous avons montré
tout le dévouement possible, ne marchandant ni notre amitié, ni
notre temps, ni le reste, sans, paraît-il, avoir mérité ainsi autre
chose que vos mépris ; et vous les avez affirmés si hautement dans
une récente occasion, qu'il ne nous restait vraiment plus à faire
que ce que nous avons fait : nous replier en bon ordre et vous
laisser vous débrouiller toute seule ! Serait-ce moins facile que
vous ne vous y attendiez ? Cet excellent père, auquel vous montriez
tant d'égards, ne vous aurait-il pas rendu la pareille ? Vous le
quittez bien vite, il me semble, et vous nous revenez avec un
empressement sur lequel nous n'osions plus compter.

— Il vous a flanquée à la porte, opina William avec un aimable
sans façon. Pas commode, le gouverneur ! je m'en étais aperçu.

— Hélas ! soupira doucereusement Mme Caussade, à présent
que voulez-vous que nous y fassions ?

— Ce que je veux... ! »

Sous ses coups d'épingle, Marcienne sentait s'exciter une colère
que sa dignité contenait à peine, qui éclata enfin et les griefs trop
longtemps accumulés se firent jour.

« Je veux, cria-t-elle en se levant d'un bond, ce que je réclame
depuis trop longtemps, ce à quoi aujourd'hui j'ai droit : la fin de
ces mystères, de ces subterfuges, de ces mensonges, qui m'ont
rendue malheureuse jusqu'ici, qui maintenant me couvrent de
honte ! Je veux pouvoir tout expliquer, répondre victorieusement,
répondre tout de suite à des accusations que j'aurais cru ne jamais
entendre et qui sont toujours là, à mes oreilles, qui me rendent
presque folle !

— Et le moyen d'atteindre à ce beau résultat ? questionna ironi-
quement Noémi. Trahir le secret qui n'est pas le vôtre ? le secret

que vous avez juré de garder? Fort bien, ma chère! Vos fameux
principes de religion et d'honneur ne vous gênent véritablement
pas trop, lorsqu'il s'agit de vos petits intérêts! »

Marcienne resta interloquée. Puis, se tournant vers sa mère :

« Mais vous me la rendrez, cette parole, n'est-ce pas? Quand
vous saurez que mon père me soupçonne, que ma réputation, mon
bonheur, ma vie, sont en jeu, vous me permettrez de dire la
vérité?

— Non, non! Jamais! »

Mᵐᵉ Lapeyrède se redressait, aussi inexorable que Noémi, et,
avec la même satisfaction triomphante :

« Tu m'as juré le silence, déclara-t-elle, et, puisque je ne t'en
délie pas, rien ne peut t'en délier. Inutile donc de t'obstiner dans
des projets irréalisables ; et d'ailleurs, crois-moi, tout ce que tu
tenterais à présent auprès de ton père ce serait en vain. Une fois
irrité, à tort ou à raison, il n'ajoute foi à aucune excuse, il ne pardonne jamais. A son tour, il te rejette comme il m'avait rejetée,
et pas plus que moi tu ne le fléchiras. Ne t'humilie donc pas, ne
regrette rien. Est-ce que je ne suis pas là, moi, ta mère, pour te
consoler et te soutenir? Prenons ensemble notre revanche contre
lui ; elle est prête. Assure du même coup ton bonheur et le mien ;
songe à ce que je t'ai dit l'autre jour. Alors il te restait encore des
illusions dont tu as dû revenir. Va, crois-moi, n'hésite pas;
accepte ce qu'on a encore la générosité de t'offrir; range-toi au
seul parti raisonnable, puisque aussi bien tu n'as plus d'autre
ressource.

— Aucune autre ressource » répétèrent comme deux échos
Noémi et Mᵐᵉ Caussade, debout à côté de Marcienne.

Mᵐᵉ Lapeyrède se levait aussi, et avec une persuasion douce
elle insista :

« Comprends donc, mon enfant! l'éclat public est fait, la porte
de ton père t'est fermée! Où peux-tu aller, sinon ici? Or à quel
titre y resteras-tu? Et ces billets! comment les payer? Les cir-

constances sont impérieuses ; seule une décision immédiate sauve-
garderait ton orgueil. Demain ton père serait confondu, le monde

Hop ! Marcienne fut debout sur l'accoudoir de pierre.

réduit au silence, la caisse de ce bon M. Caussade ouverte à tous
tes besoins, à tous tes caprices, si tu veux bien dire seulement ce
soir que tu es la fiancée de son fils.

— Oh ! dites-le, mademoiselle ! »

William, jusqu'alors laissé prudemment à l'écart, s'avançait à son tour. Le son de sa voix réveilla Marcienne d'une sorte d'inconscience. Elle le vit, là, les vit tous autour d'elle et recula avec un cri :

« Ah ! plutôt mourir ! »

Mais elle eut beau reculer, tous continuaient à l'entourer, la serrant de plus près, et les doigts de squelette de Noémi s'incrustaient dans son bras :

« Vous nous méprisez donc bien ? »

Ces paroles sifflèrent entre les lèvres minces, tandis que le visage de Mlle Caussade verdissait comme par une montée de fiel, et soudain ce fiel déborda :

« Mais vous aurez beau nous mépriser, vous serez obligée de venir à nous. Vous n'êtes pas un homme pour pouvoir braver impunément les on-dit, comme votre aimable cousin de Capléon ! Et la preuve, c'est que lui-même, après l'éclat d'aujourd'hui, sera le premier à vous tourner le dos et à vous dire de vous tirer de là comme vous pourrez. Or, s'il vous plaît, comment vous en tirerez-vous ? Que deviendrez-vous une fois hors d'ici, à compter encore que votre mère vous permît d'en sortir ? »

A certaines minutes décisives de la vie, les facultés d'observation, de réflexion, de décision, se décuplent instantanément.

Tout à l'heure stupéfiée par l'inattendu de cette scène, Marcienne avait soudain repris possession d'elle-même. D'un coup d'œil, d'une pensée, elle embrassa l'ensemble des choses en même temps que les détails. Rien ne lui échappa : ni un mot, ni un signe, ni l'expression d'un visage. Au nom de Philippe, les traits de Mme Lapeyrède s'étaient convulsés comme ceux de Noémi. Le nez crochu de Mme Caussade se pinçait entre ses grosses joues de faussé bonne femme. Jusqu'à William qui rougissait, sa brutalité actionnée par l'intelligence malfaisante de sa sœur : Bob et Job, comme disait Philippe.

« Je veux m'en aller, dit Marcienne. Je ne resterai pas ici un instant de plus. »

Mais tous quatre lui barraient la retraite.

« Tu resteras ! » ordonna Mme Lapeyrède d'un ton si changé, que Marcienne oublia presque que c'était sa mère qui parlait.

Un vertige la prit. Insensiblement on la poussait vers le fond de la pièce. Prétendait-on la retenir de force ?

« Ah ! mademoiselle, commença William, si vous connaissiez mes sentiments... »

Elle ne voulut pas en entendre davantage. Puisqu'on ne la laissait pas assez vite gagner la porte, il y avait mieux.

Acculée à la fenêtre, elle écarta brusquement le rideau rabaissé par la soigneuse Noémi. La fenêtre n'avait ni barre ni balcon.

Marcienne fit appel aux souvenirs de son enfance campagnarde.

Hop ! elle fut debout sur l'accoudoir de pierre.

Hop ! elle fut en bas, dans la cour, et, sans autrement se ressentir de ce saut d'à peine trois mètres, détala avec une rapidité d'isard, s'enfuit à toutes jambes, comme il est permis aux plus braves de s'enfuir devant des ennemis indignes d'être combattus.

XXI

L'alerte avait été si vive, que d'abord le seul plaisir d'avoir déjoué ses ennemis l'occupa, et la notion de la situation vraie ne s'imposa qu'une fois le coteau descendu, à l'endroit où bifurquaient les deux routes.

Laquelle prendre?

Pas celle de la maison.

La maison! Elle ne parlait plus ainsi que par habitude; son père l'avait chassée. Il n'y avait plus pour elle de maison, et lentement, aussi lentement qu'elle put, elle suivit le chemin du village.

Dans sa tête, les idées se heurtaient, entrées trop vite, restées en désordre. Quand on n'a plus de chez soi, où va-t-on? Chez des amis. Mais, au fait, avait-elle des amis? A la réflexion, elle s'aperçut qu'elle n'en avait pas, hors les amis de son père, qu'elle perdait naturellement avec lui, et elle sourit amèrement à se représenter l'accueil que lui feraient, dans les circonstances présentes, l'officieuse Mme de Maubrun, ou même les gens du village les plus obséquieux la veille pour la fille chérie de leur sénateur.

Puis son esprit se détendit:

« Si pourtant; j'ai un ami à moi, l'ami de tout le monde! »

Presque inconsciemment ses pas avaient pris la direction du

presbytère, et en approchant elle se remémorait la visite faite huit mois auparavant et cet axiome du vieux prêtre, jugé alors par trop naïf :

« Tout droit, tout simple ! »

Il s'y conformerait, le digne homme ! et, sans se préoccuper d'aucune considération accessoire, il la recevrait parce qu'elle n'avait point d'asile, il la plaindrait parce qu'elle souffrait. Certes, elle souffrait bien ! pas encore cependant au point d'oublier son orgueil ; car, en arrivant, elle s'efforça de prendre un air dégagé pour aborder la servante, qui, par hasard, du pas de la porte l'avait vue venir, et, par un hasard plus extraordinaire, consentait à l'attendre.

« Monsieur le curé est-il chez lui, Gracieuse ? »

La mine outrageusement renfrognée de Gracieuse s'assombrit d'un étonnement soupçonneux, et elle observa la jeune fille en dessous, avant de grommeler :

« Bien sûr que non, puisqu'on est venu le chercher ! Dans ces occasions-là, il n'a pas l'habitude de se faire prier. Il s'est levé de table sans prendre le temps de s'essuyer la bouche, et il est parti avec son invité. »

A certaines heures de découragement, un contre-temps fait l'effet d'une catastrophe.

Marcienne plia sous cette nouvelle déception.

« Quand rentrera-t-il ? soupira-t-elle.

— Est-ce qu'on peut savoir ! »

Un haussement d'épaules de Gracieuse avait souligné l'absurdité de la question. Puis ses soupçons la reprirent, et elle acheva :

« Mais vous, vous le saurez bien, puisque c'est chez vous qu'il est.

— Chez nous ! Pourquoi ?...

— Puisqu'on est venu lui dire que votre père était très mal... Ce n'est donc pas vrai ? Et M. Philippe, qui avait sa voiture, a été chercher le médecin ; je viens de les voir repasser. »

. . . .

La servante n'en savait pas plus, et Marcienne repartait en une course plus affolée que les courses précédentes, avec un nouveau bouleversement dans la tête et dans le cœur.

Que disait-elle donc, un moment auparavant, qu'elle n'avait plus de maison ni de père !

La maison se dressait là-bas, la maison désertée qui la rappelait, maison d'angoisse et peut-être de mort, où son repentir ne pouvait la ramener assez vite. Et son père...

Toute seule, en courant sur la route, elle eut envie de crier.

Son pauvre père ! Depuis ces quelques instants, il ne lui apparaissait plus le même. Il n'était plus seulement le protecteur dévoué mais sévère de son enfance, l'homme grave dont elle respectait les mérites, et dont, avec sa finesse féminine, elle connaissait les petits faibles, exploitant gentiment les uns et les autres, sans qu'à son amour filial la tendresse expansive et confiante se fût jusqu'alors ajoutée ; et c'était cette tendresse-là, subitement venue, qui inondait l'âme de Marcienne, l'amollissait sous sa rosée amère.

Rapidement, elle remontait le passé. Quelle injustice ! que d'étranges oublis ! En rêvant jadis de cette mère alors inconnue, quasi chimérique, n'obéissait-elle pas à son imagination plus qu'à son cœur, qui aurait dû d'abord l'entraîner vers lui ? Et depuis, en s'attendrissant sur les malheurs, sur la maladie de Mme Lapeyrède, comment n'avoir jamais songé que lui aussi pouvait souffrir, être menacé, oh ! combien plus sérieusement ! Et combien plus sérieusement aussi il l'avait aimée, au point de ne pouvoir supporter son ingratitude, ni surtout l'idée de son abaissement et de son malheur !

« Il est malade du chagrin que je lui ai fait, se répéta Marcienne exaltée ; il va en mourir, et ce sera par ma faute ! »

Puis de folles espérances revenaient :

« On s'est trompé. Cette Gracieuse a mal compris ! Il s'agissait d'un autre malade, pas de lui ! »

Elle eut une commotion en apercevant devant le perron la petite charrette anglaise de Philippe. Le récit de Gracieuse restait confus dans sa mémoire; elle ne reconstitua pas bien l'enchaînement des faits : comment Philippe déjeunait au presbytère quand le curé avait reçu la mauvaise nouvelle; comment, tandis que le prêtre se rendait immédiatement auprès du malade, Philippe était allé chercher le médecin et était revenu avec lui. Mais que Philippe fût là au moment critique lui parut tout indiqué.

A l'intérieur de la maison, le premier objet qui frappa ses yeux fut le chapeau du curé sur la banquette du vestibule, à côté du tuyau de poêle du docteur. Ils étaient là aussi tous deux, les assistants des heures douloureuses. Tout décelait le malheur, et Marcienne n'eut pas besoin d'interroger les domestiques qui passaient avec des figures effarées. C'est par elle-même qu'elle voulait juger, à son père qu'elle allait tout droit, quand, dans ce même corridor par lequel elle était partie deux heures auparavant, furieuse et révoltée, quelqu'un vint au-devant d'elle, quelqu'un l'arrêta.

« Marcienne! Enfin vous voilà. Ne vous inquiétez pas trop. Le docteur espère que ce ne sera pas grave. »

Sans voir sa figure, sans distinguer sa voix, rien qu'à ces mots apaisants, elle aurait reconnu celui qui lui parlait, et se retrouvant toute petite fille dans sa douleur, comme le jour où elle pleurait grand'mère, elle se jeta au cou de Philippe.

Mais Philippe la repoussait tout doucement, et elle éprouva que sa compassion n'était plus la même; qu'une gêne s'y mêlait, un secret reproche non exprimé, et cela suffit à raviver l'affreux remords de tout à l'heure. Tête basse, elle suivit Philippe, qui ne la conduisait pas dans la chambre de son père, qui la faisait entrer dans ce cabinet vert olive, où jadis, disait-elle, ses idées gelaient, où aujourd'hui son cœur se fondait; et elle resta en face de son cousin, à l'écouter, en étouffant ses sanglots.

« On l'a trouvé évanoui là, sur le tapis, raconta-t-il brièvement. Les domestiques ont pris peur; mais quand je suis arrivé avec le médecin, il revenait à lui. Seulement... »

Philippe hésita, cherchant la forme la moins pénible à donner à sa communication. Le râle d'angoisse échappé des lèvres de Marcienne lui fit comprendre que l'attente était trop cruelle, et, tournant court :

« Seulement il n'a pas repris toute sa connaissance. Il a une forte fièvre, très forte, qui peut faire redouter une complication au cerveau. Nous ne savions où vous chercher, et d'ailleurs peut-être valait-il mieux... »

Il s'interrompit en voyant Marcienne faire un pas, et changeant de ton :

« Non, je vous en prie, n'entrez pas ! Votre vue l'agiterait.

— Je veux le voir ! supplia-t-elle. Je veux le voir sans qu'il me voie de son lit !

— Non, Marcienne.

— Mais puisqu'il ne me verra pas, poursuivit-elle, entêtée.

— Cela ne fait rien. »

Et comme elle avançait toujours :

« Dans votre propre intérêt, Marcienne, je vous en conjure...

— Ah ! si ce n'est qu'à cause de moi, je n'ai pas besoin de ménagements, je n'en mérite pas ! »

Écartant Philippe, elle poussait la porte de communication et se glissait dans la chambre de son père, déjà une chambre de malade, avec le désordre des meubles, des vêtements jetés deci delà, le pêle-mêle des fioles, des ustensiles les plus divers, les allées et venues des uns et des autres, les odeurs de remèdes, et, dans le coin, le grand lit à colonnes, masqué par des courtines, d'où s'élevait la plainte étrange d'une voix méconnaissable.

En dépit des signes de Philippe, Marcienne s'avança encore jusqu'au rideau, derrière lequel elle resta cachée, ne pouvant, elle non plus, apercevoir celui qui parlait, mais distinguant les mots, lentement articulés.

M. Lapeyrède s'adressait au curé et au docteur, tous deux seuls auprès de lui en ce moment, et c'était toujours la même phrase

qu'il répétait, de ce ton monocorde décelant l'absence effrayante
de la pensée, le dernier écho de cette pensée, sans doute, avant
qu'elle s'évadât :

« Vous savez, c'est le fils d'un valet. Je ne voulais pas le dire ;
mais le père a été valet... chez moi. »

A la vue de Marcienne, l'abbé Cazauran avait eu un soubresaut, et il se penchait sur le lit avec une mimique agitée.

« Cher monsieur, laissons tout cela ; parlons d'autre chose. La
politique va très mal, vous savez, horriblement mal.

— Je le crois bien, murmura M. Lapeyrède toujours du même
ton, je le crois bien. »

Un arrêt se produisit ; puis, par une de ces évolutions inattendues des cerveaux que l'on croirait frappés de paralysie :

« N'est-ce pas un symptôme de désagrégation sociale, mar-
motta-t-il, quand une fille comme la mienne fait un pareil mariage ! »

Avec un nouveau soubresaut, l'abbé Cazauran, décidement
peu fait pour le métier de garde-malade, se rejeta en arrière, et,
dans l'espoir d'une diversion, poussa près du lit Mademoiselle qui
arrivait effarée.

Mais la diversion ne fut rien moins que favorable. La présence
de l'institutrice ramenait sans doute plus vif le souvenir de Marcienne, et M. Lapeyrède, jusqu'alors inerte, se dressa sur son
séant avec un mouvement des bras en avant et un soudain éclat
de voix :

« Vous savez qu'elle est partie. Et elle a bien fait de partir, car
je ne veux plus la revoir, jamais, jamais !... »

Sous cette malédiction, Marcienne avait reculé.

L'épreuve dépassait ses forces. Elle se laissa entraîner au
dehors, et là, dans le cabinet vert olive, sur la chaise curule du
sénateur, éclata en sanglots désespérés.

Il lui restait cependant encore quelque chose à souffrir.

Quand les larmes cessèrent de l'aveugler, elle vit autour d'elle
le curé, Mademoiselle et Philippe.

Et de ces trois visages, après celui de son père les plus familiers à son enfance, pas un qui n'exprimât, avec la pitié, un embarras et une secrète réprobation.

Toujours expéditif, ce fut l'abbé Cazauran qui parla le premier :

« Eh bien, ma pauvre enfant, que comptez-vous faire ?

— Oh ! Marcienne, s'exclama Mademoiselle en joignant les mains, moi qui vous ai toujours donné de si bons enseignements, comment avez-vous pu en tirer si mauvais parti, manquer de clairvoyance et de jugement au point de choisir ce que vous avez choisi !

— Un garçon sans religion et sans principes, soupira le curé allant droit au fait.

— Un illettré, un sauvage, poursuivit Mademoiselle, qui n'a même pas son diplôme de bachelier ! »

Dans les yeux de Marcienne montait une stupeur croissante.

Puis le réveil vint. Elle se leva avec empressement, et frémissante, plus exaspérée encore que lorsqu'elle faisait face à la meute des Caussade :

« Vous aussi, vous avez pu croire à une pareille infamie ! vous, monsieur le curé ! vous, Mademoiselle ! vous, Philippe ! »

Philippe n'avait pas prononcé une parole. On l'eût dit, comme le sénateur, frappé d'un de ces coups de massue dont on ne se relève pas ; et, ainsi directement interpellé, il eut besoin d'un effort sur lui-même pour répondre, presque bas :

« Et que pouvons-nous croire, Marcienne, sinon cela ? Dites-nous-le ! »

Elle demeura atterrée ; mais tel était son respect pour le serment prêté que même à cette minute, l'idée ne lui vint pas de trahir le secret dont on ne l'avait pas relevée, et avec désespoir :

« Je ne peux pas le dire, cria-t-elle, mais ce n'est pas ce que vous croyez.

— Et qu'est-ce qui vous empêche de le dire ? reprit le curé en se trémoussant d'impatience.

— Ma parole donnée.

— A ces gens-là! acheva Philippe avec un dédaigneux sarcasme.

— Non! pas à eux! »

Le curé fit un geste de découragement. On s'embrouillait de plus en plus, et rien autant que la confusion ne se rapproche du mensonge.

Il tendit cependant encore la perche.

« Mais aucune obligation ne peut égaler celle que vous avez envers votre père, dont le repos, la vie peut-être, sont en jeu.

— Si! l'obligation est égale.

— Oui, acheva tranquillement Philippe, on sacrifie un père à un fiancé! »

Cette fois, Marcienne bondit; sa vraie nature reprenait le dessus, et les yeux secs et brillants, montrant encore son petit poing crispé, elle cria :

« Encore! vous y revenez! Mais quand vous seriez assez fou pour supposer vraiment que j'aie jamais pu songer à ce misérable grotesque, à ce butor de dernier ordre, à cet idiot de bas étage... »

La colère l'étouffa; elle eut peine à achever :

« N'avez-vous donc pas entendu ce que je vous affirme, ce que je vous répète, que vous épouseriez, vous, cent mille Noémi Caussade, avant de me voir écouter seulement une proposition de ce drôle, que je connais, que je méprise, que j'abomine, plus qu'il ne vous est ni ne vous sera jamais possible de le faire! »

A cette déclaration, bien du style de Marcienne, Philippe ne montra pas la désapprobation vouée ordinairement par lui, homme tranquille, à tous les excès. Du reste, son appréciation n'eût pas trouvé place, car la jeune fille continuait avec une fougue croissante :

« Et s'il ne suffit pas que je le dise, voulez-vous que je le jure? Par quoi, sur quoi?

— Sur la mémoire de grand'mère. »

Philippe s'était rapproché. Une émotion profonde, espoir ou crainte, bouleversa ses traits.

Marcienne n'hésita pas une seconde.

« Sur la mémoire de grand'mère, je le jure !

— Oh ! merci ! merci ! »

L'espoir seul demeurait, ensoleillant la physionomie de Philippe ; et transformé, redevenu le Philippe d'autrefois, il prit dans sa main le petit poing qui se détendait.

« Merci, dit-il avec effusion, et pardon. Mais tant de choses paraissaient si extraordinaires ! Vos relations avec ces gens, ces entrevues mystérieuses, ces preuves de confiance déplacées, jusqu'à la chaîne que je vous avais donnée, une relique de famille, et que je voyais hier portée avec ostentation par cet aventurier qui ne pouvait la tenir que de vous, et enfin une lettre anonyme, où, à mots couverts, on me faisait pressentir un mariage décidé depuis longtemps entre les intéressés ; tout cela, mis bout à bout, avait fini par l'emporter sur mon bon sens, qui me disait bien que la petite-fille de votre grand'mère était incapable d'une vilenie. »

Il respira largement. Comme un parfum, le souvenir évoqué semblait avoir purifié l'air ; rien ne demeurait de ces doutes empoisonnés.

« Vous êtes victime de quelque machination odieuse, reprit-il ; on a abusé contre vous de votre générosité, de votre loyauté même. Je le vois, je le sais, cela me suffit. Mais pour les autres, pour votre père, il faudrait cependant une explication.

— Il la faut, rectifia le curé, et le plus tôt possible, tout de suite. »

Le poids, un instant soulevé du cœur de Marcienne, retomba plus lourd. Elle eut une protestation désespérée :

« Puisque je vous dis que je ne peux pas donner cette explication.

— J'irai la chercher, acheva posément Philippe.

— Où cela ?

— Chez les Caussade ! »

Déjà il était hors de la pièce, hors de la maison, descendant

« Sur la mémoire de grand'mère, je le jure ! »

les degrés du perron, devant lequel stationnait toujours sa petite
voiture, et, comme on le rejoignait :

« Ah ! laissez-moi, déclara-t-il résolu, cela me regarde. Je n'ai pas de parole qui me lie, moi ; pas de scrupules à avoir, pas de ménagements à garder envers ces gens-là. C'est à cette enfant que je me dois, à son père, mon meilleur ami, et, puisqu'il leur faut la vérité, je la tirerai de son puits, si profond qu'il soit. »

Philippe était sur son siège et levait son fouet :

« Vous avez peut-être raison, s'exclama le curé. C'est encore le plus simple. »

Marcienne faillit dire comme lui. Un espoir de salut luisait, mais au milieu de combien d'ombres inquiétantes !

Son père, sa mère, sa parole, ses devoirs ! Elle ne sut plus où se tourner. Tout se mêla en une confuse vision de dangers, où apparut même ce gros casse-tête américain que William produisait si volontiers, avec une légende de rixes meurtrières et de gentlemen assommés comme des bœufs, les jours d'élection, dans les faubourgs de Boston.

Et, sans savoir encore sous quelle bannière elle s'enrôlait, par la seule envie brave d'être du combat :

« Emmenez-moi ! cria-t-elle. Je veux que vous m'emmeniez !

— Soit ! »

Philippe lui tendit la main. Elle grimpa lestement à côté de lui. Le groom s'assit sur la banquette de derrière, et, à fond de train. le petit équipage fila dans la poussière d'or du couchant, tandis que Mademoiselle restait ébaubie et que le curé, retournant à grands pas vers son malade, se répétait allègrement :

« Le plus simple, c'est toujours ce qu'il y a de mieux. »

XXII

Marcienne et Philippe n'échangèrent pas une question. A quoi bon? Ce qu'ils eussent pu demander, l'événement allait le leur apprendre.

Du haut de la charrette anglaise, Marcienne considérait la route, vivement parcourue, cette route qu'elle avait bien cru aussi ne plus devoir refaire; et y repasser au bout de si peu d'heures, y repasser avec Philippe lui causait une double sensation de surprise.

Au dernier tournant, avant d'arriver en vue du château, Philippe arrêta son petit cheval, jeta les rênes au groom, sauta à terre, et, en réponse au regard interrogateur qu'elle ne pouvait s'empêcher de lui adresser, tout en descendant docilement après lui :

« Dans les luttes les plus courtoises, on a le droit d'user d'un peu de stratégie, expliqua-t-il avec le fin sourire revenu à ses lèvres et qui ne les quittait plus. Surprendre l'ennemi à l'improviste est l'a b c de la tactique. Quant à vous, Marcienne, je ne vous demande pas de me seconder; mais en vous associant à mon expédition, vous avez pris l'engagement tacite de garder au moins la neutralité, et j'ose tabler là-dessus ! »

Il n'y avait guère à contester, et Marcienne emboîta le pas.

Du temps de la vieille demoiselle de Lannemajou, dont il était l'un des fidèles, Philippe avait appris à connaître tous les sentiers, tous les raccourcis menant au château. Le petit escalier taillé à pic où il s'engageait menait non à la cour d'honneur, mais de l'autre côté, du côté de l'ouest, sur lequel n'ouvraient ni les fenêtres des appartements habités, ni les portes d'entrée, cette façade étant masquée presque tout entière par les serres du père Caussade accolées au vieux bâtiment.

Avec le soleil qui se couchait, l'aspect était fantastique; un éblouissement de vitres flamboyantes, irrisées de feux multicolores. Mais l'heure n'était pas à la contemplation, et Philippe, s'avançant en catimini, montra du doigt, dans cette apothéose de lumière, un point noir :

« Il est là! »

Comme un gros insecte dans une cage de verre, on apercevait le père Caussade, réfugié, selon l'habitude, dans son jardin vitré, et occupé en ce moment à rafraîchir au moyen d'un linge mouillé les feuilles vertes de ses arbustes; passant, repassant, enlevant délicatement jusqu'au moindre grain de poussière, avec des précautions amoureuses, quasi maternelles, qu'on n'eût jamais attendues de ses grosses pattes maladroites.

Philippe l'observa un instant; puis, songeant sans doute que celui qui se passionnait ainsi pour de douces et d'innocentes créatures de Dieu ne pouvait être entièrement dépourvu lui-même d'innocence et de douceur :

« Je m'adresserai à lui d'abord, en poussant un panneau mobile dans le vitrage. »

Au bruit, le père Caussade s'était retourné, et, reconnaissant les visiteurs qui le surprenaient ainsi dans ses occupations favorites, il restait médusé, ses gros yeux arrondis, son torchon tremblant au bout de son bras boudiné; dans un désarroi qui, en d'autres circonstances, aurait paru comique.

Mais les nouveaux venus étaient tout à la gravité de la situation, et, si peu apte que fût le bonhomme à saisir les nuances, il dut en pressentir quelque chose; car les boursouflures de sa face poupine s'agitaient aussi maintenant, tandis qu'il enlevait d'un geste gauche mais respectueux sa coiffure d'intérieur, une de ces coiffures caractéristiques, décelant, plus qu'aucune autre partie du vêtement, la condition sociale et les tendances de son propriétaire; non pas le sombrero aventureux, ni l'ignoble casquette de William : une honnête calotte de petit épicier ou de concierge rangé.

« Monsieur de Capléon, mademoiselle, qu'est-ce qui me vaut l'honneur...? »

Pas un instant, il n'eut l'outrecuidance d'attribuer leur visite à un simple motif de politesse, et son inquiétude était si apparente, que, dans l'intérêt commun, Philippe supprima les préambules, alla droit au fait.

« Monsieur Caussade, vous n'ignorez pas ce qui se passe? »

A la mine effarée du père Caussade, on eût juré qu'il l'ignorait, et cette mine trompeuse aurait bien pu passer aussi pour une mine de brave homme. Marcienne, qui ne l'avait jamais étudié d'aussi près, chercha vainement la trace du dérangement de ses facultés cérébrales. Il n'en laissait rien surprendre à première vue, et son trouble ne dépassait pas les limites d'une extrême timidité.

« Qu'est-ce qu'il y a donc? murmurait-il, resté debout après avoir fait asseoir ses hôtes sur un banc rustique, et, faute d'autre contenance, pliant et repliant son torchon.

— M. Lapeyrède est très malade, prononça Philippe en le regardant bien en face.

— M. Lapeyrède! »

La nouvelle produisit un effet inattendu qui paraissait sincère; le bonhomme s'enhardissait pour demander précipitamment :

« Que lui est-il donc arrivé? un accident? Rien de trop mauvais au moins, j'espère?

— Il a eu un grand chagrin, dont vous êtes la cause!

18

— Dont je suis... »

A cette imputation, l'ahurissement du père Caussade ne connut plus de bornes, tant et si bien que Philippe en fut presque attendri.

« Voyons, monsieur Caussade, reprit-il plus conciliant, je ne sais quelle part vous avez prise à ce qui s'est tramé chez vous; mais vous avez trop de bon sens pour ne pas· comprendre que M. Lapeyrède en soit affecté. Voilà pourquoi je viens vous prier, comme chef de famille, de mettre fin à des manœuvres qui ne peuvent rien vous rapporter, et qui n'ont déjà causé ailleurs que trop de malheurs. »

A entendre parler hébreu, le père Caussade n'aurait pas fait une autre figure; et comme en désespoir de cause il se tournait vers Marcienne, la jeune fille aima mieux dire elle-même ce que Philippe hésitait à préciser.

« Oui, monsieur Caussade, on a osé faire accroire à mon père que... que j'aurais pu consentir à encourager les prétentions de votre fils.

— *Boun Diou!* »

L'exclamation gasconne avait jailli du plus profond de l'âme, de cette réserve inaccessible où se conservent, avec les sentiments vrais de chacun, la forme même de ces sentiments, leur expression primitive, les mots de l'enfance, du pays. Et cet *Américaing* qui avait passé par tous les pays, par tous les milieux, par toutes les alternatives de la fortune, se retrouvait, pour un instant, tel qu'au départ, l'indigène fruste, l'illettré, le pauvre hère qu'il avait été,... le valet;... car M. Lapeyrède ne divaguait pas tout à l'heure. Cette confusion, c'était celle du valet pris en faute.

Le père Caussade laissait tomber ses bras. Son dos se tendait comme à une volée de bois vert.

« *Boun Diou!* geignit-il encore plus faiblement.

— Je n'ai pas à vous expliquer, reprit Philippe, ce qu'a d'intolérable une pareille situation.

— Mais je me l'explique, moi, monsieur! »

Tout à coup, le bonhomme se redressait. Sur l'instinct de race d'abord suivi, l'instinct de sa nature personnelle reprenait le dessus. Son embarras se dissipa; sa platitude gémissante fit place à une dignité simple, la dignité que tout homme peut garder dans toutes les conditions, dans toutes les situations, quand il se montre prêt à faire ce qu'il doit, coûte que coûte.

Et avec une émotion dont ses auditeurs se laissèrent gagner :

« Je me souviens du passé, monsieur et mademoiselle, et je n'ai pas une mauvaise honte à le rappeler devant vous, quoique devant les autres, je l'avoue, cela me soit un peu pénible. M. Lapeyrède l'a compris, et ç'a été de sa part une grande bonté, une grande délicatesse de ne rien dire à personne, de ne rien laisser voir, même à moi, quand il m'a reconnu; car il m'avait reconnu, d'abord vaguement, puis tout à fait, j'en suis sûr, pour le petit jardinier qui arrachait les herbes dans les allées de son parc, du temps de ses parents, avant de s'en aller rejoindre un oncle aux Amériques. Il y a longtemps de ça, et bien de l'eau a coulé depuis sous le pont. Dès qu'on a des enfants, l'ambition vous pousse. On voudrait ne pas leur faire honte, les voir monter plus haut que soi; mais croyez-le, je n'ai jamais rêvé pour eux des folies pareilles, je ne les aurais pas crus capables d'y penser. »

Devant l'énormité de l'audace, le pauvre homme passa du rouge au violet, ses yeux se mirent à rouler. Puis, dans une expansion soudaine :

« Ah! monsieur, s'écria-t-il, j'en ai vu beaucoup dans ma vie, peut-être trop, et alors bien des choses aussi me sont sorties de la tête; pas cependant ce que je dois à un homme qui est au-dessus de moi et qui a été bon pour moi. Et, s'il faut tout vous dire, sans croire que jamais on pourrait en arriver là, je trouvais que mademoiselle venait ici trop souvent, que ce n'était pas sa place; je n'aimais pas tous ces voyages, toutes ces manigances, et je le disais aux autres. Mais, quand on devient vieux, on ne compte plus

guère. Ils m'envoyaient promener en me payant de calembre-
daines, et ils continuaient à trafiquer avec leur Mme Graham. »

Marcienne tressaillit.

« Qu'est-ce que Mme Graham? demandait Philippe, dressant
l'oreille.

— Une amie de ma femme, de Boston. Tenez, je ne sais pas
même d'où elle sort encore, celle-là! » soupira le père Caussade.

Et, ne pouvant plus arrêter l'épanchement de son cœur trop
longtemps contenu :

« Ce n'est pas tout, monsieur, d'avoir eu de la chance, et ce
sont souvent ceux-là mêmes qui profitent de votre succès qui vous
le font expier! Charbonnier est maître chez soi. Moi, monsieur, je
ne suis plus maître. J'ai affaire à trop forte partie. Ma femme a des
qualités, je ne dis pas, et elle m'a bien aidé à faire fortune; mais
peut-être tout de même m'aurait-il mieux valu une femme moins
avisée et qui aurait été moins exigeante, qui aurait élevé les petits
plus modestement, dans des idées de travail, de conduite, de religion, oui, car on a beau dire, on ne peut pas bien élever les enfants
sans ça; une femme de chez nous, enfin, une vraie Française...

— Plutôt qu'une Juive? » acheva Philippe, résolu à percer tous
les mystères de cet intérieur.

Le père Caussade baissa le nez.

Puis, revenant à l'objet de l'entretien :

« Enfin, monsieur, conclut-il avec un soupir, dans tout ça,
vous le voyez, je suis à plaindre plus qu'à blâmer, et je ne demande
du reste qu'à vous donner satisfaction. Mais qu'est-ce que je peux
faire?

— M'aider à éclaircir certains points dont vous comprendrez
l'importance; par exemple, comment et pourquoi votre fils a pu
faire signer soixante mille francs de billets à Mlle Lapeyrède? »

Le père Caussade n'avait que trop bien compris. De pourpre,
il devenait livide. Devant la précision, la gravité du fait, tout ce
qui lui restait d'honnêteté plébéienne entrait en révolte :

« Ah! le gueux! s'exclama-t-il, chancelant contre un pot
d'azalée. Ah! les gredins! Ils n'ont donc pas assez de me gruger,
moi, de me sucer avec leur vanité, avec leurs plaisirs, avec leurs
entreprises, que sais-je encore! comme s'ils avaient chacun dix
bouches, jusqu'à ce qu'ils me remettent sur la paille, car ils m'y
remettront, monsieur. Ils s'en prennent encore aux autres! à une
femme! à une enfant! Et ils ont donc trouvé moyen de lui fermer
la bouche, puisque c'est à moi que vous vous adressez? Voilà bien
de leurs tours. Ah! tenez, monsieur, moi non plus je n'y vois plus
que du feu, surtout depuis que cette Mme Graham est dans la
maison, et pour moi aussi il faut que ça finisse! Ce sera un service
que vous me rendrez de venir y mettre ordre, puisque je ne suis
qu'une grosse bête! »

La grosse bête, trop rudement matée, entrait en rage, et Marcienne ne s'étonna plus que ceux qui enchevêtraient une trame
compliquée se fussent méfiés de ses écarts. Pour n'avoir rien
à redouter du brave homme, on n'avait pu trouver mieux que de
le ranger parmi les fous; ainsi fait-on souvent de ceux qui ont plus
de bon sens que les autres.

« Venez, monsieur, continuait le père Caussade de plus en plus
monté, entraînant Philippe à travers les gradins fleuris, les massifs
exotiques qu'il n'honorait même plus d'un regard. Entrez partout,
voyez, demandez, faites tout ce que vous voudrez. C'est moi qui
vous en prie. Ils ne s'attendent pas à ce coup. Ils doivent
être tous chez cette Mme Graham de malheur, enfermés à chu-
choter ensemble, comme ils font du matin au soir. Je vais vous
y mener !

— Philippe! » appela Marcienne, voyant avec terreur venir le
moment décisif.

Il l'entendit à peine. Passant devant elle, les deux hommes
traversaient rapidement les salons vides, s'acheminaient vers
l'appartement de Mme Lapeyrède. Les retenir, les précéder, donner
l'éveil, était matériellement impossible, sans compter l'impossibi-

lité morale, la promesse de neutralité faite à Philippe et non moins inviolable que l'autre promesse.

Il n'y avait qu'à s'en remettre à la Providence, et la Providence, qui sait bien ce qu'elle fait, allait peut-être tirer le bien du mal, briser les résistances par cette rencontre forcée, dénouer d'un coup l'inextricable situation, et, après une formidable secousse, rétablir l'équilibre.

Ce suprême espoir permit à Marcienne d'envisager sans trop d'inquiétude ce qui allait advenir.

Pour elle-même, elle n'eut pas une pensée. Sous l'égide de Philippe, rien ne pouvait l'atteindre.

On arrivait à cette porte derrière laquelle un moment elle avait été captive, et le père Caussade, après avoir mis l'oreille à la serrure, se retournait avec un signe encourageant qui voulait dire :

« Nous tenons le gibier. »

Puis, d'une voix pateline :

« C'est moi! cria-t-il.

— Entrez. »

On profitait de la permission, et cette fois il n'y avait place ni pour une évasion, ni pour un changement de scène.

Point d'issue, point de paravent, les acteurs ordinaires pris au naturel, en déshabillé.

Déjà Philippe était en face de Mme Lapeyrède, et après vingt ans passés, malgré l'imprévu, sous les faibles rayons de ce jour qui finissait, du premier coup d'œil il l'avait reconnue.

« Vous! J'aurais dû m'en douter, il n'y avait que vous au monde capable de faire du mal même à cette enfant. »

.   .   .   .

Pour une fois, les assertions de Mme Lapeyrède se justifiaient. La vieille haine de Philippe n'avait pas désarmé. La présence de Marcienne n'en atténuait pas l'expression, et devant cet outrage la jeune fille oubliait ses propres griefs.

« Elle s'est fait passer pour votre mère ! » s'écria Philippe.

« Philippe ! c'est ma mère !

— Votre mère ! »

. . . .

Il se retourna vers Marcienne.

Non, il n'y avait pas de haine en lui, mais seulement du dédain, un dédain hautain, immense, mélangé subitement d'une non moins immense surprise.

Puis ses traits s'éclairèrent. Par une intuition rapide, la lumière se faisait, triomphante et réparatrice.

« Elle s'est fait passer pour votre mère ! s'écria-t-il. Elle a osé jouer cette infâme comédie ! après avoir trompé et exploité votre pauvre mère pendant sa vie, prendre son nom après sa mort pour vous tromper et vous exploiter à votre tour ! C'était donc cela !

— Elle n'est pas ma mère ! »

Marcienne poussa ce cri comme un cri de délivrance. Rien ne l'obligeait plus à se mentir à elle-même. Elle s'avouait ce qu'à force de vertu filiale elle était parvenue jusqu'alors à se dissimuler ; elle respirait, affranchie de la plus horrible des contraintes, celle du cœur, presque aussi heureuse que le jour où elle avait cru retrouver sa mère.

Et, d'une certaine façon, ne la retrouvait-elle pas, sa vraie mère, qui n'était plus, mais dont elle pouvait se rapprocher par le souvenir et la prière, douce et chère image que cette grossière contrefaçon lui avait masquée un moment, et, sans savoir pourquoi, dans son émotion elle prit les mains du père Caussade, et lui montrant Mme Graham :

« Mais alors, qui est-ce ?

— Ma foi, je n'en sais plus rien, fit le bonhomme ahuri. Ici elle a changé de nom. A Boston, on l'appelait Mme Cornhil. »

La voix aigre de Noémi les interrompit :

« Adressez-vous donc plutôt, ma chère, à M. de Capléon, qui connaît madame depuis plus longtemps qu'aucun de nous. »

Instinctivement les yeux de Marcienne se reportèrent sur Philippe et sur la prétendue Mme Lapeyrède restés face à face.

Le crépuscule envahissait la pièce; mais sa lueur grisâtre suffisait encore à trahir les flétrissures de cette femme, qu'une hideuse expression de fureur achevait de dénaturer. Des taches violettes marbraient le fard, et dans leur cercle de crayon les yeux s'allumaient de lueurs félines. Cette comédienne avait pu simuler la maladie. Ses maux véritables, plus destructifs qu'aucun germe morbide, c'étaient la haine et l'envie, et, devant les ravages de cette beauté, Philippe paraissait dominé maintenant par une sorte de commisération.

« L'ancienne fiancée de M. de Capléon! ricana Noémi, dressée à côté de Mme Graham, comme une petite vipère noire auprès d'une couleuvre onduleuse et perfide. Votre tante, mademoiselle Marcienne. »

Sa tante! une sœur de sa mère, une des petites filles blondes et roses du pastel! Mon Dieu! qu'elle avait dû être jolie!

Et Philippe l'avait aimée!

Tout à l'heure, il semblait à Marcienne sortir d'un nuage noir pour revenir en plein soleil. A présent le nuage se reformait plus épais, et rien ne le dissiperait plus.

Elle regarda encore Philippe, et elle rencontra son regard, très ferme, comme sa voix, tandis qu'il répondit au milieu du silence :

« Oui, mon ancienne fiancée; la coquette qui a profité de mes vingt ans pour prendre mon cœur, s'en faire un jouet et le rejeter le jour où elle a cru y trouver son avantage; qui m'a retiré sa parole sitôt qu'un parti plus riche s'est présenté, sans même le souci de son honneur qu'elle trahissait, et de ma vie qu'elle croyait briser. »

Mme Graham poussa une exclamation de triomphe.

« Ah! je l'avais brisée, votre vie, pour tout de bon. Vous m'avez toujours regrettée, et, quoi que vous en disiez, vous m'aimez encore.

— Non, Flora. Il y a vingt ans que je ne vous aime plus, car l'amour ne survit pas à l'estime. »

Autour de Marcienne, le nuage noir s'éclaircissait. Cette parole d'honnête homme venait à elle comme une lumière, et elle la comprenait, elle y croyait de tout son cœur d'honnête femme. Personne n'en aurait douté devant le beau visage de Philippe, si noble, si calme, tandis qu'il poursuivait :

« Vous ne m'aviez pris que mon bonheur, ou du moins ce que j'avais cru à tort devoir être mon bonheur. Vous ne m'avez laissé qu'un désenchantement dont j'ai souffert, mais beaucoup moins que je n'aurais souffert auprès de vous, moins que n'a souffert celui que vous m'avez préféré, moins que vous n'avez souffert peut-être vous-même dans votre misérable vie de caprices et d'intrigues. Au fond, je dois plutôt vous remercier et vous plaindre. »

Il ne l'honorait même pas d'une rancune, et, cinglé par son mépris, elle criait de rage :

« J'ai trouvé moyen de vous atteindre, cependant. Le nierez-vous ?

— Oui, par ceux que j'aimais, et voilà ce que je n'ai pas le droit de vous pardonner : le mal que vous avez fait à votre sœur, votre haine me poursuivant jusqu'en mon meilleur ami, ce ménage désuni par vos intrigues, cette femme morte sans revoir son mari, cette mère séparée de son enfant ! »

L'indignation de Philippe s'était rallumée; il allait toujours, sans tenir compte des interruptions furieuses et incohérentes :

« Et ce n'était pas encore assez. Après la mère, vous vous êtes attaquée à la fille. Après vous être jouée de l'amour, du mariage, de l'affection fraternelle, il a fallu vous jouer du sentiment le plus sacré de tous, de la tendresse filiale. Et qu'est-ce que vous vouliez? de l'argent, encore, toujours ! »

Ce fut dans le dégoût cette fois que sa colère s'étouffa.

Il se détourna.

« Allons, Marcienne, venez; vous êtes restée trop longtemps ici. Ce n'est pas devant vous que j'aurais voulu dérouler le passé.

— Le passé est gênant, n'est-ce pas? »

Avec un frémissement de sauvagesse, Flora se jetait entre eux, ayant enfin trouvé le moyen d'assouvir sa vengeance, et, la voix hachée, amère, incisive :

« Oui, j'ai fait tout ce que vous dites. Écartée, repoussée, calomniée par tous, il m'a plu de rentrer en scène à ma façon, de prendre ma revanche comme je le pouvais, et peu s'en est fallu qu'elle ne fût complète. Léonce Lapeyrède, l'homme correct, qui mettait au ban de la famille une belle-sœur divorcée, aurait eu un gendre de ma main, réunissant tous les petits inconvénients qui pouvaient le mieux lui déplaire. Du même coup, je payais ma dette de reconnaissance à mes fidèles alliés. Convenez que c'était superbe! Vous êtes venu brouiller mes cartes. Mais, vous devez le savoir, je ne suis pas femme à en rester sur un échec. Prenez garde que je ne vous rende la pareille! »

Impassible, Philippe ne daigna même pas lui répondre. Alors elle se rejeta sur Marcienne, l'enlaça une dernière fois, et, avant que la jeune fille eût pu secouer son étreinte :

« Toi, ma belle, cria-t-elle, ne te plains pas, car je t'aurai toujours rendu un service. Je t'aurai enseigné à te défier, et cela vaut bien les soixante mille francs dont j'ai écorné ta dot. Il t'en reste encore assez pour exciter bien des convoitises. Mais tu as maintenant trop d'expérience pour accepter ce dont je n'ai pas voulu; pire même, car enfin ce cher Philippe est encore un peu plus pauvre qu'il ne l'était de mon temps, et il a vingt ans de plus ! »

La morsure venimeuse atteignait enfin Philippe. Il était devenu très pâle, mais il n'accorda pas à la misérable l'honneur d'une réponse.

L'écartant d'un geste, il passa avec Marcienne.

En voyant l'affaire tourner mal, Mme Caussade avait pris soin de s'éclipser. Le père Caussade se rangeait respectueusement, et ils ne trouvèrent plus devant eux que William, qui, stimulé par un signe de Noémi, s'agitait en marmottant :

« Les choses ne se passeront pas ainsi... On verra bien. »

Philippe s'arrêta net, et avec une courtoisie sèche et tranchante comme une lame affilée :

« Monsieur William Caussade, dit-il, j'ai bien voulu ne pas m'occuper de vous à cause de votre père, qui ne vous ressemble pas, qui est un brave homme; mais, pour ma part, j'aurais un très vif plaisir à vous couper les oreilles. »

Instantanément, la bouche épaisse de William se referma, ses coudes se recollèrent à son corps.

Philippe passa avec Marcienne.

Alors, par derrière, Noémi décocha sa dernière flèche.

« Vous êtes sujet aux illusions, mon cher monsieur. Après les illusions des vingt ans, gare à celles de la quarantaine ! »

XXIII

Ils avaient regagné leur voiture, ils y étaient remontés, ils rentraient, et, chose singulière, sans plus échanger de réflexions que
tout à l'heure en venant, oppressés tous deux de trop d'émotions,
de trop de dégoûts, de trop de souvenirs réunis, peut-être aussi
de l'appréhension de ce qu'ils allaient trouver au retour.

« Comment ai-je pu être aussi folle ! murmura seulement Marcienne, quand ils descendirent devant le perron. Comment ai-je
pu me laisser aussi entièrement abuser, entraîner aussi loin?
A présent que je vois le dessous des choses, je ne comprends plus
que j'aie été prise à ce trompe-l'œil !

— L'impression qu'on ressent après avoir décousu les trucs
des prestidigitateurs, dit Philippe, s'efforçant de retrouver son
sourire maintenant évanoui, et il faut avouer que, dans l'espèce,
vous aviez affaire à Robert Houdin en personne. Mais ne rions
pas, car vous avez dû bien souffrir, pauvre petite !

— Oh! oui, avoua-t-elle tout bas, en s'accrochant plus fort à
son bras qu'elle avait pris.

— Et parions encore que la cadette de Gascogne se croyait une
héroïne ! »

Elle baissa la tête, tandis que Philippe concluait, se faisant gai, paternel, comme pour effacer toute arrière-pensée qui eût pu subsister entre eux :

« Voyons, un peu de philosophie. Quelle différence y a-t-il entre la vraie héroïne et la simple Gasconne? Même bonne volonté, même effort parfois; l'illusion seulement au lieu du fait, le semblant pour la réalité, l'oubli de cette précaution élémentaire, indispensable à quiconque veut arriver loin et haut : prendre la vérité pour point de départ. »

Sous cette mercuriale, Marcienne baissa la tête un peu plus.

Ils rentraient à la maison, et le curé de Lannemajou, bouillonnant d'impatience, se précipitait au-devant d'eux, annonçant que cela allait un peu mieux, pas assez bien, pas assez vite encore. M. Lapeyrède, obstiné jusque dans sa fièvre, continuait son refrain. C'était à en devenir fou !

« Il va cesser, » promit Marcienne, qui maintenant relevait sa tête brune.

Sans prendre le temps de s'enquérir des bonnes nouvelles qu'il lisait sur les visages, le digne prêtre poussait les nouveaux arrivants vers la chambre du malade.

« Mais l'émotion..., objecta Philippe.

— Bast! une surprise agréable ne fait jamais de mal. Je le connais, M. Lapeyrède! chevillé, la tête dure comme un roc! Il a reçu un coup qui l'a fait un peu chavirer. Un autre coup le remettra d'aplomb. »

. . . .

Dans la pièce discrètement éclairée où le grand lit faisait ombre, la silhouette de Mademoiselle allait et venait éperdue. Quinine, potion, sinapisme, rien n'y faisait. Le médecin avait fini par s'évader, déclarant qu'un révulsif moral seul pouvait opérer, et, d'une main énergique, le curé de Lannemajou préparait le remède.

« Allons, mon cher sénateur! déclara-t-il, revenant pour la centième fois se pencher sur le lit du patient entêté. Avez-vous fini votre cauchemar, oui ou non?

— Ce n'est pas un cauchemar, murmura le sénateur. Ma fille est partie pour épouser... »

Précipitamment le curé l'interrompit, et écartant le rideau :

« Elle est si bien partie, qu'elle est là. »

Le sénateur se dressa encore sur son séant, vit Marcienne, eut une courte palpitation, puis retomba avec un signe négatif en murmurant :

« Elle est revenue, mais elle était partie pour épouser... »

Ce fut Philippe qui l'interrompit :

« Non, vous avez fait un mauvais rêve ; nous avons tous fait un mauvais rêve !

— La preuve ? » marmotta le sénateur, les fixant de son œil méfiant de malade.

Le curé même resta court.

Alors Marcienne, un peu en arrière, se pencha vers Philippe, et, tout bas :

« La place vide dans mon cœur, c'était la vôtre. »

« Vous m'avez si bien prêché la vérité, que j'ai envie de la dire, quoiqu'elle soit bien difficile, terriblement difficile! Ma foi, tant pis, je me risque ; ce sera mon début d'héroïne pour tout de bon. »

Des jolis yeux rayonnèrent sur lui, si malicieux qu'il en eut peur, si tendres qu'il en eut plus peur encore.

Sans attendre sa réponse, Marcienne fit un pas en avant, l'entraînant avec elle, et de sa voix claire qui parvint jusqu'à l'esprit du sénateur :

« Vous avez fait un mauvais rêve, mon cher papa, affirma-t-elle à son tour. Comment épouserai-je le jeune Caussade ou qui que ce soit au monde, puisque je n'ai jamais aimé, que je n'aimerai jamais que Philippe ! »

La preuve suffisait. Une béatitude grave descendit sur les traits du sénateur. Le curé eut un petit trémoussement de joie qui voulait dire : « Enfin ! »

Philippe recula ; mais Marcienne revenait à lui, et sans lui laisser le temps de protester :

« Ah ! je sais maintenant..., murmura-t-elle ; la place vide dans mon cœur, c'était la vôtre. Et vous m'aimez aussi, Philippe, depuis longtemps ; depuis toujours, je crois. Si vous ne voulez pas le dire, c'est que vous n'avez plus aucun souci de la vérité ; que vous n'êtes, vous, qu'un incorrigible cadet de Gascogne. »

FIN

29413. — Tours, impr. Mame.